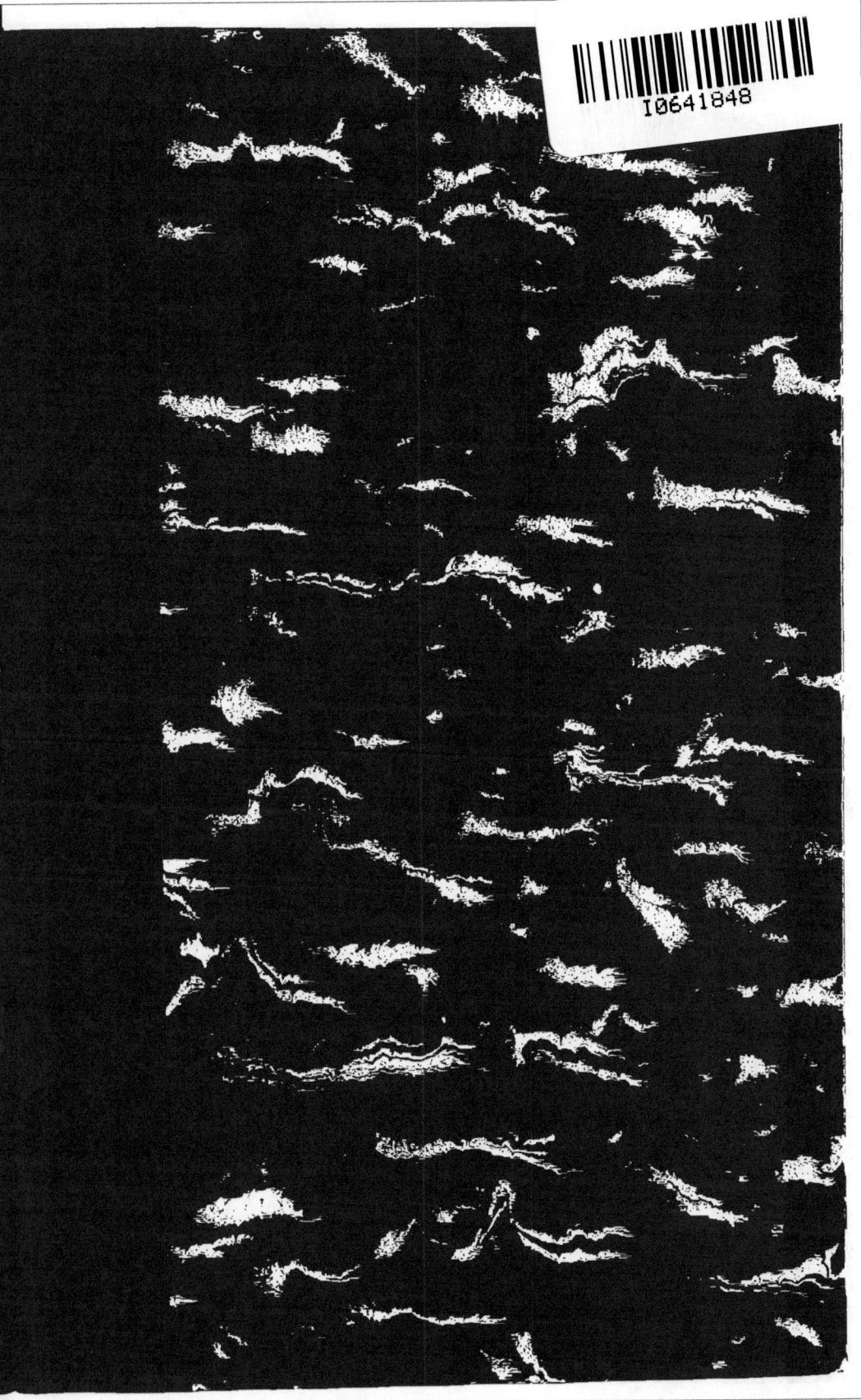

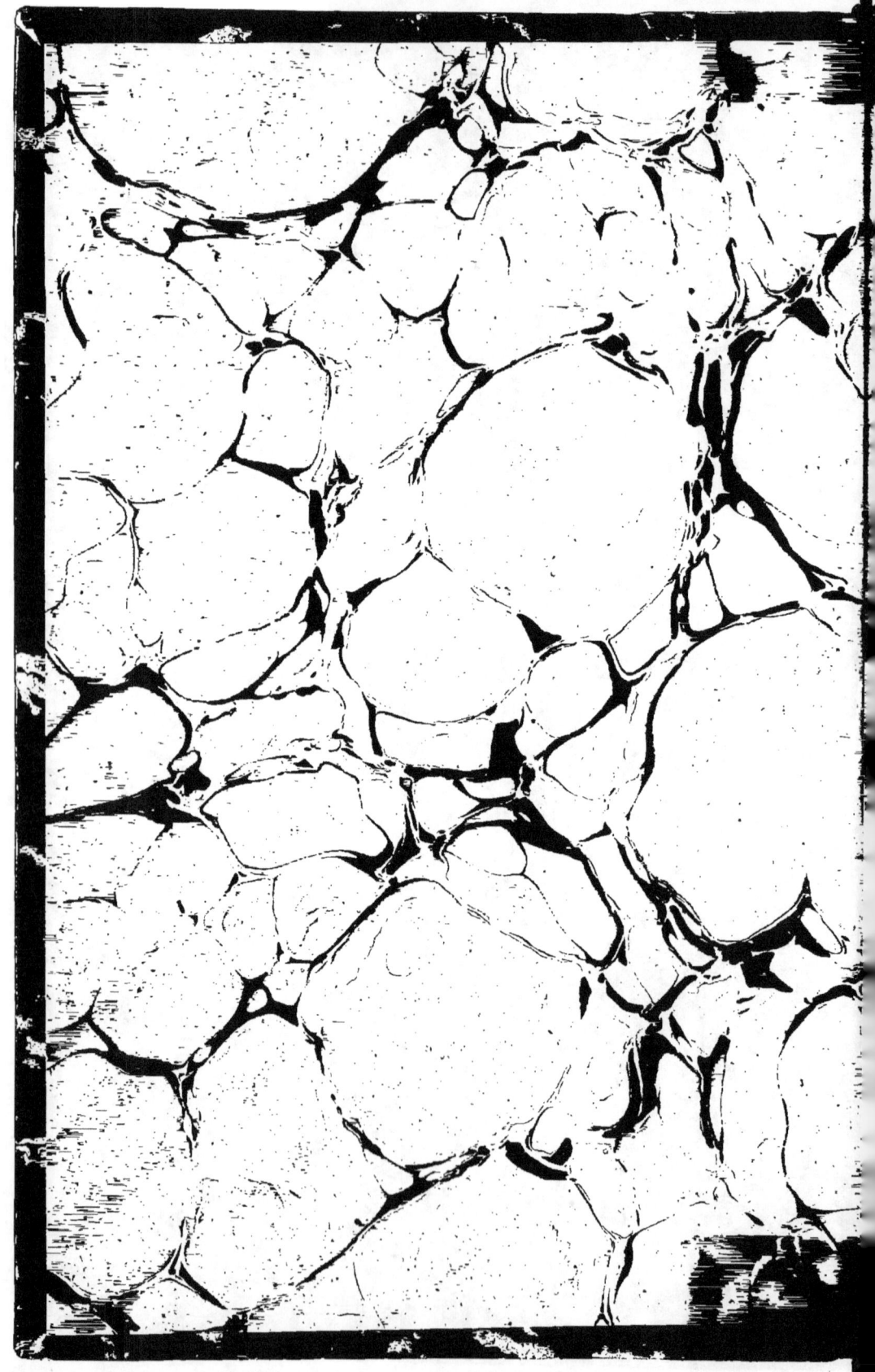

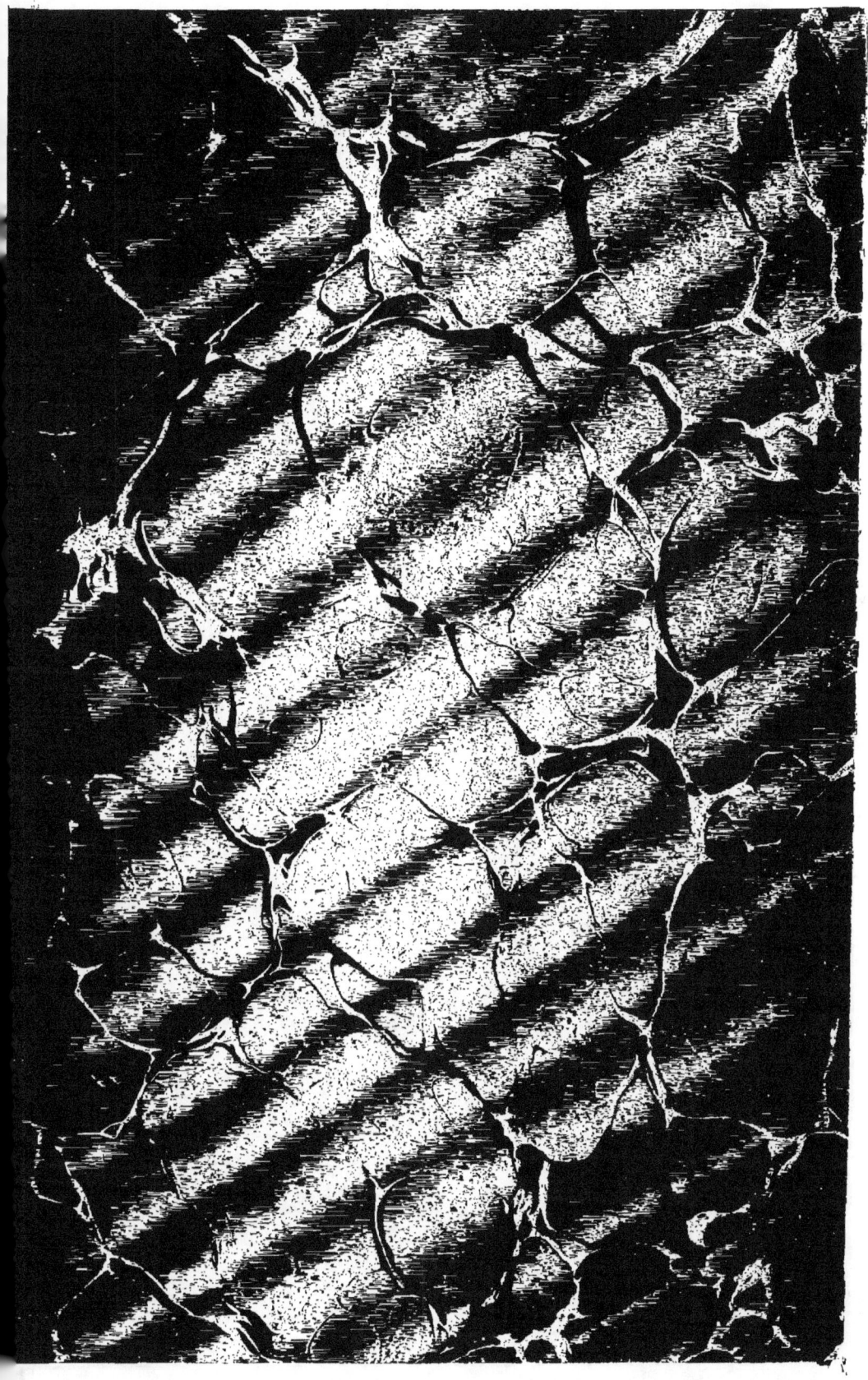

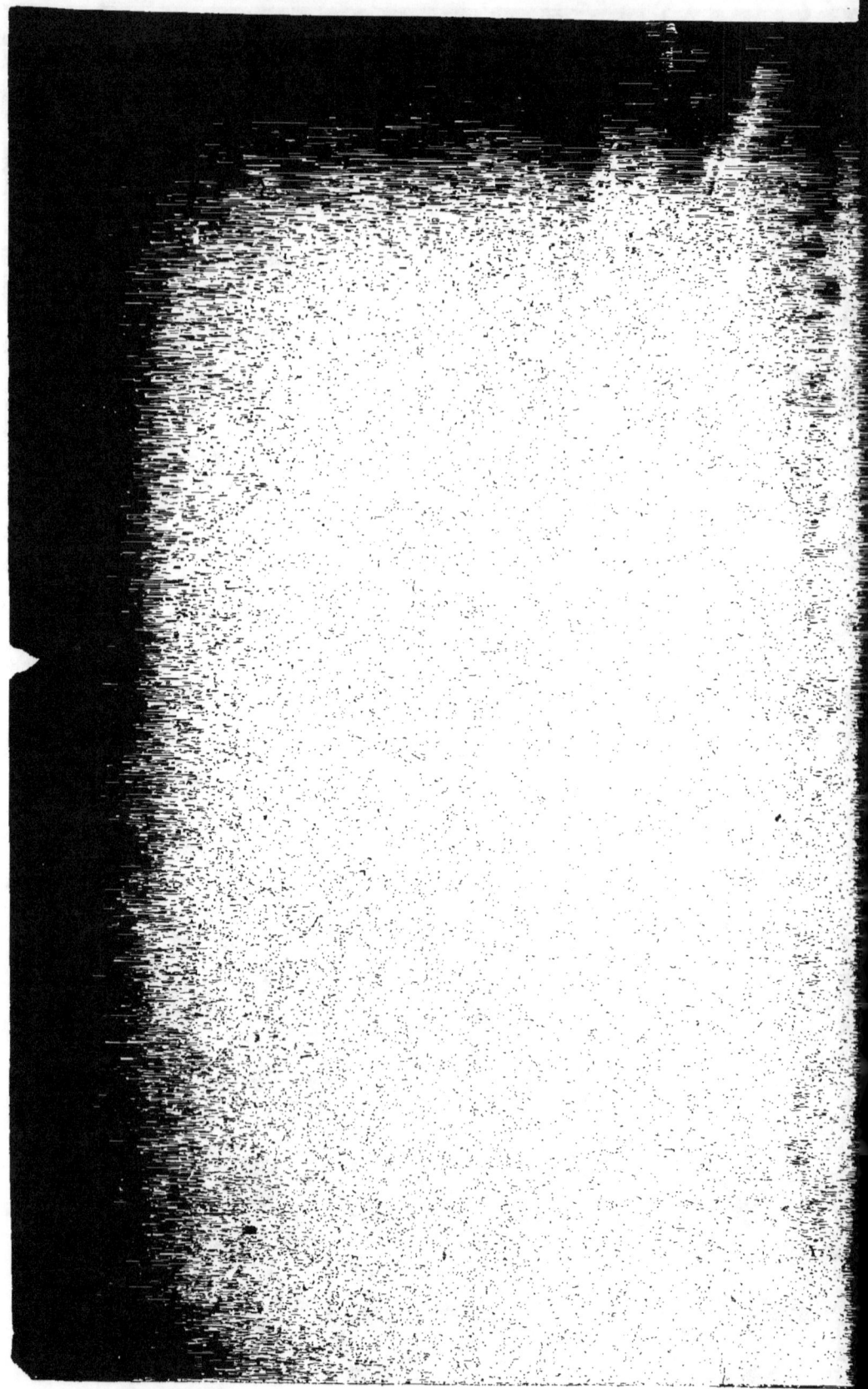

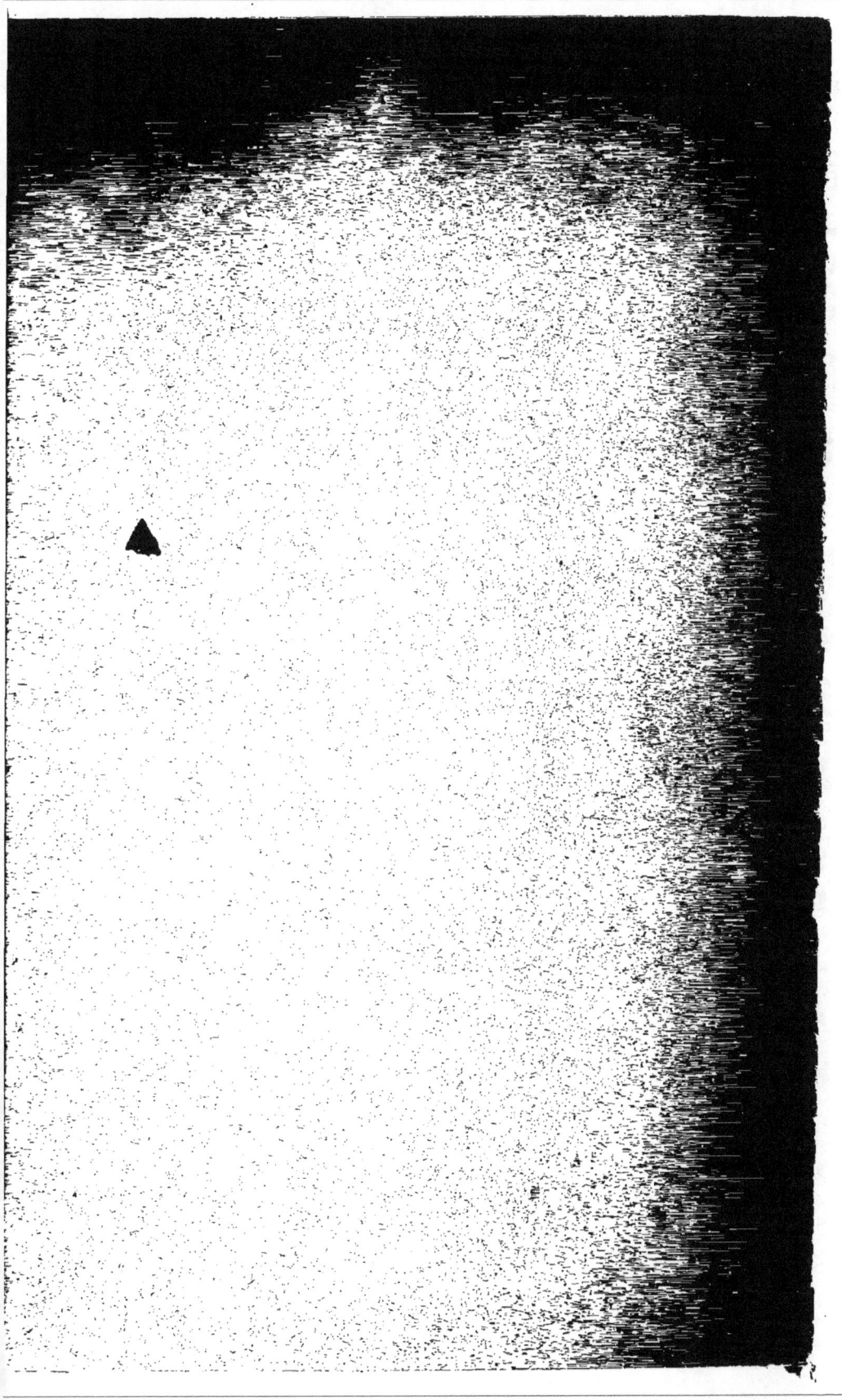

SIEGE DE LA B

Prise en deux heures et demi de temps, par les 5

Cette Forteresse a été batie sous 6

ILLE le 14 Juillet 1789 .

Grave par F. N. Pellier en 1789.

geois de Paris et leu braves Gardes Francaises.

. en 1369. et finie l'An 1383 .

*Avis à MM. les Abonnés des Mémoires
sur la Bastille.*

LES inconvéniens du service *par Cahier*
ont forcé le sieur *Buisson* à le faire *par
volume*. Cela évite des réclamations & des
pertes de Cahiers.

MM. les Abonnés ont, à la vérité,
droit de se plaindre *du retard* dans les Li-
vraisons. Il a été impossible de faire imprimer aussi diligemment qu'on l'avoit promis. Les Imprimeries sont tellement sur-
chargées de travaux, qu'il est impossible
de les accélérer par cette raison.

MM. les Abonnés cependant recevront,
sous trois semaines, le troisieme & dernier
Volume. Nous réclamons leur indulgence
pour ce retard très-involontaire.

MÉMOIRES

HISTORIQUES

ET AUTHENTIQUES

SUR

LA BASTILLE,

DANS une Suite de près de trois cens Emprisonnemens, détaillés & conftatés par des Pieces, Notes, Lettres, Rapports, Procès-verbaux, trouvés dans cette Fortereffe, & rangés par époques depuis 1475 jufqu'à nos jours, &c.

AVEC une Planche format in-4°., repréfentant la Baftille au moment de fa prife.

TOME SECOND.

A LONDRES;

ET fe trouve A PARIS,

Chez BUISSON, Libraire, rue Hautefeuille, N°. 20.

_____

1789.

8° 2 le Volume 9501

MÉMOIRES
HISTORIQUES
ET AUTHENTIQUES
SUR
LA BASTILLE.

1703, 26 Février.

Charles DE ROSSET, *originaire de Quercy,
âgé de quarante-deux ans, est entré à la
Bastille le 26 Février 1703, en conséquence
d'un ordre du Roi, signé par M. le Marquis de Torcy.*

IL fut arrêté, parce qu'on apprit qu'il
avoit dessein de passer parmi les révoltés
des Sévenes. Il avoua qu'il avoit eu ce
projet, mais il dit que c'étoit le désespoir
qui le lui avoit suggéré.

A 2

Il étoit encore à la Baftille au mois de Mai 1714 , & il paroît , par les notes qui nous font parvenues , que l'inquiétude que lui caufoit fa longue détention lui tourna la tête & qu'il devint fou à lier. Il s'armoit ordinairement d'un bâton , & il étoit très-dangereux de l'approcher. Il maigriffoit de jour en jour ; de forte qu'on peut raifonnablement préfumer qu'il dût mourir bientôt. Comme l'égarement où étoit fon efprit ne lui auroit jamais permis de fe conduire lui–même , & qu'il regardoit la guerre ou la paix comme indifférentes pour fa fortie , il eft probable que la Baftille eft le feul endroit où il pouvoit finir fes jours. Il fut transféré cependant en 1714 à Charenton.

1703, 25 Mars.

Sébastien PIGEORY, âge de vingt-trois ans, originaire du Val-de-Mercy, près Coulange-la-Vineuse, est entré à la Bastille le 25 Mars 1703, en vertu d'un ordre du Roi, signé par M. de Pontchartrain.

IL fut arrêté pour avoir écrit une lettre au Pere de la Chaize, par laquelle il lui déclaroit une prétendue conspiration faite contre le Roi. Ce dessein étoit imaginaire, & c'étoit lui qui l'avoit dénoncé comme véritable, dans l'intention de s'en faire un mérite & de s'attirer quelque récompense.

Ce prisonnier étoit un imposteur de la même espece que la dame de Bredeuille, mais d'un caractere bien différent, car il étoit aussi simple, aussi doux & aussi tranquille qu'elle étoit impétueuse, indocile & emportée.

Il désavoua long-temps sa faute, mais il

A 3

finit cependant par la reconnoître : il reconnut auffi que la lettre écrite au Pere de la Chaize pour l'informer de cet attentat criminel, étoit entiérement écrite de fa main. La fincérité de fon repentir & la déclaration ingénue de fa faute, lui firent obtenir fa liberté au mois d'Avril 1704, à condition néanmoins qu'il ne reviendroit jamais à Paris ni à la fuite de la Cour.

1703, 6 Juin.

Jean HAMART, originaire de Tours, âgé de foixante-onze ans, eft entré à la Baftille le 6 Juin 1703, en exécution d'un ordre du Roi, figné par M. de Pontchartrain.

Il avoit été élevé dans la Religion Proteftante, & fon pere (autrefois Receveur général des Rentes Provinciales de la Généralité de Tours) étoit mort dans la même Religion. Il avoit acheté à fon fils une charge d'Exempt des Gardes du Corps. Mais la Religion P. R. dont il faisoit profession empêcha qu'il n'y fût reçu.

Les Protestans mal convertis le regardoient comme une espece de Confesseur. Il passoit à Chaillot, où il avoit demeuré, pour un prédicant ; & lorsqu'il fut arrêté dans sa maison de Passy, où il s'étoit retiré après avoir quitté Chaillot, le peuple étoit sur le point de l'en chasser à force ouverte, persuadé qu'il n'étoit venu s'y loger qu'à dessein d'y tenir des assemblées de religion.

Lorsqu'il fut arrêté, ceux des Prétendus Réformés, dont la catholicité étoit la plus douteuse, parurent fort étonnés & fort inquiets. Ils s'intriguerent pour lui faire avoir sa liberté. Quelques-uns des plus riches offrirent même de répondre de sa stabilité dans le Royaume. Sur le bon témoignage que le Père Riquelet, Jésuite, rendit du prisonnier qu'il croyoit disposé à se convertir, il fut arrêté que lorsqu'il auroit fait abjuration, on le feroit sortir de la Bastille, & qu'on le mettroit sous la garde d'un

nommé Bareau, l'un de fes neveux, qui
étoit fur le point de retourner en fa Province, où l'on penfoit qu'il feroit beaucoup
mieux qu'à Paris, attendu que le peu de
bien qui lui reftoit, ne pouvoit l'y faire
fubfifter fans les aumônes des Proteftans
mal convertis qui l'auroient rappellé bientôt à fa premiere Religion, pour peu qu'il
les eût écoutés.

1703, 18 Juillet.

Le fieur Jean CONRADE DE KOCQ,
originaire du pays de Treves, âgé de cin-
quante-un ans, eft entré à la Baftille le 18
de Juillet 1703, en conféquence d'un ordre
du Roi, figné par M. de Pontchartrain.

CE prifonnier avoit à la Cour de Madrid
le caractere d'envoyé de Mayence, &
l'on croyoit qu'il y avoit la principale confiance de l'Empereur. Il affuroit cependant
que le principal motif de fon féjour étoit

un procès qui lui avoit été fufcité par rapport à la fucceffion du Comte de Hardon,
Général de l'Artillerie du Roi d'Efpagne, &
fon parent très-proche : il n'avoit jamais
eu (difoit-il) aucune relation particuliere
avec l'Amirante de Caftille, & M. de Torcy
lui avoit écrit plufieurs fois fur ce fujet : il
étoit prifonnier de guerre, pour s'être trouvé
fur un des vaiffeaux Hollandois, dont M.
de Choëlogon s'étoit rendu maître. Il dit
tout ce qu'il favoit touchant le pillage des
diamans, & il demanda fa liberté, qui lui
fut accordée le 16 Avril 1704.

1703, 18 Juillet.

Cafimir LEYDECKER, originaire de Mayence,
âgé de vingt-neuf ans, eft entré à la Baf-
tille le 18 Juillet 1703, en vertu d'un ordre
du Roi, figné par M. de Pontchartrain.

CET Allemand fervoit le fieur Kocq en
qualité de Valet-de-chambre : on trouva

fur lui quelques diamans qui avoient été
pillés fur la prife de M. Choëlogon, & fon
Maître en avoit auffi ; mais il protefta qu'il
ne favoit rien de fes liaifons à la Cour d'Efpagne, & que tout ce qu'il pouvoit en dire,
c'eft que les Seigneurs que fon Maître
voyoit le plus fouvent, étoient le Marquis
de Leganez, & le Duc de Sefte, devenu
Marquis de Losbalbafez depuis quelque
temps. Il fortit de la Baftille en même
temps que fon maître.

1703, 18 Juillet.

*Jacques DELFINO, originaire de Gênes,
âgé de trente-neuf ans, eft entré à la
Baftille le 18 Juillet 1703, en exécution
d'un ordre du Roi, figné par M. de
Pontchartrain.*

IL étoit Secrétaire de M. le Comte de
Valftin, Ambaffadeur de l'Empereur auprès
du Roi de Portugal. Ils furent pris en-

femble fur un des vaiffeaux hollandois
dont M. le Marquis de Choëlogon s'étoit
rendu maître. Il ne favoit aucunes particularités de la prife ni du pillage des diamans, étant toujours malade à la mer &
hors d'état de vaquer à aucunes affaires,
ni d'obferver ce qui fe paffoit à bord. Il
demandoit avec beaucoup d'empreffement
des nouvelles de fon maître, & il atten-
doit, en apparence, avec une grande
tranquillité, ce qu'il plairoit au Roi de
décider fur ce qui le regardoit perfonnel-
lement. Il fut mis en liberté au mois d'A-
vril 1704.

1703, 7 Septembre.

Pierre M'IGEON, originaire de Paris,
âgé de trente-huit ans, est entré à la Baf-
tille le 7 Septembre 1703, en conféquence
d'un ordre du Roi figné par M. de
Pontchartrain.

IL étoit Ebénifte de fon métier, & il
tenoit, depuis long temps, une boutique
dans le fauxbourg de Saint – Antoine ; fa
femme étoit, ainfi que lui, nouvelle Catholique. On lui imputoit d'avoir tenu
contre le Roi, contre le Pape, & contre
l'Eglife Catholique, les difcours les plus
infolens. Il défavoua le fait, & protefta
qu'il ne s'étoit jamais trouvé à aucune
conférence ni affemblée, ainfi qu'il en
avoit été injuftement accufé.

1703, 7 Septembre.

François COURTOIS, *originaire d'Orléans,
âgé de quarante-quatre ans, eft entré, le
7 Septembre 1703, à la Baftille, en vertu
d'un ordre du Roi figné par M. de Pontchartrain.*

IL avoit été Religieux Bernardin en l'Abbaye de Royaumont au Diocefe de Beauvais, & il avoit été ordonné Prêtre par
M. l'Evêque de Senlis.

Après douze ans de Religion, il avoit
quitté fon habit, fous prétexte d'un Prieuré
de l'Ordre de Saint-Benoît, d'environ
20 liv. de rente, fitué dans le Diocefe de
Nevers, & M. l'Abbé de Cîteaux lui
ayant donné une efpece de démiffoire en
conféquence des provifions qu'il en avoit
obtenues, il courut de Diocefe en Diocefe,
& s'arrêta principalement dans ceux de
Paris & de Rouen, où il avoit deffervi

plufieurs Paroiffes, tantôt comme Chapelain, & tantôt comme Vicaire ; toujours vêtu
en Prêtre féculier, & fans avoir confervé
aucunes marques ni de l'habit de Saint
Bernard, quoiqu'il fût de l'Etroite-Obfer-
vance, ni de l'habit de Saint Benoît, qu'il
n'avoit jamais pris canoniquement.

Il avoit été auffi Chapelain des Dames
de l'Abbaye de Leo, & il y avoit connu
Mademoifelle de la Valliere, qui avoit dé-
puis époufé M. le Marquis du Broffé ; mais
quelques intrigues l'obligerent d'en fortir.
Il avoit voulu rentrer dans fon ordre ; mais
fes Supérieurs qui le regardoient comme
un vagabond qui ne pouvoit que déshonorer l'Eglife, refuferent de le recevoir.

On trouva parmi fes papiers deux lettres,
l'une du Prieur de Royaumont, & l'autre,
que Dom Robert, Religieux de la même
Abbaye, lui écrivoit par fon ordre. Toutes
deux contenoient des reproches de fa
mauvaife conduite, & le traitoient d'a-
poftat. La derniere ajoutoit qu'ils appre-
noient avec douleur qu'il avoit contracté

la maladie infame que produit la débauche; mais que leur infirmerie n'étant pas faite pour des maux tels que ceux-là, ils ne fouffriroient pas qu'il ajoutât encore ce fcandale à tous ceux qu'il leur avoit donnés.

Au mois d'Avril 1704, on écrivit à M. l'Abbé de Cîteaux de le renfermer dans un Couvent de fon Ordre; ce qui fut exécuté au mois de Mai fuivant. Il devoit être envoyé à l'hôpital fur le refus de fes Supérieurs.

1703, 15. Octobre.

Gafpard-François GROMIS, *originaire de Turin, âgé de vingt-fept ans, eft entré à la Baftille, le 15 Octobre 1703, en conféquence d'un ordre du Roi, figné par M. de Pontchartrain.*

IL fut arrêté comme fujet du Duc de Savoie. Il avoit demeuré dix mois à Touloufe, & avoit fait une partie du tour de la France, par un pur efprit de curiofité : fon deffein étoit d'entrer dans l'Etat eccléfiaftique ; & il n'étoit arrivé à Paris, que depuis fort peu de jours, lorfqu'on donna ordre d'arrêter les Pied-montois. Lui feul & le Comte de Saint-Chriftophle, furent mis à la Baftille ; le fecond, en étoit forti comme Savoyard, en prêtant au Roi le ferment de fidélité ; mais le fieur de Gromis (qui fe difoit Gentilhomme, & dont toute la famille étoit établie à Thurin) refta encore à la Baftille, où le Gouverneur du Château avoit pour lui toutes fortes d'égards. On lui permit d'écrire dans fon pays, pour voir s'il pouvoit être échangé.

1703.

1793, 27 Octobre.

François QUERU, originaire de Paris,
âgé de foixante ans, eft entré à la
Baftille, le 27 Octobre 1703, en vertu
d'un ordre du Roi, figné par M. de Pont-
chartrain.

CE Prifonnier avoit été Soldat aux
Gardes dans la Compagnie de Balincourt;
il paffa enfuite dans le Régiment de Sailly,
d'où il étoit encore revenu dans celui des
Gardes, & il n'y avoit pas plus de quatre
ans, qu'il avoit quitté ce fervice.

Il étoit né dans la Religion Ptoteftante;
mais il avoit fait fon abjuration avant que
le temple de Charenton fût détruit : il
avoit époufé une femme de Thouars,
d'où étoit auffi fa famille; mais il l'avoit
quittée dès l'année 1681 ; & depuis ce
temps-là, il n'avoit paffé qu'un jour
avec elle : il prétendoit favoir le métier
de Chirurgien, & il convint qu'à cette

Tome II. B

occafion, il avoit connu une nommée
Landry, qui prétendoit avoir eu de lui
plufieurs enfans, quoiqu'elle fût mariée
avec le Valet du Curé de Charenton.

Il allégua, pour fa défenfe, que cette
femme étoit publique, & qu'elle avoit été
groffe trois fois, depuis qu'ils s'étoient
connus; mais que divers artifans du Fauxbourg Saint-Antoine la voyoient comme
lui.

Les motifs de fa détention furent les
impiétés dont il s'étoit rendu coupable,
& qui avoient excité contre lui l'indignation de tous les Chatholiques du Fauxbourg de Saint-Antoine, où il demeuroit. Il avoit dit, en parlant de Sainte
Genevieve, que cette Sainte avoit vécu
en mauvais commerce, & que Saint Marcel
avoit été le complice & le confident de
fes débauches. On lui imputoit d'avoir
ajouté à ce difcours quantité d'obfcénités
qu'on ne pouvoit répéter fans horreur;
& il avoit parlé du Roi avec la même
infolence. Il fut transféré à l'Hôpital, le

16 Avril 1704, pour y rester jusqu'à la fin du mois d'Octobre, & ensuite être chassé de Paris, pour toujours.

1703, 6 Novembre.

Isaïe LEDET, Seigneur de Segray, originaire de Petiviers, dans l'Isle de France, âgé de quarante-cinq ans, est entré à la Bastille, le 6 Novembre 1703, en conséquence d'une lettre de cachet, signée par M. de Pontchartrain.

IL étoit né dans la Religion Protestante, & l'avoit toujours professée jusqu'au mois d'Avril 1702, qu'il l'abjura entre les mains du sieur de la Coste, Curé de Saint-Pierre-des-Arcis.

Il avoit passé en Angleterre, en 1696, pour y exercer librement sa Religion, & il y avoit laissé sa femme & deux garçons qui y étoient nés.

Il feignit, en partant de Londres, de

B 2

vouloir paſſer au ſervice de l'Empereur;
& , dans cette vue , il prit des lettres de
recommandation pour M. le Comte de
la Lippe , & il accepta une Lieutenance
de Cavalerie dans ſon Régiment. Mais ,
dès qu'il fut à Rotterdam, il ſe rendit auprès de M. Barré , Envoyé du Roi, & il
ne ſongea plus qu'à venir en France , où il
ſe propoſoit de rappeller ſa famille.

On trouva ſur lui quelques feuilles imprimées , les unes contre l'honneur du Roi,
compoſées par des Moines apoſtats ; les
autres pour exciter les Proteſtans à paſſer
en Angleterre. On lui trouva auſſi des
livres contre la Religion Catholique.

Ce priſonnier ſe diſoit Catholique ;
mais les lettres qu'il écrivoit à ſa femme
& les réponſes qu'il en recevoit, faiſoient
aſſez connoître qu'il étoit toujours Pro-
teſtant au fond du cœur. Les projets des
unes & les originaux des autres s'étant
trouvés parmi ſes papiers, on fut perſuadé
qu'il n'étoit venu, en France, que dans le
deſſein de ſervir les ennemis en qualité

d'efpion , & répandre les libelles dont il s'étoit muni. Les excufes qu'il allégua à cet égard étoient frivoles. Il ne fe défendit pas mieux touchant les livres hérétiques qu'il retenoit toujours malgré fon abjuration. On ne put croire que les intentions de cet homme fuffent innocentes. Un Moine apoftat & relaps, condamné aux galeres par Arrêt du Parlement, affura que cet homme étoit revenu, en France, accompagné d'un Miniftre, nommé Gillet, qui logeoit à Londres dans fa maifon avec quelques autres; que même ce voyage avoit été concerté avec eux & qu'il n'affectoit de demander de l'emploi, dans le fervice, que pour être plus à portée d'apprendre & d'écrire des nouvelles. Il défavoua ces faits avec ferment, & affura qu'il étoit bon François & bon Catholique; mais toutes les apparences étoient contre lui, & la dénonciation du Moine qui l'accufoit, étoit auffi vraifemblable que fes réponfes l'étoient peu.

En conféquence, on ne regarda fon ab-

B 3

juration que comme une feinte ; & on pensa que ses vues ne pouvoient être que criminelles, & qu'il étoit bon de l'oublier à la Bastille, jusqu'à la paix.

1703, 8 Novembre.

François HUMBERT , originaire de Noyers en Bourgogne, âgé de vingt-sept ans, est entré, le 8 Novembre 1703, à la Bastille, en exécution d'une lettre de cachet, signée par M. de Pontchartrain.

CET homme fut arrêté sur deux mémoires qu'il avoit présentés, par lesquels il annonçoit qu'il avoit un avis de la plus grande importance à donner au Roi & qu'il ne pouvoit communiquer qu'à sa Majesté. Il s'opiniâtra toujours à ne vouloir pas dire son secret. Il déclara seulement qu'il ne s'agissoit d'aucune conspiration contre le Roi, ni contre la Maison royale : que ce n'étoit point un dessein formé par les en-

nemis, ni un projet de révolte : il ajouta
que cet avis ne regardoit point les finances
& ne contenoit aucune dénonciation ni
accufation. Cependant, il vouloit qu'on
le crût très-important, & il protefta qu'il
ne le diroit jamais qu'au Roi ; ajoutant qu'il
ne pouvoit néanmoins en expliquer la raifon, parce que cette explication dévoile-
roit fon fecret ; mais il affura (pour faire
voir fon défintéreffement) qu'il renonçoit
de bon cœur à toutes les récompenfes que
cet avis pouvoit mériter ; les éclairciffe-
mens négatifs qu'il donna, firent affez
connoître que fon avis n'étoit qu'une chi-
mere, & que, quand il auroit eu un objet
réel, cet objet ne pourroit être confidérable.

Cependant, quoiqu'on eût pu méprifer
l'avis, & celui qui le donnoit, en le chaffant
de Paris, avec infamie, on crut qu'il
étoit à propos de le punir par une plus
longue détention, & de la continuer jufqu'au mois de Novembre 1704, afin que

la peine fût plus proportionnée à l'infolence.

———————

1703 , 14 Décembre.

Jean-Pierre MOLAIN *, originaire de Saint-*
Marceau dans les Cevennes , âgé de 33
ans , eſt entré à la Baſtille , le 14 Dé-
cembre 1703 , en vertu d'un ordre du
Roi , ſigné de M. le Marquis de Torcy.

C'ÉTOIT un véritable fanatique qui,
après avoir couru toute l'Europe, retour-
noit dans ſon pays ; & , de ſon propre aveu,
couroit la poſte , & voyageoit ſans argent.
Il commença d'abord par dire qu'il étoit Pro-
teſtant & qu'il s'en faiſoit honneur ; mais il
changea d'avis quelque temps après , & il
parut vouloir ſe convertir. Toutes ces variations perſuaderent que cet homme étoit un
véritable eſpion, envoyé par les ennemis,
pour porter à la révolte les Nouveaux-
Convertis.

Sa ſanté paroiſſoit fort mauvaiſe , & on

croyoit qu'il avoit un abcès dans le foie, qui pourroit bien le conduire à la mort.

1703, 14 Décembre.

Nicolas BUISSON DES TRESORIERS, entra à la Baftille, en vertu d'un ordre du Roi, en date du 14 Décembre 1703.

IL fut arrêté dans l'affaire de Vinache, avec lequel il avoit des liaifons intimes ; on verra à la date du 17 Février 1704, ce qu'étoit Vinache. Il avoit déplu d'ailleurs au Gouvernement, à caufe de lettres infolentes qu'il avoit écrites à Samuël Bernard & à différentes perfonnes, pour faire tomber le crédit de Samuël Bernard, dans le Public.

Il obtint fa liberté de la Baftille, le 17 Septembre 1715 ; mais il fut exilé à Tours, fon pays.

1703 , 15 Décembre.

Chriftian CREUTZER , *âgé de quarante-un ans , originaire de Saxe, eft entré à la Baftille le 15 Décembre 1703 , en exécution d'un ordre du Roi , figné par M. de Pontchartrain.*

C E prifonnier avoit été conduit une premiere fois à la Baftille comme Saxon , & par conféquent comme fujet d'un Prince ennemi. Il difoit alors qu'il vouloit fe faire naturalifer François & s'inftruire dans la Religion Catholique. Le Pere de la Chaize parut perfuadé de la fincérité de fes fentimens ; & dans cette vue le Roi trouva bon de lui accorder un délai de trois mois pour refter en France.

Il laiffa paffer néanmoins ce délai fans fonger à devenir Catholique , & il fut arrêté à Verfailles , où il devoit moins aller que par-tout ailleurs.

Il prétendit qu'il avoit envoyé fa malle à

Befançon par la voie du carroffe public , & il demanda inftamment qu'on la lui renvoyât.

L'affeftation qu'avoit eu cet Etranger de refter à Paris après les trois mois qu'on lui avoit accordés de grace, le rendit fufpeft, & on prit la réfolution de le tenir en prifon.

1704 , 24 Janvier.

Louis - Touffaint TENEBRE DU MARAIS , *originaire de Poitou , âgé de 36 ans, eft entré à la Baftille le 24 Janvier 1704 , en conféquence d'un ordre du Roi , figné par* M. de Pontchartrain.

CE prifonnier fut arrêté à Chevreufe : il fe trouva faifi d'un piftolet de poche & d'un poignard. Il étoit à pied, vêtu d'une efpèce de fouguenille, ayant à la main un fouet de poftillon , des bottines attachées à fa ceinture , & un chapeau bordé d'argent ; mais il ne portoit point d'épée, il l'avoit laiffée

dans un cabaret de Verſailles , où il devoit
ſeize à dix-huit francs , & il y avoit auſſi
laiſſé ſon porte-manteau & ſon habit.

Il y avoit plus de vingt ans qu'il ſervoit
le Roi , d'abord en qualité de Cavalier ,
puis en celle de Maréchal–des-logis & de
Cornette , & enfin comme Lieutenant au
Régiment de Ruffey qui étoit en Italie.

Il en étoit revenu ſans congé , mais ſur
la parole de ſon Colonel (à ce qu'il diſoit)
à qui ſes infirmités étoient connues.

Il avoit préſenté un placet au Roi & un
autre à M. de Chamillart , pour obtenir une
place de Capitaine réformé , qu'il eſpéroit
de ſes ſervices. Un nommé M. de la Vienne,
qui connoiſſoit ſa famille , lui avoit promis
d'appuyer ſa demande.

Se voyant ſans argent , il réſolut d'aller
au village de la Pauté près Verneuil en
Perche , chez le ſieur Dolendon , frere d'un
des Lieutenans du Régiment où il ſervoit,
pour lui demander quelques ſecours ; il
n'avoit cependant jamais vu le ſieur Do-
landon , & il n'avoit pour lui aucune
lettre.

Il demeura d'accord que ies apparences étoient contre lui, & avoua que fon traveftiffement, le piftolet & le poignard qu'il avoit dans fes poches, pouvoient exciter des foupçons ; mais il protefta que fes intentions étoient innocentes, & témoigna qu'il efpéroit que le Roi voudroit bien lui faire grace.

On écrivit à M. l'Intendant du Poitou, pour favoir quelle avoit été fa conduite au Port de Pille devant & après la mort de fon pere, qui y tenoit hôtellerie.

On écrivit auffi à fon Colonel, pour lui demander s'il étoit revenu en France par fa permiffion, & quelle étoit fa réputation parmi les troupes.

1704, 25 Janvier.

Antoine Lavaute, originaire des environs de Castres, âgé de cinquante-sept ans, est entré, le 25 Janvier 1704, à la Bastille, en vertu d'un ordre du Roi, signé par M. de Pontchartrain.

Il étoit né Protestant, & dans le temps de la révocation de l'Edit de Nantes. Il passa dans les pays étrangers, malgré les défenses. Il y prit parti dans un Régiment Anglois, & servit contre le Roi pendant la derniere guerre.

Il fut fait prisonnier, mais le Roi lui fit grace, & à deux autres François réfugiés qui se trouverent dans le même cas. M. l'Abbé de Verneuil l'amena à Paris, où, après avoir reçu son abjuration, il lui fit épouser une veuve qui possédoit deux maisons, dont le revenu étoit de 5 ou 600 livres.

Le nommé Aumont, locataire de La—

vaute, lui avoit malheureusement parlé de quelques bagues mystérieuses qui, selon lui, portoient bonheur & guérissoient de la colique. Il se trouva même dans les poches de Lavaute une inscription qui consistoit en trois mots séparés par des croix, qu'il falloit insérer dans cette bague, & la soudure s'en devoit faire par le moyen d'une poudre blanche, qu'Aumont disoit être de borax ; mais il assura qu'il n'avoit jamais ajouté foi à tous ces prétendus mysteres : qu'il avoit fort blâmé le nommé Aumont, & qu'il vouloit vivre & mourir bon Catholique ; de quoi il espéroit que M. l'Abbé de Cordemois voudroit bien répondre.

En effet, ce prisonnier avoit plutôt été la dupe du nommé Aumont que capable de communiquer à d'autres ses visions & ses chimeres.

Ainsi l'on prit le parti, au mois d'Avril 1704, de le laisser à sa propre conduite durant quelques mois, en prenant les précautions nécessaires pour observer l'usage qu'il feroit de sa liberté.

1704, 25 Janvier.

Pierre AUMONT, *originaire de Recheville*
en Normandie, âgé de trente-neuf ans,
fut mis à la Baftille le 25 Janvier 1704,
en conféquence d'un ordre du Roi, figné
par M. de Pontchartrain.

CET homme faifoit fa principale occupation de chercher des dupes, & l'efpérance d'en trouver étoit depuis long-temps
toute fa reffource. Il faifoit un prétendu
commerce de talifmans, & fe vantoit d'a-
voir un fecret merveilleux pour faire une
bague qui guériffoit de la migraine, &
portoit bonheur.

Il avoit été Valet-de-chambre de M. de
Fontenay, fils de M. de Chaulieu; enfuite
il fut Soldat aux Gardes, puis il fe maria
en Bretagne avec une Cabaretiere, & il
demeura cinq ans avec elle. N'ayant pas
bien fait leurs affaires, ils revinrent à Paris,
de-là ils allerent à Bordeaux & enfuite à
Lyon,

Lyon, où ils tinrent le cabaret du Cheval-blanc, dans la rue Raifin. Leur commerce n'ayant pas été heureux, ils retournerent encore à Bordeaux ; & s'étant rendus à Nantes, Aumont y quitta fa femme pour aller chercher fortune à Lyon. A peine y fut-il arrivé, que le fieur de Lafond, Marchand de la même Ville, lui propofa d'aller en Efpagne pour y fervir M. le Marquis d'Aytonne. Etant tombé malade à Madrid, après dix mois de féjour, il gagna le port d'Alicante & s'embarqua pour Conftanti-nople : de Conftantinople il alla à Venife, & de Venife il revint en France, où il fut arrêté.

La vie errante & vagabonde de cet homme, & cette longue fuite de voyages & d'aventures, firent affez connoître qu'il avoit toujours fubfifté par induftrie.

Il fut relégué en Normandie, d'où il s'étoit déclaré originaire, & on lui défendit de revenir à Paris fans une permiffion ex-preffe.

1704, 9 Février.

Renée C A I L L E U, *originaire de Paris, âgée*
de cinquante ans, est entrée à la Bastille
le 9 Février 1704, en vertu d'un ordre du
Roi, signé par M. de Pontchartrain.

ELLE étoit veuve de Louis Roussel de
Gacourt, Procureur au Châtelet : sa tête,
naturellement fort vive, s'étoit échauffée
depuis quelques mois par un amour ridicule, qui lui avoit fait perdre le peu de raison qu'elle avoit. Elle disoit qu'un jeune
homme, dont la figure étoit assez agréable,
lui avoit d'abord inspiré des mouvemens si
impétueux, qu'ils l'avoient portée à courir
les rues ; mais que dans la suite sa passion
étant devenue beaucoup plus ardente &
plus générale, cinq ou six Amans auroient
voulu l'épouser, & mouroient pour elle ;
qu'il falloit bien qu'elle en choisît un ; mais
elle craignoit que tous les autres se désel-

pérassent , & cette crainte l'embarrassoit.
Les Pays véritablement heureux , selon
elle, étoient ceux où chacun suivoit le penchant de son cœur & faisoit ce qu'il vouloit. La Monarchie lui étoit insupportable,
& son aversion passoit jusqu'au Monarque.
C'étoit dans cet esprit qu'elle avoit chanté
des chansons impertinentes, pour lesquelles
elle fut arrêtée. Cette femme qui étoit plus
laide que vieille , ne méritoit gueres de
rester à la Bastille, où elle passoit les nuits
& les jours à étourdir les autres personnes
par ses cris & par ses chansons. On obligea
sa famille à lui choisir une retraite convenable , où il lui fut facile de payer sa pension; car son bien produisoit plus de trois
mille livres de rente.

———

C 2

1704, 17 Février.

Étienne VINACHE, Italien, originaire de Naples, Médecin Empyrique, Chymiste, homme à secrets, cherchant la pierre philosophale, accusé de fausse monnoie & de faire le billonnage, fut conduit à la Bastille sur un ordre du Roi du 17 Février 1704.

IL avoit trente-huit ans quand il fut arrêté; il étoit d'une naissance obscure & sans bien dans son Pays; il ne savoit ni lire ni écrire; il avoit seulement appris machinalement à signer son nom qu'il écrivoit fort mal.

Cette circonstance doit d'autant plus surprendre, qu'on verra ci-après la fortune qu'il a faite, & la réputation qu'il s'est acquise dans le public, de Médecin habile, de fameux Chymiste, d'Auteur & Compositeur de plusieurs secrets admirables, & enfin d'avoir trouvé celui de la poudre de projeﬅion. De plus , il faifoit grand commerce à Geneve & ailleurs de matiere d'or & d'argent , & faifoit le billonnage & la remarque des efpeces.

Il fut amené en France fur la fin de 1689 , par M. le Duc de Chaulnes , qui étoit pour lors en Italie ; & à fon arrivée , il s'engagea Soldat dans le Régiment Royal-Rouﬂillon , Infanterie , d'où il déferta en 1691 pour venir à Paris.

En défertant , il vola le nommé Nicolle , Soldat dudit Régiment , qui étoit fon camarade de chambre & Tailleur de fon métier , auquel il emporta plufieurs habits d'Officiers qui les avoient donnés à raccommoder.

Vinache fut arrêté en chemin , & mis en prifon comme déferteur. Son affaire fut accommodée par M. le Comte d'Auvergne , qui obtint fa grace & le fit fortir de prifon.

Vinache arriva à Paris en 1692 , fans un fol , & dénué de toutes chofes. Il vint loger , rue Quincampoix , dans une Gargotte , à l'Ecu Dauphin, ne faifant alors ni métier ni commerce.

Le Maître de cette petite Auberge s'ap-pelloit Bullot; il avoit eu auparavant une boutique de Chandelier, où il avoit mal fait fes affaires; mais il étoit protégé de M. le Duc de Chaulnes, ainfi que fa fille qui étoit jeune & galante.

Cinq ou fix mois après, Vinache jetta les yeux fur cette fille pour le mariage; & le pere n'ayant point de bien à lui donner, & voulant d'ailleurs réhabiliter fa conduite, fe prêta volontiers à la demande de Vina-che. Sa fille eut pour dot un contrat de 2500 liv. au principal, & Vinache continua de loger chez fon beau-pere, d'où il alla quelque-tems après en Anjou, où il fut pen-dant quelques mois, domeftique chez M. le Duc de Briffac, dans fes terres; après quoi il revint à Paris, chez le beau-pere.

Depuis cette époque jufqu'en 1697, le mari & la femme menoient une vie obf-cure, ne vivant que de charités & de quel-

ques remèdes que Vinache s'avifoit de diftribuer aux uns & aux autres.

Peu-à-peu, faifant ainfi le Charlatan, il
prit goût à la profeffion. Il difoit avoir principalement un remede infaillible pour les
maux vénériens ; enfuite un remede admi-
rable pour la fievre, & finalement qu'il
avoit des fecrets pour guérir toutes fortes
de maladies ; il vantoit beaucoup fon *pa-*
raneflon qui guériffoit, difoit-il, les fievres
les plus opiniâtres.

Ses prétendus fecrets n'étoient autres que
des recettes qu'il avoit prifes dans différens
livres qu'il fe faifoit lire par fa femme, la-
qu'elle copioit les remedes qui lui conve-
noient le mieux. Il les donnoit enfuite dans
le public, comme le fruit de fes études &
de fa compofition, leur appliquant des noms
finguliers & ne parlant jamais que de fon
grand génie pour la connoiffance des fimples & des minéraux.

Dès 1694, il avoit dit à un autre Vinache,
Napolitain comme lui, & Fondeur de fon
métier, lequel n'étoit pas de fes parens,

que dans trois ou quatre ans , il feroit bien
furpris de lui voir une grande fortune & un
carroffe à fix chevaux.

En effet, au retour d'un voyage de quatre
ou cinq mois qu'il fit en Bretagne en 1698,
on le vit arriver à Paris avec un petit carroffe & deux jumens. Il quitta le logis de
fon beau-pere , rue Quincampoix , vint
loger rue Bourg-l'Abbé , où il meubla un
appartement magnifique , & prit deux laquais & un valet-de-chambre.

Depuis 1698 jufqu'en 1700 , il fit la
chymie pour fes remedes avec grand fuccès.
Il fut aidé de 2000 écus par M. de Chaulnes,
qui les lui prêta pour acheter des fourneaux,
charbon & autres uftenfiles.

De la chymie , il paffa bientôt à la recherche de la pierre philofophale , de la
tranfmutation des métaux & de la facture
de l'or. Il s'annonça pour avoir trouvé la
poudre de projeétion ; &, en 1701, il avoit
une grande réputation.

Alors différentes perfonnes lui prêterent
à-peu-près 25000 liv. pour établir fes travaux & acheter des matieres.

En 1702, il paſſoit pour un homme qui ſavoit faire de l'or ; mais auparavant, il étoit déjà recherché des gens à argent & à ſyſtême.

Juſqu'ici on a pu faire, avec les notes qui nous ſont parvenues, une eſpece d'hiſtoire graduelle de ce qu'a été Vinache avant ſa grande fortune ; mais à commencer de l'année 1700, juſqu'au jour qu'il a été arrêté, ce qui compoſe environ quatre années, qui eſt le tems où il a le plus montré ſon ſavoir faire, il n'eſt pas poſſible de le ſuivre de même, par le manque des époques & dates qui ne ſe trouvent pas toujours exactement dans leſdites notes ni dans les déclarations faites devant M. d'Argenſon, par douze perſonnes, la plûpart Domeſtiques ou Artiſtes, aux gages de Vinache, ou par d'autres gens qui avoient travaillé, ou avec lui, ou pour lui. Ainſi on ſe contentera des détails qui ſuivent.

Bref, il réſulte des premieres notions données que Vinache faiſoit des diſtillations

de drogues fufpectes pour des remedes,
dont un de fes malades mourut.

Les premiers biens fonds qu'il acheta
vers l'année 1700 , étoient une ferme &
une maifon fituées au village de Coubron,
à cinq lieues de Paris , qui lui coûterent
7 à 8000 livres , dont il fe fit de nouvelles
acquifitions au domaine de 3000 livres de
revenu.

C'eft-là où il établit des fourneaux & la-
boratoires pour travailler à la chymie & à
la pierre philofophale , fans compter ceux
qu'il avoit dans fa maifon de Paris.

Il difoit avoir un efprit familier, qu'il ap-
pelloit fon folet, qui le faifoit réuffir dans
toutes fes entreprifes. Il l'attachoit dans une
chevelure mêlée qu'il portoit derriere la
tête.

Vinache difoit avoir un ferpent très-bien
marqué le long de l'épine du dos , & que
c'étoit la marque que lui avoit fait fon folet.

Il avoit un compas conftellé , dont une
branche étoit d'or & quarrée , & l'autre

d'argent à trois faces, avec lequel il pouvoit, disoit-il, tout entreprendre.

Il avoit fait à M. Despontis, Chef d'Escadre, la proposition suivante :

Que s'il vouloit faire avec lui, pendant un nombre de lunes, certaines cérémonies, ou lui donner un pouvoir d'agir pour lui, qu'il s'embarqueroit sur son vaisseau, & que par le moyen de son esprit familier, il feroit périr ou prendroit autant de vaisseaux ennemis qu'il en pourroit rencontrer ; à quoi M. Despontis répondit que cette science étoit trop opposée à ses principes pour vouloir en profiter.

Il fit la même proposition à M. de Beaubriant, qui rejetta le commerce d'un tel homme.

Le Duc de Nevers a dit que Vinache, avant sa grande opulence, lui avoit attrapé 800 liv. & un diamant de 15 louis pour lui développer les sciences occultes.

Vinache avoit proposé à M. le Duc d'Orléans, depuis Régent, de lui consteller des diamans. Ce Prince s'est servi de lui pour faire conftruire trois fourneaux de chymie.

Vinache ayant confié au fieur de Mareuil, Gentilhomme, rue Neuve des Petits-
Champs, un diamant conftellé pour gagner
toujours au jeu, moyennant 5000 liv. en
efpece d'Italie, d'Efpagne, d'Angleterre,
d'Allemagne & de France, par forme de
nantiffement ; le fieur de Mareuil, pendant
un an, ne perdoit point au jeu, mais il n'y
gagnoit pas ; & lui ayant pris un fcrupule,
il rendit à Vinache fon diamant, & reprit
les efpèces.

Ses plus familiers lui avoient entendu
dire plufieurs fois : que comme il avoit le
fecret de la poudre de projection, s'il
croyoit que le Roi & fes Miniftres fuffent
d'affez bonne foi pour ne point exiger fon
fecret, & qu'on lui laiffât une entiere liberté pour aller & venir où il voudroit, fe
foumettant toutefois à être gardé par telle
garde qu'on aviferoit, il donneroit 300
millions auffi facilement que trois louis d'or.

Vinache, deux ans avant fa détention,
étoit foupçonné affez généralement de faire

des fontes d'or & d'argent. Sa femme même, lors de l'Arrêt de fon mari, ayant été interrogée par M. d'Argenfon, chez elle-même (car elle ne fut pas arrêtée) convint, par fon interrogatoire, d'avoir vu faire à fon mari une fonte d'or.

Cette femme avoit alors trente-cinq ans & étoit groffe de fon cinquieme enfant avec Vinache, & les quatre premiers vivoient.

On portoit l'or & l'argent à hottées chez Vinache ; il altéroit les efpeces.

Nicolas Buiffon, fieur Destréforiers, arrêté dans l'affaire de Vinache, déclara que Tronchin, Caiffier de Samuel Bernard, & la dame de la Rochebillard, fa maîtreffe, tous deux grands amis de confiance dudit Vinache, n'avoient jamais que des louis d'or nouvellement frappés dont ils payoient toutes leurs dépenfes.

Que Tronchin ne faifoit autre chofe que de chercher & ramaffer les louis vieux.

Que lui fieur Destréforiers, ayant été chargé un jour par cette femme, d'aller porter dix-fept louis au fieur Soguin, Marchand de foie, fur le petit Pont, pour payer des étoffes qu'elle avoit achetées, il s'en trouva treize de légers au trébuchet qu'il rapporta à la dame, & elle lui en donna d'autres.

Que M. Bernard étoit convenu une fois que Tronchin pouvoit avoir fait bénéfice à Geneve dans la derniere fonte des efpeces, mais qu'il n'y en avoit plus à faire maintenant.

Vinache qui fabriquoit de l'or, en vendit à Salomon Jacob, Juif de Metz, & à d'autres Juifs, à raifon de 52, 53 & 54 liv. l'once.

Il en vendit aux Orfévres d'une autre qualité, & à 68, 69 & 70 liv. l'once.

Il avoit deux perfonnes affidées en place qui débitoient journellement des lingots d'or & d'argent pour fon compte.

Tronchin, ami de Vinache, avoit fait plufieurs voyages à Geneve. Lorfqu'il partoit, il venoit la veille chez Vinache, paffoit la nuit avec lui tête à tête, & ils chargeoient enfemble la chaife de pofte. C'étoit pour porter des matieres d'or que l'on mêloit à Geneve avec le cuivre le meilleur du monde, & les Genevois le faifoient paffer pour or à bas titre.

C'étoit M. Menager, Secrétaire du Roi, intéreffé dans les affaires de Finance, & Député du commerce de Rouen; le fieur Tronchin, Caiffier de M. Bernard, & Wanderhultz pere & fils, Banquiers, Négocians Hollandois, ayant maifon à Rouen & à Paris qui fourniffoient à Vinache les matieres d'or & d'argent pour faire fes opérations de la fonte d'or & de billonnage.

Le billonnage eft un crime puni de mort. C'eft l'art de fubftituer des pieces défectueufes à celles qui font d'aloi pour l'intrinfeque, ou pour la valeur courante. Le billonnage eft encore d'altérer ou de remarquer les monnoies. Vinache y excelloit, & en faifoit le commerce à Geneve, en Dauphiné, en Savoie & à Strasbourg.

Un porteur d'argent déclara qu'il y avoit un grand commerce d'argent de chez Samuel Bernard chez Vinache, où on le portoit, deux ou trois fois la femaine, à hottées ; qu'il en portoit & rapportoit souvent de chez Wander-Hultz , & qu'il y avoit grand commerce de préfens de la part de Samuel Bernard chez Vinache.

M. Ménager avoit prêté à Vinache, au mois de Mai 1702 , quatorze mille francs pour les frais de fes fourneaux.

Outre Tronchin & Menager qui avoient la confiance de Vinache, il opéroit encore avec Georges Conrard Schultz, Allemand, pour fes fontes d'or, & celui-ci fut arrêté fans qu'on fache où il a été mis. On répete encore que Vinache étoit très-lié avec le Chevalier Bernard & fes Commis, & qu'avant fa difgrace, la divifion s'étoit mife entre eux.

Les domeftiques de Vinache avoient fouvent trouvé dans les chambres & foyers de fon appartement particulier, des morceaux d'or lingot, des morceaux de doubles-louis, de louis & demi-louis qu'ils vendoient à des Juifs, & de l'argent, ils en faifoient bombance & grands repas ; & Vinache, pour les dépayfer, leur difoit

qu'il

qu'il avoit permiffion du Roi de fondre de vieilles efpeces, & qu'il étoit Chevalier.

La femme de Vinache les furprit un jour, qui jafoient des richeffes de leur maître, & elle en fut fi frappée, qu'elle fe trouva mal en leur préfence; la conclufion fut de leur promettre leur fortune & de leur diftribuer quelques louis pour fe taire.

Ils avoient fept domeftiques en 1703, & Vinache craignant l'indifcrétion de ces gens-là, ils en envoyerent trois en lieux écartés, un à Rouen, un autre en Flandres, & l'autre à Rome, où on leur faifoit tenir de quoi fubfifter honnêtement.

Vinache avoit encore deux hommes de confiance, les fieur Dupin & Marconnel.

Plufieurs de fes domeftiques déclarerent qu'ils avoient vu fouvent dans fon appartement beaucoup de porcelaines pleines de mercure congelé.

Au mois d'Août 1702, Vinaché prit à fon fervice un nommé Thuriat, en qualité d'artifte pour la chymie. Il lui fit acheter deux fourneaux de fonte, des vaisseaux de verre, & l'envoya à Coubron.

Vinache y arriva quinze jours après, & fit fondre à Thuriat quatre à cinq marcs d'argent en chaux qui étoient embarrassés avec du cuivre que Thuriat sépara, & mit en grenailles. Ensuite Vinache fit fondre une once & demie d'or qui étoit en chaux, que Thuriat mit en culot, & sur le culot une bouillitoire avec du sel ammoniac, & de l'urine; puis plusieurs autres expériences pour des remedes, entr'autres son *paraneslan* & antidote contre la fievre.

Le 12 Décembre 1703, le même Thuriat, en continuant sa déclaration devant M. d'Argenson, sur le fait de Vinache, dit : Après ce tems il me fit construire un attanaure pareil à celui de Coubron, me fit acheter deux fourneaux de fonte qui furent apportés dans la chambre de la Boulaye son valet de chambre, où Vinache s'enfermoit tous les jours, y faisant porter quantité de charbon & beaucoup d'eau forte.

Trois semaines après, il fit transporter

les deux fourneaux à fonte dans l'appartement où il couche, & les laquais y portoient le charbon & force eau de puits.

Dans les trois derniers jours des quinze jours que l'ouvrage dura, au mois de Février 1703, Vinache reſta enfermé ſans ſortir. Il venoit prendre lui-même les ſceaux d'eau à la porte. Perſonne n'entroit, à l'exception de Tronchin ſeul, qui circuloit pluſieurs fois dans le jour; & les ſoirs il y tenoit plus long-temps de ſuite.

Le lendemain du troiſieme jour, Martinon, la femme de chambre, & les laquâis, me firent voir un morceau d'or peſant plus d'une livre, avec pluſieurs grenailles d'or & petits morceaux d'argent qu'ils ont gardés cinq ou ſix jours avec un double-louis d'or, un louis d'or, un demi-louis, & un demi-cours d'or à moitié fondu, que la Martinon avoit trouvé parmi les cendres & charbons, à côté des fourneaux; & Duboile, laquais, avoit pareillement trouvé un demi-louis moitié fondu

dans un des fourneaux , parmi de la grenaille d'or.

Moi , Thuriat , voyant que Vinache ne
répétoit point ces matieres , parmi ſes domeſtiques , j'eus la curioſité de prendre le
temps que la femme-de-chambre & deux
laquais faiſoient la chambre pour y entrer.
Je viſitai les fourneaux , où je trouvai encore de la grenaille d'or & des petits morceaux d'argent & grenaille d'argent qui
avoient demi-teinte en or.

Je vis auſſi des porcelaines , les unes
pleines de mercure , les autres où il y en
avoit moins , & dans preſque toutes la
matiere congelée : ce qui me donna lieu
de dire à Vinache , en préſence de ſa femme , que les domeſtiques m'avoient donné
à connoître qu'ils iroient à la Monnoie
porter l'or & l'argent qu'ils avoient trouvé.
Cela obligea Vinache & ſa femme de les
faire venir dans le moment pour leur redemander ces matieres. Vinache leur dit qu'il
n'avoit eu d'autre deſſein que de faire de
l'or potable ; & en me citant comme Artiſte

pour le rectifier, il tira de fes poches, à pleines mains, quantité de pieces d'or, grandes comme des écus, pour faire voir que ce n'étoit pas des louis d'or, mais des pieces étrangeres, fur quoi ils eurent la hardieffe de lui répondre qu'ils favoient le contraire, fachant qu'il avoit fait de l'or & de la monnoie avec M. Tronchin pendant les trois jours qu'il s'étoit enfermé ; & que s'il ne faifoit pas leur fortune à tous, ils le dénonceroient à la Monnoie.

Vinache fila doux, promit de les récompenfer, & fit tant, qu'à l'inftant je vis qu'ils lui rendirent le gros morceau d'or avec quelques grenailles.

Le lendemain matin il me fit fondre ce morceau d'or avec les autres que j'avois vus, & que je mis en culot : après quoi je fondis près de trois marcs d'argent qui étoient en petits morceaux, & il me les fit jetter en grenailles.

Ce même jour il envoya chercher MM. Tronchin & Menager, qui fouperent avec lui ; & fur les dix à onze heures du foir, on mit les chevaux au carroſſe pour aller chercher le Commiſſaire Socquart , qui étant arrivé au bout de demi-heure , mit ſa robe en entrant dans la maiſon.

On le fit monter au deuxieme , où l'on étoit à table. Vinache fit faire un ſecond ſervice de viandes nouvelles pour le Com-miſſaire , qui ſe mit à table, où l'on reſta près d'une heure : enſuite Madame Vinache ſortit , & appella de deſſus l'eſcalier tout ſon monde.

Elle fit entrer d'abord dans l'endroit où étoit ſon mari avec MM. Tronchin & Menager & le Commiſſaire , la Martinon, Femme-de-chambre , qui reſta près d'une demi-heure : enſuite l'on me fit entrer , en me diſant qu'il falloit dire oui ſur toutes les queſtions que l'on me feroit ; qu'il falloit que je me diſſe Jouaillier , & non Artiſte , ſinon que je me ferois des affaires ; à quoi j'obéis , crainte que l'on ne me jouât un mauvais tour.

On fit entrer après moi un laquais ; & le tout étant fini à une heure après minuit , le Commissaire s'en retourna dans le même carrosse. Le lendemain les autres domestiques allerent déposer chez le même Commissaire Socquart.

Alors Vinache se rassura contre nous tous, nous harangua, & nous dit qu'il ne nous craignoit plus, faisant entendre que si nous déposions quelque chose jamais autrement que nous l'avions fait, il nous feroit pendre comme des faussaires.

Cette démarche du Commissaire Socquart ayant paru depuis fort irreguliere, il fut mis à la Bastille lors de l'Arrêt de Vinache.

Quinze jours après cette expédition du Commissaire, nous vîmes entrer chez Vinache, à la nuit tombante, un tombereau fort propre & bien mieux construit que les voitures de cette espece, tiré par un beau & fort cheval, presque tout rempli de sacs, comme des sacs de mille livres. J'étois au troisieme avec Martino Polli, Italien, occupé à construire des fourneaux d'une nouvelle invention. Nous vîmes, par les fenêtres

D 4

de la cour, Vinache avec fon Valet-de-
chambre, fon Cocher & fon Laquais, dé-
charger le tombereau & porter les facs en
haut. Enfuite Vinache vint où nous étions:
Polli lui demanda où il avoit pêché tant
d'argent; il dit que c'étoit une voiture de
fix cens mille livres qu'il alloit placer fur
l'Hôtel-de-Ville. Ce qu'il y a de fûr, c'eſt
que je vis le lendemain charger un autre
tombereau de facs qui reffembloient à ceux
de la veille, mais j'ignore s'il y avoit un
changement d'efpeces.

En ce temps c'étoit chofe commune &
ordinaire de voir arriver chez Vinache des
porteurs chargés de hottes couvertes.

Cependant Vinache ne faifoit rien pour
ma fortune : & un jour que je m'en plai-
gnois, M. Menager m'offrit de me faire
paffer aux Ifles avec une pacotille, me
promettoit que je m'en trouverois auffi-
bien que l'Allemand que l'on avoit envoyé
à Rome. Je refufai la propofition, ayant
une grande répugnance d'aller fur mer.

J'ai omis de dire que j'avois déclaré,

dans ma déposition devant le Commissaire, que l'or & l'argent que j'avois fondus provenoient de bagues & joyaux défaits & rompus que Vinache m'avoit fournis.

Je ne dois point taire non plus, que lorsque le Commissaire interrogeoit les domestiques dans la chambre de Vinache, celui-ci & le sieur Menager étoient postés dans le milieu de la gallerie, de façon qu'ils pouvoient entendre aisément ce que nous déposions ; & que malgré cette intelligence, le Commissaire quittoit de temps en temps sa place pour aller prendre langue avec eux. Bref, la besogne étoit si bien cimentée à leur avantage, que depuis Vinache ne cessoit de répéter à ses domestiques que s'ils ne lui rapportoient à l'avenir les matieres qu'ils trouveroient, il les feroit pendre.

Au mois d'Août 1703, les Officiers de la Monnoie, sur l'avis donné par un domestique de Vinache, qu'il y avoit à Coubron un laboratoire & des fourneaux où il se faisoit de l'or, se transporterent en ce lieu ;

mais M. Menager informé à temps, se trouva à Coubron, fit enterrer & disparoître les pieces de conviction, & donna de si bonnes raisons aux Officiers de la Monnoie, qu'après avoir beaucoup verbalisé, ils s'en revinrent à Paris sans avoir de preuves contre Vinache.

. Ce qui doit surprendre, c'est que cet homme, qui avoit des correspondances au dedans & au dehors du Royaume, qui faisoit un commerce considérable par ses achats & ses ventes de matieres, qui avec cela débitoit des remedes au comptant & à crédit, ne tenoit aucuns regiftres ni livres de comptes. C'étoit sa mémoire qui suppléoit à tout, au moyen de quelques notes sur papiers volans qu'il dictoit à sa femme.

Au commencement de son opulence, le Soldat de Royal-Roussillon, son ancien camarade de chambrée, qu'il avoit volé en désertant, ayant sçu que Vinache faisoit figure, l'étoit venu trouver, & celui-ci le reçut à bras ouvert, le régala, le fit habiller de pied en cap, & lui donna une

poignée de louis pour lui & pour rembour-
fer quelques Officiers dont il avoit emporté
les habits uniformes.

En 1700 , Vinache acheta , à l'inventaire
de feu Monfieur , Frere du Roi , une partie
de diamans de foixante mille livres , & fit
porter à fa femme une cordeliere & un
coulant de fix mille livres. Depuis il aug-
menta fes pierreries jufqu'à cent mille écus ;
& les jours d'ajuftement de fa femme , elle
en avoit fur elle pour quarante mille livres.

En Janvier 1704, un mois avant fa détention à la Baftille, l'or étoit fi commun
chez Vinache, qu'on voyoit çà & là dans
fes appartemens des quinze & vingt facs
gros comme des facs d'argent de mille
livres, tous remplis de louis , négligem-
ment laiffés fur fes bureaux pêle mêle &
par habitude , avec du linge , porcelaines,
& autres uftenfiles de ménage.

Deux perfonnes de condition bien diffé-
rente, alloient habituellement chez lui pour
le voir : c'étoient le Duc de Briffac, &
Marion , Exempt du Prévôt de l'Ifle.

A mesure que sa fortune augmentoit , il prenoit de plus beaux logemens.

En 1700, il quitta la rue Bourg-l'Abbé & vint demeurer rue Frepillon , dans une maison entiere à porte cochere.

Six mois après, ses liaisons avec Tronchin & Ménager étoient au plus haut degré ; ensuite avec Wander Hultz, pere & fils , le tout sous la correspondance commmune de Samuel Bernard.

Saint-Robert & le sieur Buisson des Tréforiers , étoient les agens secrets de cette commune correspondance.

La chose dura ainsi dans sa force environ deux ans & demi , mais après la division s'y mit ; elle commença par les Agens qui se plaignirent de M. Bernard.

M. Bernard devenu plus puissant qu'eux tous en crédit , leur en imposa. Il n'étoit pas encore temps de faire éclat. Cependant Vinache menoit ses affaires avec splendeur, Menager se conservoit ; Tronchin se ruinoit par ses folles amours & dépenses de toutes especes. Les autres grondoient & rongeoient leur frein.

Vinache ne fe trouvant pas encore bien logé, quitta la rue Frepillon, & prit une grande maifon rue Saint-Sauveur, qu'il meubla plus fuperbement que les précédentes, & y logea Wander Hultz fils avec lui. Il avoit fept domeftiques, un beau carroffe avec quatre chevaux, & trois chevaux de felle les plus beaux de Paris, avec des harnois de deux cens écus. Il prêtoit fouvent ces chevaux de felle à Tronchin & aux autres Commis de M. Bernard.

Ce fut vers le mois de Septembre 1703 que l'orage commença à gronder fur Vinache, & le prélude fe manifefta fur Buiffon des Tréforiers, qui fut arrêté au mois de Décembre de ladite année.

Du mois de Septembre au mois d'Octobre, Saint-Robert, dont on a parlé ci-deffus, l'un des agens de la correfpondance commune, donna un avis fur Vinache à Madame de Maintenon, qui en parla au Roi.

Wander Hultz fils, en dit auffi quelque chofe à M. de Chamillart, mais ces avis n'étoient pas des accusations de crimes contre Vinache; ces gens là cherchoient plutôt à se rendre nécessaires au Gouvernement pour tirer quelque récompense d'un avis dont le Roi pouvoit faire son profit; car parmi eux Vinache passoit pour un homme qui très-réellement possédoit le secret de faire de l'or.

Cependant il est bon d'observer que Saint-Robert s'étoit brouillé avec Tronchin & M. Bernard, avec lesquels il avoit été associé pour le projet d'une machine qui remontoit les bateaux du Rhône, ou qui devoit faire cet effet; & il pouvoit bien se faire que son dessein, en dénonçant Vinache, fut de fournir l'occasion d'éclairer la conduite de Samuel Bernard, & faire retomber sur lui le crime de billonnage, dont Vinache pouvoit être convaincu par la suite.

Quoi qu'il en soit, Saint-Robert demanda, par sa dénonciation, qu'on l'arrêtât lui-même en même-temps que Vinache, & qu'on le confrontât promptement à lui pour lui prouver la vérité de ce qu'il avoit

avancé à fon fujet. Il donnoit l'alternative
à Madame de Maintenon, que fi le Gouvernement ne vouloit pas faire ufage de
fon avis, on lui permît d'avertir Vinache
qu'il étoit fufpeȼé, parce qu'alors Vinache
le récompenferoit bien fûrement de cent
mille livres au moins.

Malgré cette propofition, Saint-Robert
ne fut point arrêté avec Vinache ni con-
fronté avec lui.

Wander-Hultz, l'autre dénonciateur,
celui qui avoit anciennement prêté 16000 l.
à Vinache dans le commencement de fes
épreuves de la poudre de projeȼion, &
que Vinache lui avoit rendues peu de
temps après, ne ceffoit de parler à Madame de Chamillart des talens extraordinaires de cet homme & des avantages que
le Roi & l'Etat pouvoient retirer de fon
fecret.

De tous les différens avis donnés à Madame de Maintenon, au Roi & à M. de
Chamillart, fur la fin de 1703, il en réfulta de faire obferver fecretement, par

M. d'Argenfon, la conduite de Vinache
avant de prendre un parti définitif à fon
égard.

Madame de Maintenon envoya auffi
de fon côté, Manceau fon Ecuyer, à la
maifon de Vinache rue Saint-Sauveur,
fous prétexte d'affortir des diamans pour
une Princeffe étrangere. Manceau confi-
déra la maifon ; il trouva Vinache & fa
femme tous deux en robe de chambre,
qui affembloient le linge pour la leffive.
Vinache dit à l'Ecuyer qu'il ne connoiffoit pas, qu'il ne vendoit point de diamans, quoiqu'il en eût d'affez beaux ; qu'il
les gardoit pour fon ufage & celui de fa
femme, & pour certaines occafions qui
furvenoient affez naturellement fans qu'il
les allât chercher.

L'Ecuyer remarqua que dans une galerie il y avoit bien pour 25 mille écus
de tableaux ; vit un buffet de vaiffelle d'argent & de vermeil pour au moins dix
mille écus, & de très-beaux chevaux dans
l'écurie.

Il

Il rendit compte à Madame de Maintenon.

M. de Chamillart, peu de temps avant l'Arrêt de Vinache, eut la curiofité de le voir, fous le prétexte de lui demander fon fentiment fur les remedes & compofitions dont il avoit les recettes.

L'ayant mandé à Verfailles, M. de Chamillart le mit d'abord fur le pays de Naples, & lui demanda les raifons qui l'avoient engagé de venir en France. Vinache lui dit tout ce qu'il voulut dans la vue de fe faire valoir ; qu'il étoit venu en France avec M. le Duc de Chaulnes, qui l'honoroit de fon amitié ; que c'étoit ce Seigneur qui l'avoit marié ; qu'il avoit eu de fa femme quarante mille francs ; qu'il étoit homme de qualité, né à Naples ; que fon pere étoit grand Dataire du Pape à Rome ; qu'il avoit acheté à l'inventaire de feu MONSIEUR, pour 40 mille francs de diamans, fur lefquels il avoit bénéficié, quinze jours après, de 14,000 liv.

Qu'il avoit gagné du bien à la Médecine & au commerce de Jouaillerie, & s'étendit beaucoup sur le spécifique de ses remedes qu'il avoit rendus les plus sûrs du monde, par ses travaux dans la chymie, dont il avoit toujours fait une étude particuliere.

M. de Chamillart lui fit des questions sur certains remedes dont il lui montra les recettes, & le renvoya sans lui donner le moindre soupçon sur ses fontes d'or & d'argent, &c.

Quelques jours après, on fit arrêter Vinache, qui fut conduit à la Bastille.

Il fut interrogé deux fois seulement par M. d'Argenson, les 23 Février 1704 & le 10 Mars suivant, & dix jours après, il se coupa le col dans sa chambre.

Les sieurs Tronchin & Ménager, Wander-Hultz & tant d'autres de sa confiance ne furent point arrêtés.

Voici les biens-fonds de Vinache, indépendamment du mobilier qui étoit bien plus fort.

Un bien à Coubron de 3000 liv. de revenu.

Une Terre en Anjou, qui venoit du Duc de Briſſac, de 3000 liv. de rente, où il y a un château qui a coûté plus de deux cent mille livres à ceux qui l'ont fait bâtir.

Douze mille livres de rente fur la Ville.

De gros fonds placés à la Douane de Paris & à celle de Rouen.

Lorſqu'il fut arrêté, il étoit en marché pour acheter la terre d'Ermenonville 250,000 livres.

Immédiatement après ſa mort, on remit ſa veuve en poſſeſſion de tous ſes biens & effets, tant ceux ſous le ſcellé, qu'autres, & on ſe contenta de lui dire tout ſimplement, que ſon mari étoit mort d'apoplexie à la Baſtille.

M. d'Argenſon s'explique ainſi dans le le compte qu'il rend à M. de Chamillart de l'affaire de Vinache, après l'avoir interrogé & vû ſes papiers.

Qu'il trouvoit dans les réponſes de cet homme un certain fonds d'incertitude & de contradiction, qui ne conviennent guere à la vérité.

Que malgré les foins qu'il prenoit pour
affoiblir la jufte valeur de fes biens , il
lui envoyoit pour quarante mille écus qu'il
avoit gagnés en moins de treize années.

Qu'il étoit bien fufpeêt de s'être précau-
tionné contre tous fes domeftiques , par les
déclarations qu'il leur a fait faire d'office
devant le Commiffaire Socquard ; démarche
auffi affeêtée que ridicule pour cacher fon
billonnage.

Que cette fufpicion ne pouvoit qu'augmenter , par la fréquente arrivée chez Vinache , d'un courier à groffe valife qui fe
cachoit du peuple & des domeftiques du
Chevalier de Serignan , fon voifin. Bref ,
toutes les apparences contre Vinache fem-
blent indiquer fon crime , malgré tous fes
expédiens , pour lui donner des formes rai-
fonnables.

Sa fin tragique à la Baftille , un mois
après y être entré; les précautions que
M. d'Argenfon a prifes pour conftater ,
par lui-même , la mort de Vinache ,
après s'être défait , au lieu d'y envoyer
un Commiffaire , comme c'étoit l'ufage ;

la nouvelle démarche que fit M. d'Argenfon d'aller à la Baftille deux jours après la mort pour reconnoître la perfonne de Vinache avant qu'on le mît dans la bière ; enfuite l'ordre qu'il donna de l'enterrer à Saint–Paul, fous le nom d'Etienne Durand, âgé de foixante ans, au lieu de fon nom de Vinache, pour lors âgé de trente-huit ans ; toutes ces particularités qui annoncent un myftere, qu'on n'a pas pu pénétrer, font tirées mot à mot du verbal de M. Dujonca, Lieutenant de Roi à la Baftille, infcrit fur les Regiftres de la Salle du Confeil, en ces termes :

Du Jeudi-Saint 20 Mars 1704, à une heure un quart du matin, la nuit du Mercredi au Jeudi-Saint, M. de Vinache, Italien, détenu à la Baftille, eft mort dans la troifieme de la Bertaudiere, en préfence de la Boutoniere, Porte-Clef, & de Michel Hirlancle, Caporal de la Compagnie franche de la Baftille ; après laquelle mort fes deux gardiens ont été avertir M. de Rofarges, qui s'eft levé pour aller dans la chambre

E 3

du fieur de Vinache mort , lequel s'eft tué
lui-même , s'étant coupé la gorge au-deffous
du menton, d'une très-grande bleffure , &
large ouverture de hier Mercredi , à une
heure ou deux de l'après-midi , avec fon
couteau ; les bons fecours & panfemens qu'il
a eus à propos ne pouvant efpérer de le fauver. Etant revenu en quelque connoiffance
comme ayant parlé , notre Aumônier a fait
de fon mieux pour le confeffer , mais fort
inutilement ; & à neuf heures du foir j'ai
été avertir M. d'Argenfon de ce malheur ,
lequel eft venu tout auffitôt pour voir &
parler au malheureux qui s'eft tué & qui n'a
rien dit.

Du Samedi 22 Mars , fur les fix heures
du foir , on a fait enterrer le fieur de Vinache , fous le nom d'Etienne Durand ,
qu'on a porté à la Paroiffe de Saint - Paul
dans le Cimetiere ; & avant que de le mettre
dans la bière , du même jour Samedi , fur
les quatre heures de l'après-midi , M. d'Argenfon eft encore venu pour le voir &
examiner & reconnoître ce mort.

Ne pourroit-on pas appliquer à Vinache & à de l'Iſle (*V.* 4 Avril 1711) ce qui eſt dit dans Pétrone de l'Empereur Néron , dans ſon repas de Trimalcion : « qu'un ouvrier qui faiſoit des vaſes de cryſtal tranſparent , les plus beaux du monde , & ſi ſolides , qu'ils ne ſe caſſoient non plus que ceux d'or & d'argent , en ayant préſenté un à Néron dans le milieu du repas , pour lui en faire un préſent , l'Empereur en loua la beauté , & pour faire l'épreuve de ſa ſolidité , le jetta de toute ſa force contre le pavé , ſans autre dommage que d'être un peu enfoncé ; & l'ouvrier , avec un marteau , l'ayant re-dreſſé ſur le champ , comme ſi c'eût été un vaſe d'airain , l'aſſemblée fut remplie d'ad-miration ».

« Mais il en arriva tout autrement pour l'ouvrier qu'il ne penſoit ; car l'Empereur lui ayant demandé ſi quelqu'autre que lui ſavoit ce ſecret ; & l'ouvrier ayant répondu que non , l'Empereur lui fit couper la tête , en diſant que ſi ce ſecret étoit divulgué ,

E 4

l'or & l'argent deviendroient vils comme l₁ boue ».

1704, 17 Février.

Touſſaint SOCQUARD, *Commiſſaire au Châtelet, âgé de ſoixante-ſix ans ;*

Le nommé LA BOULAYE , *Valet—de—chambre de Vinache ;*

Et la femme de LA BOULAYE *furent mis à la Baſtille pour l'affaire de Vinache. Le premier obtint ſa liberté le 18 Avril 1704, & continua ſes fonctions de Commiſſaire.*

LA BOULAYE *& ſa femme ne ſortirent de la Baſtille que le 21 Août ſuivant.*

LES domeſtiques de Vinache avoient fait des déclarations en faveur de leur Maître pour cacher ſon billonnage.

1705, 11 Février.

Henry DE LA CERDE, Comte d'Albataîre, fils d'un Grand d'Espagne, natif de Sainte-Marie en Andalousie, fut mis à la Baftille fur un ordre du Roi du 11 Février 1705. Il en fortit au mois d'Avril 1706.

1705, 23 Mai.

Le Comte de TAVANES, fils, fut mis à la Baftille, en vertu d'un ordre du Roi du 23 Mai 1705 : il en fortit le 20 Juillet fuivant.

1706, 12 Août.

Edme MERCIER, Secrétaire de M. Meunier, Confeiller au Parlement, entra à la Baftille le 12 Août 1706, & fut mis en liberté le 13 Novembre fuivant.

1706, 13 Octobre.

Louis, Comte DE MONTGOMERY *, fut
conduit à la Bastille le 13 Octobre 1706 :
il y mourut le 26 Mars 1710 , & fut enterré à Saint-Paul.*

1707, 25 Mars.

Le sieur BOSTAL *, Lieutenant de Dragons
au Régiment de Guethen pour le service
des Hollandois, fut arrêté & mis à la
Bastille le 25 Mars 1707. Il n'obtint sa
liberté qu'au mois de Juillet 1713.*

1707, 16 Novembre.

Claude LE NOIR *, originaire de Paris,
'Avocat au Parlement, Econome des
Dames Religieuses de l'Abbaye de Port-
Royal-des-Champs, fut mis à la Bastille*

le 16 Novembre 1707, & y fut détenu
jufqu'au mois de Novembre 1715.

1708, 10 Mai.

Pierre WESLER, Baron de Broch, natif de
Duffeldorff, fut mis à la Baftille en vertu
d'un ordre du Roi du 10 Mai 1708, &
n'en fortit que le 16 Novembre 1714.

Obfervation.

Il ne nous eft parvenu aucun renfeignement fur les motifs de la détention de ces
fept Prifonniers.

1708 , 20 Décembre.

Frédéric - Charles JANNISSON DE
MONDEVISE, *âgé de trente-sept ans,
est entré à la Bastille le 20 Décembre
1738, en vertu d'une lettre de cachet,
signée par M. le Marquis de Torcy.*

CE prisonnier étoit un espion des Hollandois. Le Roi décida qu'il resteroit à la
Bastille jusqu'à la paix générale.

1708 , ·22 Décembre.

*Muley Benzar, ou Dom Pedro de
Jesu, se disant fils du Roi de Mequinez
en Afrique, fut mis à la Bastille sur un
ordre du Roi, du 22 Décembre 1708,
contresigné Phelypeaux. Il en sortit le 22
Mai 1710, pour être transféré à Charenton.*

CET aventurier se disoit fils du Roi de
Mequinez sur la côte d'Afrique : il racon-

toit que fon pere le voulant fruftrer, lui
& fon frere, de la fucceffion au Trône,
ils prirent la réfolution de lui faire la
guerre ; qu'il fe donna entr'eux & leur pere
une grande bataille, qu'ils perdirent, &
que fon frere ayant été fait prifonnier, le
Roi, leur pere, lui fit couper le bras droit
& la jambe gauche. Muley Benzar avoit
pris la pofte & s'étoit fauvé en Portugal
& de-là à Madrid, où il dit que le Roi
d'Efpagne lui fit beaucoup d'accueil, par
le moyen du Cardinal Porto Carrero, qui
le préfenta à Sa Majefté Catholique. Il
refta deux mois à la Cour d'Efpagne ; &
ayant témoigné au Roi l'envie de paffer en
France, il dit que Sa Majefté lui fit donner
un équipage avec une efcorte, & 200 louis
d'or, pour venir jufqu'à Bayonne, où il
refta deux jours & mangea avec M. le Duc
de Grammont, qui en étoit pour lors Gouverneur : de-là il vint à Bordeaux, où il
refta encore quelque temps chez M. le
Maréchal de Montrevel ; enfuite il s'embarqua pour Blaye & vint defcendre à la

Rochelle. Enfin il vint dans la Touraine; & resta quelque temps à Loches, d'où il partit pour Versailles, où il fut arrêté & conduit à la Bastille.

Il a toujours soutenu qu'il étoit fils du Roi de Mequinez, quoiqu'on fût persuadé du contraire. Ayant écrit à Maroc, en Portugal & en Espagne, on apprit qu'il n'étoit que simple Soldat dans les troupes Portugaises, & qu'auparavant il n'étoit qu'un Valet d'écurie. Le Roi d'Espagne s'étoit informé à des Peres de la Mercy s'il étoit vrai qu'il fût fils du Roi de Mequinez ; & ayant reconnu que cela étoit faux, il avoit fait expédier un passeport à Muley Benzar, lui avoit fait donner dix ou douze pistoles, & chasser du Royaume.

1709, 2 Janvier.

*Jacques LABOULLAIE, Seignèur de la
Forte, Commandant pour le Roi dans fon
Château d'Exilles, fut mis à la Baftille
au mois de Janvier 1709. Il en eft forti
le 22 Mars fuivant.*

IL ne nous eft rien tombé entre les mains
de relatif à la caufe de la détention du
fieur Laboullaie.

1709, 20 Novembre.

*Louis-René-Jofeph HACHART, natif dé
Périgord, Garde-du-Corps du Roi, &
enfuite Capitaine d'Infanterie au Régiment de Villequier, fut mis à la Baftille
fur un ordre du Roi du 20 Novembre
1709, & y fut détenu prifonnier jufqu'au
16 Novembre 1714.*

LES motifs de fa détention nous font
pareillement inconnus.

1711, 11 Février.

La demoiselle Anne CHARON *, fille âgée de soixante-un ans, demeurant à Paris, fut mise à la Bastille en conséquence d'un ordre du Roi du 11 Février 1711, & n'en sortit qu'au mois de Septembre 1716.*

1711, 9 Mars.

Alexandre BELLEFOND *, Officier de Marine, natif de Quebec en Canada. Il a été mis à la Bastille sur un ordre du Roi du 9 Mars 1711, & y a été détenu prisonnier jusqu'au 10 Septembre 1715.*

Nous n'avons aucun renseignement sur les motifs qui ont causé la détention de ces deux personnes.

1711, 4 Avril.

Jean TROUIN *, dit* DE L'ISLE *, Armurier, âgé de trente-neuf ans, natif de Bargomon près Fréjus en Provence, entra à la Baftille par ordre du Roi le 4 Avril 1711, & mourut audit Château le 31 Janvier 1712, quatre jours après avoir été interrogé par M. d'Argenfon. Il fut arrêté dans le Comté de Nice.*

CET homme prétendoit poff, éder le fecret de la tranfmutation des métaux, & de faire de l'or & de l'argent.

Il n'avoit point fait fes études, & à peine il favoit lire & écrire, ayant paffé une partie de fa jeuneffe à profeffer fon métier d'Armurier.

Il déclara, par fon interrogatoire, qu'à l'âge de vingt-neuf ans, il lui prit fantaifie de s'inftruire dans la chymie, fur ce qu'un Italien qu'il rencontra à Nice lui dit de merveilleux de cette fcience, & que l'I-

Tome II.   F

talien, qui alloit à Avignon, s'étant offert
de lui montrer ce qu'il en favoit, il le fuivit dans cette ville, où il travailla, pendant huit mois avec lui à la chymie, avec
toute l'application dont il étoit capable.

Que pendant ce temps, l'Italien & lui
firent différentes courfes dans les montagnes voifines de Sifteron, pour y herbo-
rifer & s'attacher à la connoiffance des
fimples qu'ils avoient grand foin de cueillir
& ramaffer par-tout où ils en trouvoient
d'utiles pour leurs travaux & opérations.

Que cet Italien calcinoit de petites parties d'or qu'il expofoit enfuite au foleil, &
dont il fe fervoit pour tranfmuer du plomb
en or, après toutefois avoir tiré du premier or une efpece de mercure dont il
compofoit une poudre appellée métallique.

Que dans cette opération, il n'entroit
que de l'or, des herbes appelées *lunaria
major* & *lunaria minor*, & des pierres mi-
nérales.

Que pour compofer l'or, & lui donner bonne & entiere confiftance & le degré

néceffaire à l'épreuve, c'étoit de mettre la poudre métallique dans une bouteille , & l'arrofer avec l'eau exprimée des herbes ci-deffus & avec l'huile de foleil, à la hauteur de deux doigts; expofer le tout au foleil jufqu'à ce que l'eau qui furnage foit en-tiérement confommée ; ce qui dure quel-quefois un an ou deux ans , fuivant les fai-fons plus ou moins ardentes de foleil.

Que l'huile de foleil étoit compofée d'or calciné , du fuc des mêmes herbes & de falpêtre.

Qu'enfin l'opération réuffiffoit quelque-fois & manquoit auffi quelquefois; que ces variations lui étoient ainfi arrivées fans qu'il pût en favoir ni dire la raifon.

Et fur ce que M. d'Argenfon , dans l'interrogatoire , lui objeƈta qu'il n'avoit pas parlé ainfi, pendant plufieurs années; qu'au contraire, il avoit écrit & affuré à M. l'Evêque de Senez (le faint des Janfé-niftes) & à M. le Préfident de Saint-Maurice , Préfident de la Cour des Mon-noies de Lyon , Commiffaire du Roi pour

la recherche des fauſſes fabrications d'eſ-
pèces, que ſon ſecret & ſon opération
étoient infaillibles, pourvu qu'on lui donnât
deux ans de liberté, & un ſauf conduit
pour travailler en ſûreté & faire ſon opération ſous les yeux du Roi, comme étant
une choſe des plus importantes qu'il pût
y avoir pour l'Etat ; lui de l'Iſle avoit
mauvaiſe grace de dire aujourd'hui qu'elle
étoit fautive & incertaine. Sur quoi, il répondit, qu'il avoit ſeulement promis à M.
de Senez, qu'il feroit voir quelque choſe
de ſingulier, ſans s'être autrement expli-
qué ſur l'infaillibilité de l'opération ; qu'au
ſurplus, il lui falloit cinq ans d'un travail de ſuite, pour préparer ſa poudre métallique ou poudre de projeſtion.

Détails ſur l'affaire de de l'Iſle, trouvés
à la Baſtille : ils feront connoitre ſa
conduite, depuis le commencement de ſes
opérations juſqu'à ſa mort à la Baſtille.

De l'Iſle fit un voyage, en 1701, à Nice,

où il fit connoiffance de l'Italien, nommé Denis.

L'Italien lui donna la commiffion de chercher, dans les montagnes de Savoie, des herbes dont il lui donna les échantillons. De l'Ifle y fut ; il s'appliqua beaucoup à fa recherche & revint avec bonne provifion à Denis, qui l'emmena à Avignon, où il commença à travailler fous fes ordres.

Quelque temps après l'Italien, pour le récompenfer de fes peines, l'initia dans fa confiance, faifoit fon travail le plus fecret devant lui; & de temps en temps, lui donnoit de l'argent & de la poudre de projection, pour le ftiler à faire de l'or & de l'argent ; & c'eft avec cette poudre qu'il avoit fait depuis, toutes les tranfmutations de plomb en or & en argent, en la préfence de M. l'Evêque de Senez, des fieurs du Bourget & Berand, fes neveux ; de M. le Préfident de la Monnoye de Lyon & de plufieurs autres, qui tous ont rapporté des lingots d'or & d'argent, que ledit de l'Isle a faits.

M. de Senez a représenté un couteau dont le dos de la lame étoit d'or ; mais que cet or étoit de l'ouvrage de l'Italien. De son côté, de l'Isle avoit fait trois fois de la poudre de projection en la présence de M. de Senez.

Sa réputation s'étant répandue dans sa Province, les Taffin, Marchands, lui donnerent 3000 livres, pour avec pareille somme qu'il devoit fournir, il auroit fait de la poudre de projection & partagé entr'eux le profit ; mais les Taffin ont dit avoir perdu leur argent.

M. l'Evêque de Senez ayant vu travailler de l'Isle en Provence, & même travaillé avec lui, fut persuadé de la vérité de son secret. Il en écrivit à M. Desmaretz, Contrôleur général.

M. de Senez étant venu à Paris, représenta deux lettres de de l'Isle, par lesquelles il promet qu'il fera voir à la Cour la vérité de son secret.

M. de Senez, de retour en Provence, écrit de nouveau, le 15 Novembre 1709, à M. Desmaretz, commence sa lettre par dire :

Qu'il lui a déja écrit, & qu'il va lui confirmer ce qu'il pense au sujet de de l'Isle, lequel travaille, dans son Diocèse, à la transmutation des métaux. Qu'il ne revient à la charge que dans la vue de servir les intérêts du Roi & de procurer le bien de l'Etat ; qu'il ne lui cache pas qu'il a écrit, depuis 1707, plusieurs lettres à M. le Comte de Pontchartrain sur ce sujet ; parce que ce Ministre lui avoit demandé des éclaircissemens, mais qu'il n'en avoit point informé M. de Chamillard, ni même lui M. Desmaretz à son avénement, attendu qu'ils ne lui avoient fait aucunes demandes sur cet objet, quoiqu'il fût public & répandu dans la Provence ; que pour en revenir à de l'Isle, il avoit d'abord jugé que son secret étoit impossible suivant les principes de lui Evêque de Senez, qui s'étoit appliqué, en différens temps, à l'étude de

F 4

la chymie, pourtant plutôt par fimple curiofité que par aucun motif d'intérêt ; mais
qu'ayant converfé avec une perfonne en-
nemie déclarée dudit de l'Ifle, cette perfonne n'avoit pu s'empêcher de lui avouer
qu'elle avoit porté plufieurs fois aux Orfévres d'Aix, de Nice & d'Avignon le
plomb ou le fer du fieur de l'Ifle, changé
devant elle en or qu'ils avoient trouvé au
titre, & que fur cette nouvelle découverte,
il auroit cru pouvoir fe rapprocher dudit
de l'Ifle, pour l'examiner plus attentive-
ment & avec moins de prévention.

Qu'en effet l'ayant rencontré dans fa
vifite épifcopale, chez un de fes amis, la
Compagnie engagea ledit de l'Ifle d'opérer
devant lui ; ce qu'il fit fur des clous de fer
qu'il lui préfenta, & que de l'Ifle changea
en argent dans le foyer de la cheminée,
préfence de huit témoins dignes de foi.

Que lui, M. de Senez, envoya ces
clous tranfmutés, par fon Aumônier, à
Aix, chez Imbert, Orfévre, qui, après
épreuve faite, les trouva de très-bon argent.

Que M. de Pontchartrain voulant être certain du fait, lui écrivit, il y a deux ans, qu'il feroit chofe agréable à Sa Majefté de l'informer exactement de ce qui s'étoit paffé.

Qu'en conféquence il appella de l'Ifle à Caftellanne, où il s'étoit muni de dix hommes fûrs & gens d'efprit, auxquels il recommanda de bien veiller fur les mains de l'artifte, qui, en préfence de tous, changea, fur un réchaud, deux pieces de plomb en deux pieces d'or & d'argent, lefquelles deux pieces ayant été envoyées par lui Evêque de Senez à M. de Pontchartrain, ce Miniftre les fit voir aux plus habiles Orfévres de Paris, qui les jugerent bonnes & au titre.

Qu'en outre il lui fit faire à Senez, en fa préfence, cinq ou fix opérations qui toutes réuffirent; mais que ce qui achéva de le convaincre, ce fut une opération que de l'Ifle lui fit exécuter lui-même, fans que ledit de l'Ifle touchât à rien.

De l'Ifle fit auffi opérer à Caftellanne le

Pere Berard, de l'Oratoire, neveu de M. de Senez.

Il en fit faire autant, à Senez, au fieur du Bourget, autre neveu de M. de Senez, qui fut dépêché par fon oncle à M. de Pont-chartrain, à qui il rendit compte, dans le plus grand détail, de l'habileté de l'artifte & de la vérité de fon fecret. Il ajoute à cela que cent perfonnes de la Provence l'ont vu opérer ou opéré elles-mêmes fous fa direction & avec fuccès.

M. de Senez ajoute dans fa lettre, que la conduite particuliere & perfonnelle de de l'Ifle eft bonne & réguliere, qu'on n'a rien à lui reprocher d'effentiel; que s'il n'a pas profité des deux premiers fauf-conduits du Roi, pour aller faire devant Sa Majefté l'expérience de fon fecret, c'eft qu'il n'é-toit pas en affez grand fonds de fa poudre de projection, & n'avoit pu en compofer de nouvelle, à caufe que les faifons y avoient été peu propres, & l'Evêque conclut, par la demande d'un troifieme fauf-conduit de deux années pour l'artifte, afin de lui

donner le temps de préparer fa poudre ;
après quoi il fe rendra à Verfailles.

Autre lettre de M. de Senez, du 30
Avril 1710 , à M. de Nointel, Confeiller
d'Etat, chargé par M. Defmaretz de l'examen particulier & vérification de l'affaire
de de l'Ifle , où il lui confirme le fecret
de cet homme , & qu'il pourra le mener
lui-même au Roi au mois d'Août prochain,
fuppofé pourtant que l'été foit beau , &
que la canicule foit bien nette & bien
chaude , pour favorifer les préparations.
Ces lettres font pleines d'efprit , bien
écrites , & faites pour appuyer le fyftême
en queftion ;

Autre lettre de M. de Senez à M. de
Nointel , du 1er Août 1710, où il dit que
le Préfident de Saint-Maurice a tout vu
de fes yeux dans Saint-Aubain ; qu'il a opéré
par fes mains ; qu'il a changé du plomb
& du fer en or & argent pour plus de
600 liv. , & qu'il a été convaincu de la
tranfmutation ; mais que quant au voyage
de de l'Ifle à Verfailles, il avoit la plus

grande inquiétude de pouvoir l'y déter-
miner pour l'année préfente, cet homme
difant que jufqu'à préfent l'année n'avoit
point été du tout favorable. En effet, jamais printemps & prefque tout l'été ne
furent fi pluvieux ni plus froids en Provence que cette année 1710, & M. de Senez obferve que malgré tous ces délais, il
le preffera fi conftamment à faire le
voyage avec lui, fans toutefois fortir des
ménagemens que l'on doit avoir pour un
tel homme, qu'il ne défefpere pas d'y
parvenir, d'autant qu'il eft perfuadé, & l'a
toujours été, lui Evêque de Senez, que
de l'Ifle a toujours confervé pardevers lui
une réferve de poudre dont il ne veut pas
convenir.

    Lettre du Préfident de Saint-Maurice à
M. de Nointel, du 17 Août 1710, pour
lui donner avis qu'on a vu, depuis peu,
à Turin, le fieur de l'Ifle & l'Abbé de Saint-
Auban, qui l'obfede pour le détourner de
fe rendre à Verfailles; & qu'on peut croire
que l'artifte médite de porter fon fecret à

l'Etranger , & M. de Saint-Maurice partant de là, propofe de le faire arrêter lorfqu'il rentrera en Provence , pour y venir
chercher fes effets.

Une autre lettre de M. de Senez à M.
de Nointel, du 10 Octobre 1710, pour
lui renouveller fon chagrin de ce que l'été
s'eft paffé fans chaleur ni bon foleil, &
par conféquent continuels obftacles pour
l'artifte; que cependant dès le mois de
Septembre , où le foleil avoit reparu plus
chaud que par le paffé, il avoit preffé de
nouveau le fieur de l'Ifle de faire le voyage
de Verfailles , pour fatisfaire aux defirs
empreffés de Sa Majefté ; fur quoi l'artifte
avoit redoublé fes répugnances ; ce qui ne
l'avoit pas autrement furpris, ce philofophe
étant un peu fantafque & d'humeur peu
complaifante , dont le refrain étoit de dire,
que par trop preffé on ne vient à bout de
rien.

Et alors M. de Senez, pour ne point fe
trouver compromis avec le Roi , à qui il
avoit promis de lui mener l'Artifte, enga-

gea cet homme à écrire lui-même à la Cour, pour détruire les raisons de ses délais.

De l'Isle écrivit au Ministre, exposa les obstacles & difficultés, & tâcha de faire voir l'inutilité qu'il y avoit à son voyage de Versailles, qui n'aboutiroit qu'à le détourner de son travail, & lui faire perdre de vue ses méditations.

M. de Senez en même temps justifioit de l'Isle sur de fausses imputations qu'on lui avoit faites à Sisteron, & ailleurs, qu'il étoit de complicité avec de faux monnoyeurs, & il rapportoit l'extrait des procédures dans lesquelles on n'avoit pu établir aucunes preuves contre lui.

De l'Isle représentoit aussi à M. de Nointel ses raisons en détail sur le délai de son voyage, redemandoit de nouveau deux années de préparation pour ses poudres & huiles, assurant qu'au bout de ce temps il ira se livrer au Roi, charmé de se sacrifier pour son service & pour l'utilité de son état, en quelque lieu qu'il plaise à Sa Majesté de le mettre.

Lettre de M. de Saint–Maurice à M. de Nointel, datée de Paris le 9 Décembre 1710, où, en parlant de l'Artiſte, il s'exprime ainſi : *J'ai l'honneur de vous adreſſer les éclairciſſemens embrouillés de notre Philoſophe provençal.... Je n'ai jamais été convaincu de l'utilité de ſon ſecret ; mais en même temps je dois juſtice à la vérité ſur les expériences réelles que j'ai faites moimême.*

Certificat de M. de Saint–Maurice, donné à Verſailles le 14 Décembre 1710, cinq jours après ſa lettre ci-deſſus à M. de Nointel. Ce certificat eſt des plus détaillés & des plus authentiques en faveur de de l'Iſle. Il atteſte qu'il a fait lui-même, au château de Saint–Alban en Provence, un lingot d'or peſant trois onces avec les préparations que de l'Iſle avoit faites, lequel lingot il a préſenté à M. Deſmaretz.

Qu'il a vu & examiné la poudre de de l'Iſle ; que c'eſt ce qu'on appelle poudre de projection.

Qu'il a fait une ſeconde expérience ſur

trois onces de balles de plomb à piftolets
& fur la moitié d'une cuiraffe de fer, avec
les préparations de de l'Ifle, & qu'il en
eft réfulté une petite plaque d'or & plufieurs morceaux d'or qui ont été préfentés
à M. Defmaretz par lui Préfident de Saint-
Maurice.

Qu'il a fait pareillement, audit lieu de
Saint-Auban, une expérience pour l'argent, avec les préparations de de l'Ifle,
laquelle a eu fon entier & plein effet.

Copie d'une lettre de de l'Ifle à M. de
Senez, datée à Grace le 10 Mars 1711,
par laquelle il lui donne avis qu'il vient
d'être arrêté, par ordre du Roi, à Nice,
& conduit à Marfeille à M. le Comte de
Grignan qui doit le faire transférer à Paris.
Il le prie de s'y rendre avant lui, le re-
gardant comme fon unique protecteur &
appui, lui recommandant de porter la
bouteille de fa poudre métallique, pour
qu'il puiffe faire voir au Roi la vérité de
fon fecret.

Lettre de M. de Senez à M. de Nointel,
datée

datée à Senez le 14 Mars 1711, pour lui
marquer la furprife où il eft des mauvais
traitemens qu'on fait effuyer à de l'Ifle, en
le conduifant à Paris lié, garotté & chargé
de chaînes; que c'eft effaroucher cet efprit qui peut prendre un travers d'opi-
niâtreté; que c'eft faire mourir cet homme
par un tranfport de chagrin; que c'eft un
caractere fufceptible & ombrageux; qu'il
craint que cette façon de s'y prendre ne
foit contraire aux intérêts du Roi; qu'il
fe propofe de partir lui - même pour Paris
dans les vingt-quatre heures, afin de courir après de l'Ifle, & que faute de pouvoir fe fervir de voitures à caufe des nei-
ges qui couvrent la terre, il fera ce long
voyage à cheval, ne réfléchiffant à autre
chofe qu'au bien du fervice du Roi, &
à trouver le moyen d'appaifer l'Artifte cap-
tif pour lui rendre fa docilité premiere &
fa bonne volonté à obéir au Roi, & par-
là l'engager à donner à Sa Majefté fon
fecret.

De l'Ifle entra à la Baftille le 4 Avril

Tome II. G

1711. Il ne fut pas queftion alors de lui faire fubir interrogatoire ; on le traitoit au contraire avec douceur. On le prévint qu'il fe rendroit agréable au Roi s'il travailloit dans la Baftille à fes expériences ; que pour cela on lui donneroit tous moyens & facilités. En conféquence de l'Ifle commença à faire fes préparations.

M. de Nointel lui fit donner par M. de Bernaville, Gouverneur de la Baftille, l'or & l'argent à lui, qui étoit renfermé dans une boîte, & que M. de Senez demanda qu'on lui donnât.

Le 1er Août 1711 l'Artifte commença à travailler pour parvenir à la tranfmutation. Entr'autres drogues qu'il employoit, on remarquoit principalement le falpêtre, le vif-argent, l'arfenic, le foufre & l'antimoine

Le 3 Août, il travailla en préfence de M. de Senez & du fieur du Bourget, & auffi en préfence du fieur de Launay, Secrétaire du Roi & Directeur de la Monnoie des Médailles, par ordre de M. de Nointel.

Le 5 Août , autre travail en préfence du fieur de Launay.

Le 7, il travailla en préfence de M. de Senez & des fieurs du Bourget & de Launay. Et ayant fait fes préparations & fes poudres , il les mit toutes dans un panier & demanda à aller au jardin du Gouverneur , autrement le baftion. Il y alla , accompagné de ces Meffieurs ; il fit une foffe lui-même , & y dépofa le panier qu'il couvrit d'une planche , fur laquelle il remit la terre fortie du trou.

Le 17, de l'Ifle & ces Meffieurs retournerent au jardin , & il jugea que les poudres n'avoient pas encore refté affez de temps en terre. Elles y furent remifes en préfence de la compagnie.

Le 18, il retira les poudres en préfence de ces Meffieurs.

Le 19, il les travailla en préfence de ces Meffieurs , & M. de Senez en tira une certaine quantité d'eau qu'il mit dans une bouteille , qu'il cacheta de fon cachet, laquelle bouteille il plaça dans le cabinet du jardin à l'expofition du foleil.

Tout le refte du mois d'Août , continuation d'opérations de la part de de l'Ifle & de ces Meffieurs; & le fieur de Launay retira l'or de la matiere.

Le 10 Septembre, fourni à de l'Ifle quatre onces d'or.

Le 21 dudit mois, de l'Ifle & ces Meffieurs firent ufage de la bouteille du jardin expofée au foleil , d'où il réfulta une huile & un aimant , qu'on mit dans un vafe cacheté de M. de Senez & de M. de Bernaville.

Le 26 Septembre , on décacheta le vafe en préfence des parties , où il ne fe trouva plus d'huile , le foleil & l'aimant l'ayant confommée.

Le 27, M. de Senez & M. du Bourget vinrent à la Baftille avec deux bouteilles de métallique & d'huile de foleil , & ils verferent , avec de l'Ifle , fur fa matiere une portion d'huile & de métallique.

Le 29 Oƈobre fuivant, de l'Ifle fe tranfporta dans l'appartement du Gouverneur, où il accommoda un petit fourneau en préſence de M. de Senez, de M. de Nointel qui vint au château, & des ſieurs de Launay, du Bourget & Bâlin, & du ſieur Reith, Chirurgien de la Baſtille ; & là, en préſence de tous, il mit dans une cornue ſa poudre métallique que M. de Senez avoit apportée, & mit la cornue ſur ſon fourneau. Après deux heures & demie de chaleur, de l'Iſle, en retirant la cornue, trouva dans le récipient un demi-verre d'eau, au lieu de mercure qu'il eſpéroit d'y trouver. La cornue ſe caſſa en la dégraiſſant de ſa terre, & M. de Senez ramaſſa la poudre métallique, & l'emporta avec le demi-verre d'eau.

Le 1er. Novembre, M. de Senez & du Bourget rapporterent à de l'Iſle la poudre métallique ci - deſſus, lui diſant qu'il lui avoit donné le feu trop chaud, & qu'elle étoit brûlée en partie. Ils convinrent tous que M. de Senez enverroit le ſoir ce qu'il avoit encore de poudre métallique, d'eau

G 3

magiftrale , d'huile de foleil, & le demi-
verre d'eau ; & avec cela de l'Ifle recom-
mença le lendemain, enfuite prit quelques.
jours de repos , pendant quoi fes matieres
fe confolidoient.

Le 21 & le 23 Novembre , nouveaux
travaux.

Les 28 & 29 Novembre , pareille chofe.

Le 11 Décembre , de l'Ifle fit, en préfence de MM. de Senez , de Launay , &
de Bernaville , Gouverneur , la même expérience qu'il avoit faite en préfence de
M. de Nointel. Arriva même fuccès , c'eft-
à-dire fuccès imparfait.

M. de Bernaville étoit prefque toujours
appellé aux travaux , parce que c'étoit
lui, qui , par ordre de la Cour, fourniffoit
à de l'Ifle les matieres, denrées & uftenfiles dont il avoit befoin ; & à chaque
féance, M. de Bernaville remettoit fous
fon cachet dans des boîtes les ingrédiens
& matieres dont on venoit de fe fervir , &
à chaque fois qu'on reprenoit le travail , il
repréfentoit les boîtes cachetées , qui l'é-

toient par fois du cachet de de l'Iſle ; en écrivant chaque fois : Un tel jour , à telle heure , j'ai levé mon cachet , & j'ai livré les matieres renfermées ſous icelui ; & ledit jour , à une telle heure , j'ai remis ſous mon cachet les matieres qui viennent de m'être confiées.

Le tout pour accélérer & ne pas perdre le temps , & éviter des frais de Commiſfaire.

Il eſt auſſi à remarquer que M. de Senez étoit ſi perſuadé de la bonté du ſecret de de l'Iſle & de ſa bonne foi, que très-ſouvent à la Baſtille , aux appartemens où il travailloit , le Prélat ſe mettoit en prieres à genoux pendant les opérations , pour demander à Dieu qu'il lui plût bénir la beſogne.

Le 18 Janvier 1712 , ouverture fut faite d'une boîte envoyée de Provence par l'Abbé de Saint-Auban à M. de Nointel. M. de Senez & du Bourget étoient préſens. Il ne s'y trouva que des herbes de *lunaria major* comprimées avec du mercure; ce qui étoit

G 4

un refte de tranfmutation faite ci-devant 'Artifte. On en fit l'épreuve requife devant les perfonnes ci-deffus, & de Reilhe, le Chirurgien-Apothicaire du Château ; après quoi on remit le tout dans la boîte , qu'on cacheta du cachet de M. de Senez.

Le 20 Janvier, nouvelle ouverture de cette boîte par ordre de M. Nointel, en préfence de de l'Ifle, de M. de Senez, du Bourget de Launay & Reilhe , & il n'en réfulta qu'un débouilli defdites herbes, qui ne produifit qu'une très-petite quantité de poudre qui s'attachoit au poëlon & à la jatte, & rien de plus.

Le 27 dudit mois de Janvier, on prit enfin le parti de faire fubir interrogatoire à de l'Ifle , & M. d'Argenfon l'interrogea.

Dès ce moment , il prit un violent cha-grin à de l'Ifle , & il ne difoit plus autre chofe, finon qu'il fouhaitoit mourir.

Quatre jours après , c'eft-à-dire le 31 Janvier, notre philofophe fut trouvé mort dans fon lit vers les dix heures du foir.

Il étoit tombé malade le matin , d'un

vomiffement qui lui étoit affez ordinaire, & qui redoubla de deux heures en deux heures, jufqu'au foir qu'il lui prit une foibleffe qui lui fit perdre la parole, & il paffa fans qu'on s'en apperçût. Il avoit parlé toute la journée comme à fon ordinaire ; il avoit pris des bouillons & bu beaucoup, comme il avoit coutume de faire quand les vomiffemens lui prenoient ; en forte que le Gouverneur & les domeftiques regarderent fa mort comme une mort fubite.

M. d'Argenfon vint à la Baftille le lendemain à huit heures du matin, pour voir le cadavre, & ordonna qu'il fût ouvert, & qu'on en drefferoit procès-verbal.

A fix heures du foir, un Médecin ordinaire du Roi, à caufe de l'abfence de la Carliere, Médecin du Château, & un Maître Chirurgien de Paris, nommé Arnauld, avec le fieur Reilh, Chirurgien du Château, firent l'ouverture du corps. Le rapport dit qu'il ne paroiffoit pas qu'il fût mort de poifon, & que les caufes de la mort étoient naturelles, & il en déduit les raifons.

Ce qu'il y a cependant d'affez fingulier, c'eft que par la minute de la lettre de M. d'Argenfon à M. de Nointel, du 3 Février 1712, en lui envoyant fon procès-verbal & le rapport des Médecins & Chirurgiens, M. d'Argenfon mande qu'il foupçonne toujours que la mort de de l'Ifle a été précipitée, & qu'il rendra compte de vive voix du motif de fes conjectures.

De plus, par le procès-verbal de M. d'Argenfon, il eft dit, en parlant du fieur Arnauld, Chirurgien, que ledit Arnauld a panfé & guéri de l'Ifle de fes bleffures.

S'il a panfé de l'Ifle, c'eft à Paris. Or, on ne voit nulle part que de l'Ifle ait été bleffé à Paris ou à la Baftille. Bleffé à Paris, cela ne pouvoit gueres être, puifqu'il étoit conduit par la Maréchauffée, qui, à fon arrivée, l'a dépofé tout de fuite au Château de la Baftille. Quoi qu'il en foit, c'eft ainfi qu'a fini de l'Ifle, & avec lui fon fecret ou prétendu fecret de faire de l'or & de l'argent.

Le 11 Février 1712, douze jours après

fa mort, M. d'Argenfon fe tranfporta à la Baftille, avec le fieur de Launay, Directeur de la Monnoie des Médailles, pour faire la recherche des matériaux, drogues & compofitions de l'Artifte, enfemble les matieres & réfidus en l'état que le tout étoit ; & la totalité en fut remife audit fieur de Launay, qui en donna fon récépiffé fur le procès–verbal dreffé ledit jour par M. d'Argenfon.

Le lendemain 12, autre Procès–verbal de M. d'Argenfon, dreffé aux Galeries du Louvre, en l'appartement du fieur de Launay, qui conftate que ledit de Launay a fait travailler toute la journée fur deux réfidus commencés par de l'Ifle, pour en tirer l'or qui pouvoit y être ; d'où il eft réfulté qu'on en a tiré deux onces fix gros & demi d'or à vingt–deux karats, qui ont été envoyés par M. d'Argenfon à M. Defmarets, Contrôleur Général, avec une lettre datée du 14 Février, où ce Magiftrat qualifie de l'Ifle d'impofteur & d'infigne fripon qui avoit fafciné les yeux & féduit la crédulité des personnes qui avoient pris confiance dans ses opérations.

Au mois de Novembre de ladite année 1712, la veuve de de l'Isle, réclama les hardes & effets de son mari, qui étoient restés à la Bastille. Elle présenta, à cet effet, des placets au Roi, en conséquence desquels M. Desmaretz écrivit à M. d'Argenson de les lui remettre. On remit le tout, le 22 Novembre, au valet-de-chambre de M. l'Evêque de Fréjus, qui étoit porteur d'une procuration de cette veuve, & il en fut dressé procès-verbal par M. d'Argenson.

Ainsi finit l'histoire de de l'Isle, qui fit beaucoup de bruit dans ce temps-là.

1711, 10 Novembre.

INTERROGATOIRE, de l'ordre du Roi, fait par nous Marc-René de Voyer de Paulmy, Chevalier, Marquis d'Argenſon, Conſeiller d'Etat ordinaire, Lieutenant-Général de Police de la Ville, Prévôté & Vicomté de Paris, Commiſſaire du Roi en cette partie, au nommé GENAY, dit DUCHAIL, priſonnier, de l'ordre du Roi, au Grand-Châtelet; à l'effet duquel interrogatoire, nous avons pris pour Greffier d'office, Charles-Léon le Normant, à qui nous avons fait prêter le ſerment en ce cas requis (1).

Du 10 Décembre 1711.

INTERROGÉ de ſon nom, ſurnom, âge, qualité, pays, demeure & religion;

_____

(1) L'interrogatoire que nous joignons à cette Collection, & qui a été trouvé à la Baſtille, eſt une de ces pieces que l'on tranſportoit du Châtelet, par ordre du Roi, à la Baſtille, afin de ne rien laiſſer dans les

A dit, après ferment par lui fait de dire vérité, qu'il se nomme Michel-Elie Genay, Sieur Duchail, âgé de cinquante-trois ans, ou environ, originaire de Fontenay-le-Comte en Poitou, qu'il est sans emploi ni profession ; qu'il est né dans la Religion Protestante, dont il suit la doctrine, quoiqu'il ait fait son abjuration ; qu'au reste il demeuroit, lorsqu'il a été arrêté de l'ordre du Roi, rue Boutebrie, chez la nommée Chenau, tenant chambre garnie.

En quelle année il a fait son abjuration ?

A dit, qu'en l'année 1685 il fut mis en prison dans la ville de Fontenay-le-Comte en Poitou ; qu'ayant été ensuite transféré au château de la Floffilliere, il y fut mis dans un cachot pendant trois jours, après lesquels il fit son abjuration entre les mains de M. Martinot, Prieur de la Floffilliere. Ajoute que ce fut par force & violence & pour éviter les tourmens qu'on vouloit

---

Greffes publics qui pût donner une idée de la marche & des perfécutions de l'intolérance religieufe & du Defpotifme monarchique.

lui faire fouffrir, qu'il figna fon abjuration, quoique fon deffein fût de ne jamais changer de religion.

Quels font les prétendus tourmens dont on le menaçoit, & dont la feule appréhenfion a porté le répondant à faire fon abjuration après trois jours de prifon feulement ?

A dit, qu'on prenoit les pauvres Religionnaires, qu'on les mettoit dans des cachots noirs infectés par des chiens & des bêtes mortes qu'on y jettoit ; qu'enfuite on attachoit ces mêmes Religionnaires par les poignets & les gros doigts des pieds à des cordes qu'on élevoit en l'air par le moyen des poulies, & qu'on les laiffoit enfuite retomber rudement.

Si lui répondant a jamais vu qu'on ait fait endurer un pareil fupplice à aucun Religionnaire ?

A dit que non.

Pourquoi donc il ofe avancer qu'il n'a fait fon abjuration, que dans la vue d'éviter un pareil fupplice ?

A dit, qu'étant prisonnier dans la ville de Fontenay, un nommé Foucault, Chirurgien à Coulonge-les-Royaux, le vint visiter, & lui dit qu'on lui avoit fait souffrir le supplice de l'extension par les pieds & par les mains, & que si le répondant vouloit l'éviter, il n'avoit qu'à signer.

Depuis combien de temps il est à Paris, ce qu'il y fait, & de quoi il y subsiste?

A dit, qu'il y a sept ans qu'il a quitté son pays & qu'il demeure à Paris; qu'il y fait les affaires de Madame la Marquise de Crevant & de M. l'Abbé de Sainte-Hermine : ajoute qu'il se mêle aussi de solliciter des procès au Palais pour des personnes de la Province de Poitou, qui le chargent du soin de leurs affaires, & qu'il n'a que cette seule ressource pour vivre, en attendant qu'il ait plu au Roi de lui faire rendre ses biens de famille, consistant en terres & domaines sis à Fontenay-le-Comte, qui ont été saisis & donnés à bail judiciaire à la requête du Sr Boucher, préposé à la régie des biens des Religionnaires fugitifs, sous

prétexte

prétexte que la mere du répondant avoit passé en Angleterre, quoiqu'elle ait obtenu son congé du Roi, deux ans avant la révocation de l'Edit de Nantes.

Quels font les appointemens que lui donne Madame de Crenant & M. l'Abbé de Sainte-Hermine pour prendre foin de leurs affaires ?

A dit que Madame de Crenant lui donne ce que bon lui femble, mais qu'elle lui doit encore 466 livres pour un voyage qu'il a fait à Grenoble par son ordre: qu'à l'égard de M. l'Abbé de Sainte-Hermine, il a promis au répondant de lui donner deux cens livres par an, mais que n'ayant pas encore un an qu'il eft à fon fervice, il n'a rien reçu. Qu'ainfi, lui répondant, vit fort pauvrement du peu d'argent que lui font tenir les perfonnes de province qui le chargent du foin de leurs affaires.

Si la principale occupation du répondant n'eft pas de fe trouver tous les jours dans le Jardin du Luxembourg & dans les

Tome II. **H**

Salles du Palais pour y débiter des nouvelles ?

A dit, qu'il eft vrai qu'il va au Palais
pour y folliciter les affaires dont il eft
chargé, & qu'il ne peut difconvenir qu'il
n'aille auffi quelquefois dans le Jardin du
Luxembourg, où il écoute les nouvelles
dont on s'entretient „ & fur lefquelles il fe
mêle quelquefois de dire fon avis.

S'il n'eft pas vrai qu'il affecte toujours
de débiter des nouvelles défavantageufes
à l'Etat, & de contredire, dans des termes
les plus vifs, les perfonnes qui s'entretien-
nent de quelques nouvelles avantageufes
à la France ?

A dit que non.

S'il ofe défavouer qu'il ait mal parlé du
Roi en plufieurs rencontres, & s'il ne lui eft
pas échappé de dire récemment que nonobftant les nouvelles avantageufes de la
paix qui fe répandoient dans le public, les
Ennemis feroient dans peu aux portes de
Paris ?

A dit que non, & qu'il a trop de refpect

pour la facrée perfonne du Roi pour en mal parler.

S'il n'eſt pas vrai qu'il a répandu auſſi dans le public pluſieurs nouvelles déſavan-tageuſes , contenues dans un écrit qui s'eſt trouvé parmi ſes papiers ?

A dit , qu'il eſt vrai qu'il s'eſt entretenu des nouvelles contenues dans ledit mémoire que nous lui avons repréſenté , & qu'il a paraphé avec nous; mais que ces nouvelles qui contiennent la marche de M. le Duc de Savoye au mois de Juillet dernier , ne font point de ſa main, & lui ont été données par un Gentilhomme , nommé Chambon.

Leɛ̌ture à lui faite du préſent interroga-toire : a dit ſes réponſes contenir vérité, y a perſiſté, & a ſigné.

Pour copie.

M. R. D'ARGENSON,

H 2

1712, 4 Février.

Le sieur DE LA CROIX *le pere, Brigadier des Armées du Roi, fut arrêté & mis à la Bastille, sur un ordre du Roi du 4 Février 1712, & mis en liberté le 23 Mars suivant.*

NOUS n'avons aucune note sur la cause de sa détention.

1712, 28 Avril.

Augustin LE MARCHANT, *Prêtre, Religieux Cordelier de l'Ordre de Saint François, de la Province de Touraine Pictavienne, ci-devant Soldat Canonnier, Dragon dans les Troupes de France, d'Espagne, & du Portugal, natif du Diocèse de Saint-Malo en Bretagne, fut mis à la Bastille le 28 Avril 1712.*

IL étoit accusé d'avoir, depuis plusieurs années, formé le dessein d'empoisonner le Roi d'Espagne, d'avoir acheté du poison

en Portugal à cette intention ; d'être retourné en Espagne , à la faveur de l'habit de
Religieux dont il étoit revêtu pour exécuter
ce projet qu'il avoit concerté , non-seulement avec la Reine de Portugal , mais avec
l'Archiduc & un grand Seigneur & une
grande Dame de la Cour de France ; pour
l'accomplissement duquel crime il avoit
emporté en Espagne du sublimé corrosif,
qui à son retour s'est encore trouvé en sa
possession.

Son accusateur étoit un nommé Desquerres. Cet homme, étant marchand Ami-
donnier à Viana , ville de Portugal , avoit
obtenu la permission de vendre du poison ;
& ayant fait la connoissance du sieur
Marchant, celui-ci voulut l'associer à ses
mauvais desseins. Mais Desquerres ayant
refusé même de lui vendre du poison ,
Marchant alla trouver le Gouverneur de
Viana, qui fit mettre Desquerres en prison.
malgré les raisons qu'il allégua de son refus.
S'étant sauvé après six mois de détention,
un Capitaine Gênois facilita son évasion du

H 3

Portugal, & le tranfporta, lui & fa famille, en Efpagne.

Defquerres s'adreffa au Roi, qui le renvoya à fes Miniftres ; mais l'acculé ne fe trouvant point, l'accufateur quitta l'Efpagne, & vint en France fa patrie. Il s'établit à Bordeaux, où il découvrit le fieur Marchant quelque temps après fous l'habit de Cordelier ; habit à la faveur duquel il couroit de pays en pays, en fe faifant recevoir dans les Couvens de cet Ordre qui étoient fur fon paffage, au moyen de certificats d'obédience qu'il fe faifoit lui-même, ayant un faux cachet du Général de l'Ordre.

Defquerres alla trouver les Miniftres ; & leur ayant fait la même déclaration qu'aux Miniftres d'Efpagne, Louis XIV chargea M. le Prince de Chalais d'arrêter Marchant, qu'on trouva au Couvent de Breffure. Il fut mis dans les prifons de Poitiers & tranféré à la Baftille, où il a fubi quarante interrogatoires, que le Roi s'eft fait lire, & dont copie a été envoyée au Roi d'Efpagne. Dans ces interrogatoires, Marchant a tout nié, & de fon côté Defquerres a toujours soutenu sa déclaration & nommé deux complices de Marchant , l'un nommé Etienne & l'autre Beaumont, & il a circonstancié sa déclaration.

Les contradictions qui se rencontrent dans les quarante interrogatoires de Marchant, ayant donné une grande probabilité à la déclaration de Desquerres , on ne jugea pas même à propos d'arrêter ce dernier.

Louis XIV envoya Marchant en Espagne, sous la conduite du Prince de Chalais, pour que cette affaire fût jugée à Madrid.

1712, 8 Mai.

Pierre GIROD , âgé de cinquante-deux ans, est entré à la Bastille le 8 Mai 1712 , en vertu d'un ordre du Roi du premier du même mois , signé par M. le Marquis de Torcy.

C'ÉTOIT un Protestant , originaire de la ville de Geix , établi depuis plusieurs an-

H 4

nées à Neuchâtel, foupçonné d'avoir eu
des liaifons particulieres avec les fieurs
Peyrold & Stavien, de Neuchâtel, qui
s'étoient ouvertement déclarés contre la
France.

Il fut décidé qu'il refteroit renfermé jufqu'à la paix générale, & qu'à cette époque
on le chafferoit enfuite du Royaume, par
un ordre du Roi, qui lui défendroit d'y
revenir fous quelque prétexte que ce pût
être.

———————

1712, 26 Août.

André AZZURINS, âgé de vingt - quatre
ans, originaire de la ville de Rome, eft
entré à la Baftille le 26 Août 1712, en
vertu d'une lettre de cachet du 25 du même
mois, fignée par M. le Marquis de Torcy.

CE prifonnier avoit été arrêté à Fontaine-
bleau. Il étoit arrivé nouvellement d'Hollande, & avoit fait différens voyages à
Utrecht. Ses principales liaifons étoient

avec les Miniftres & les Emiffaires de l'Empereur, defquels il avoua qu'il avoit reçu de l'argent, ce qui fit prendre la réfolution de ne penfer à fa fortie qu'après la paix générale.

Il fut mis en liberté le 19 Août 1726.

———————

1712, 15 Novembre.

Françoife DE VILLIERS, *furnommée* FANCHON, *native d'Amiens, mife à la Baftille, fur un ordre du Roi du 15 Novembre 1712. Elle en fortit le 17 Janvier 1713.*

Nous n'avons aucun renfeignement fur les motifs de fa détention.

Elle avoit foixante-un ans lorfqu'elle fut mife à la Baftille.

———————

1713.

LA parodie de l'Ode fuivante, trouvée dans les pieces qui nous font tombées dans les mains, a été faite vraifemblablement par un homme qui fut mis à la Baftille à

Ode à M. DESMARETZ.

QUEL fort frappe mon efpérance ?
Quels chants heureux frappent les airs ?
Le Ciel fait triompher la France,
Le Ciel veut calmer l'univers.
Landaw fe rend, Fribourg fuccombe ;
La difcorde aux fers retombe ;
Elle y va gémir à jamais.
Quel bonheur ! Quel comble de gloire !
Sur les ailes de la victoire
LOUIS fait defcendre la paix.

Je vois Villars, je vois Eugene,
Fameux par cent travaux guerriers ;
Malgré l'ardeur qui les entraîne,
Préférer l'olive aux lauriers.
Le Rhin fur fon urne repofe :
Du bonheur du lieu qu'il arrofe

cette occasion. Comme nous n'avons trouvé ni le nom de cet homme ni la date de son entrée à la Bastille, ni celle de sa mort, nous pensons qu'il a pu être expédié promptement, & qu'on a détruit toutes les traces de son existence à la Bastille ; car il s'agissoit d'un Ministre attaqué dans sa gloire & dans l'emploi des finances !

PARODIE.

QUEL sort trompe notre espérance ?
Quels cris plaintifs frappent les airs ?
L'iniquité rassemble en France
Tous les malheurs de l'univers ;
Sous son empire tout succombe,
La vertu dans l'oubli retombe,
Et Thémis s'envole à jamais.
O temps ! O mœurs ! O vaine gloire !
Hélas ! faut-il que la victoire
Nous donne une infertile paix !

En vain nous triomphons d'Eugene
Par cent & cent travaux guerriers ;
En vain notre ardeur nous entraîne
A nous couronner de lauriers.
Les traits du serpent qui repose
Dans ce lieu que la Seine arrose ;

Suite de l'Ode.

Il se plaît à voir les apprêts ;
Son onde se fait violence,
Et l'on diroit que son silence
Respecte d'augustes secrets.

DESMARETZ, Ministre fidele
Du héros qui comble nos vœux,
Souffre un moment que je rappelle
L'image d'un temps moins heureux.
Quel temps ! En vain contre l'orage
La France excitoit son courage.
Tout sembloit trahir ses efforts.
Rivaux fiers de notre disgrace,
Combien ranima notre audace
L'épuisement de nos trésors.

Ton nom seul calme nos alarmes.
LOUIS, le plus sage des Rois,
Rendit l'espérance à nos armes
Par la justice de son choix.
Que dis-je ? Projets inutiles !
Sur nos champs toujours si fertiles
L'hiver exerce sa fureur ;
Le Ciel contre nous se déclare ;
Tout périt, la nature avare
Trompe l'espoir du laboureur.

Quel sort ! quel excès de misere !
Il en fallut subir la loi :
LOUIS la sentit comme pere,

Suite de la Parodie.

Nous forcent à d'autres apprêts.
Ah ! n'ufons point de violence.
Le Ciel impofera filence
A l'Auteur de nos maux fecrets.

LOUIS, ton peuple eft trop fidele
Pour ne pas foufcrire à tes vœux.
A ce devoir tout le rappelle ;
Mais veux-tu le voir malheureux ?
Ah ! Songe à diffiper l'orage
Qui peut exciter fon courage
A l'éviter par fes efforts !
Mérite-t-il cette difgrace,
Où ton Miniftre, avec audace,
Le plonge en pillant tes tréfors ?

Nos bras ont calmé tes alarmes,
Et t'ont fait le plus grand des Rois.
S'il faut encore prendre les armes,
L'obéiffance eft notre choix.
Mais fi pour nous feuls inutiles,
Ils ne font qu'en lauriers fertiles,
Crains tout de Mars en fa fureur.
Contre nos biens tout fe déclare.
Notre fervice eft trop avare.
Heureux le fort du laboureur !

Rien n'égale notre mifere.
Pouvons-nous en fubir la loi ?
Si tu la fens, fers-nous de pere :

Suite de l'Ode.

Et la foulagea comme Roi.
Tu connus toute fa tendreffe ;
Et de la plus haute fageffe
Les tréfors en lui réunis,
Il commet fon peuple à ton zele ;
Tout prit une face nouvelle ;
Mais nos maux n'étoient pas finis.

L'or, l'argent, devenus prothées ;
Se dérobent à tous nos foins,
Et fous des formes empruntées,
Augmentoient encore nos befoins,
L'ufure, monftre plus avide
Que l'hydre qu'abbatit Alcide,
Jufqu'à ce jour l'avoit bravé ;
Mais en vain fa rufe fatale
L'enveloppoit dans un dédale :
Le fil t'en étoit réfervé.

De nos maux tu connus la fource ;
Et par un travail affidu,
Tu fus arrêter dans fa courfe
Un torrent par-tout répandu.
Par ton favoir, par ta prudence,
Tu rétablis la confiance.
Pour réuffir il faut ofer.
Rien n'étonne un Miniftre habile ;
Et plus le temps eft difficile,
Plus il faut s'immortalifer.

Suite de la Parodie.

C'eſt le devoir d'un ſage Roi.
Pour reconnoître ta tendreſſe
Et les bienfaits de ta ſageſſe ;
Nos cœurs ſeront tous réunis ;
Et pleins d'un véritable zele ;
Pour chanter ta gloire nouvelle ;
Nous oublierons nos maux finis.

L'or & l'argent, toujours prothées ;
Se dérobent à tous nos ſoins,
Et ſous des formes empruntées,
Augmentent encore nos beſoins.
L'uſure, monſtre plus avide
Que l'hydre qu'abbattit Alcide ;
Juſqu'à ce jour t'a trop bravé.
Terraſſe ſa ruſe fatale,
Et tire-nous de ſon dédale.
Le ſecret t'en eſt réſervé.

De tous nos maux connois la ſource ;
Et par un travail aſſidu,
Arrête, arrête dans ſa courſe
Un torrent par-tout répandu.
Que ton pouvoir & ta prudence
Rétabliſſent la confiance !
On la détruit pour trop oſer ;
Mais fais choix d'un Miniſtre habile
Pour cet ouvrage difficile,
Si tu veux t'immortaliſer.

Suite de l'Ode.

Le fort où tu nous fis atteindre
Paffe tous nos vœux & les tiens.
Nous n'avons plus de maux à craindre,
Et nous efpérons mille biens.
Les flots des plus fieres tempêtes
Qui fembloient menacer nos têtes
A nos pieds viennent fe brifer.
De LOUIS nos deftins dépendent,
Et nos ennemis lui demandent
Ce qu'ils ofoient lui refufer.

C'eft la paix. Que ce grand ouvrage
Comblera les vœux de ton Roi !
Il vient de t'en donner un gage
Dans l'éclat qu'il répand fur toi.
Nous la verrons bientôt defcendre.
Que ne devons-nous pas attendre
Du zele qui brûle ton cœur !
Pourfuis, confacre ta mémoire.
Tu ne peux augmenter ta gloire
Sans augmenter notre bonheur.

F I N.

Suite

Suite de la Parodie.

C'eft à ce but qu'il faut atteindre
Pour combler nos vœux & les tiens ;
Alors nous n'aurons rien à craindre
Pour notre repos & nos biens.
Les flots des plus fieres tempêtes
Qui pourroient menacer nos têtes,
A nos pieds viendront fe brifer.
Fais que de nous nos biens dépendent,
Et tes fujets qui le demandent
N'auront rien à te refuser.

O vous, qui lifez cet ouvrage,
Soyez fidele à votre Roi.
Loin d'ici tout flatteur à gage.
Mallet, ceci s'adreffe à toi.
Tu veux monter, crains de defcendre :
C'eft le prix que tu dois attendre
De la baffeffe de ton cœur.
Tes vers, indignes de mémoire,
Ne chantent qu'une fauffe gloire
Qui s'oppofe à notre bonheur.

F I N.

Ainfi, Mallet, ferme ta bouche,
Et ne vante plus ton Auteur
Par ton ftyle auffi menteur
Et plus fripon que tu n'es louche.
Ton bel efprit d'académie
N'y fut reçu, en ce temps-là,
Que par une pure manie
De fréquenter les *Loyaula.*

1713, 14 Juin.

Gafpard CARCANO *, âgé de vingt-deux ans ,*
eft entré à la Baftille le 14 Juin 1713 , en
vertu d'une lettre de cachet du 11 du même
mois , que M. de Torcy a fignée.

C'ÉTOIT un jeune libertin, originaire de
Milan , qui, après avoir volé au fieur Clericy , Banquier, dont il étoit commis &
parent, une fomme affez confidérable, étoit
paffé en France avec un nommé Molina, à
la faveur d'un paffe-port de M. le Marquis
de Berety, Ambaffadeur du Roi d'Efpagne
en Suiffe , & d'un autre de M. de Marnaye
Labaftie, commandant pour le Roi à Strasbourg.

Il convint du vol qu'il avoit fait ; & il
s'en excufa , en difant que le fieur Clericy,
chez qui il avoit demeuré pendant deux
ans , ne lui ayant pas procuré l'avançement
qu'il lui avoit promis , il s'étoit déterminé

à le voler & à venir demander enfuite du fervice en France. Il affura que le nommé Molina, qui avoit été arrêté en même-tems & mis auffi à la Baftille, n'avoit eu aucune part à cette action, & ne s'étoit joint à lui que pour l'accompagner dans fes voyages.

Le pere de Carcano étoit Lieutenant des Gardes du Prince Eugene de Savoye; mais néanmoins il ne fervoit pas, & il avoit feulement retenu cette qualité comme un titre d'honneur, faifant fa réfidence ordinaire à Milan où il étoit.

Les fieurs Fromaget & Gaftebois, Banquiers à Paris, reçurent des lettres du fieur Clericy, par lefquelles il les prioit, en cas qu'on pût joindre ce jeune homme, de fe faifir de tout ce qui pourroit lui refter d'argent, & enfuite de le laiffer aller où il voudroit; mais on ne crut pas qu'il convînt au bien du fervice du Roi, d'en ufer àinfi; & on penfa que ce jeune homme, ayant fon pere Lieutenant des Gardes du Prince Eugène, & pouvant avoir pénétré dans le Royaume à mauvaife intention, il devoit demeurer à la Baftille jufqu'à la conclufion de la paix avec l'Empereur.

1713, 24 Septembre.

Louis-Michel DE BELLEVAUX *dit* MONTJARDIN, *originaire de Liége, naturalifé François, mis à la Baftille en conféquence d'un ordre du Roi du 24 Septembre 1713. Il en eft forti le 16 Novembre 1714.*

1713, 9 Octobre.

Pierre MASSARD, *Capitaine au Régiment d'Artois, originaire de Grenoble en Dauphiné, mis à la Baftille fur un ordre du Roi du 9 Octobre 1713. Il n'a obtenu fa liberté qu'au mois de Juillet 1716.*

LES motifs qui ont occafionné la détention de ces deux perfonnes nous font inconnus.

1714.

DÉTAILS trouvés à la Baftille, fur l'affaire
des voleurs de grands chemins, & affaffins
des Couriers, Coches, Voitures publiques
& Voyageurs.

CETTE affaire a duré plufieurs années ;
elle a commencé en 1714.

A la paix, qui fut faite le 11 Avril 1713,
& fignée dans la maifon de l'Evêque de
Briftol, par les Plénipotentiaires de France,
ceux de la Grande Bretagne, du Duc de
Savoye, du Roi de Portugal, du Roi de
Pruffe & des Etats-Généraux des Provinces-
Unies ; & à celle qui fut conclue & fignée à
Raftatt, par le Maréchal de Villars, & par le
Prince Eugene de Savoye le 6 Mars 1714.
Après la longue guerre de 1701 pour la
Couronne d'Efpagne, le Roi fit une ré-
forme très-confidérable dans fes troupes ;
ce qui répandit par-tout le Royaume une
multitude de foldats réformés & de bri-

I 3

gands qui voloient & affaffinoient à toute outrance.

Ceux de ces voleurs qui furent arrêtés les premiers dans différentes Provinces, les Tribunaux des lieux inftruifirent leurs procès.

On arrêta auffi en grand nombre à Paris, des voleurs & vagabonds qui avoient couru les Provinces, & qui fe trouverent complices ou en relation avec ceux qu'on arrêtoit dans le Royaume ; ce qui donna lieu au Roi de faire expédier des commiffions particulieres du Confeil à M. d'Argenfon, Lieutenant Général de Police, t..nt pour faire le procès aux délinquants qu'il avoit fait arrêter à Paris, que, pour correfpondre avec les Juges des Provinces, & travailler de concert avec eux, par l'apport réciproque des charges & informations faites contre ces criminels.

Et par fuite de ces premieres procédures contre les voleurs de grands chemins, il fut donné pareillement à M. d'Argenfon fils, M. Dombreval & M. Hérault, Lieutenans de Police, des Commissions du Conseil pour faire & continuer le procès, tant aux anciens voleurs qu'à ceux arrêtés depuis (1).

Il y eut soixante-dix-sept accusés dans cette affaire, dont six condamnés à mort & exécutés.

Noms & qualités des accusés condamnés à mort.

Jacques Froger dit Dubreuil, Perruquier roulant, détenu à Vannes en Bretagne, d'où il a été transféré à la Bastille le 23 Mai 1714, sorti & transféré au Grand Châtelet le 10 Septembre suivant.

François Amiaud dit Beausoleil, ci-devant soldat au Régiment d'Offy, détenu à Van-

_____

(1) Si quelque chose annonce & caractérise le despotisme, ce sont les Commissions pour juger les accusés. Pourquoi ne pas les renvoyer devant leurs Juges naturels ? Il semble que le Despote craigne toujours de ne pas trouver de coupables ni assez de coupables. Les Commissions lui sont plus commodes, parce que ceux qui les composent sont des agens dévoués & affidés.

nes, d'où il a été transféré à la Bastille le 23 Mai 1714, & ensuite au Grand Châtelet le 10 Septembre suivant.

Ils ont été roués tous les deux en place de Greve, par jugement de la Commission du mois de Septembre 1714 (1).

Joseph Bizaut ou Gratien Davanelle, Marchand Jouaillier à Liége, détenu au Petit Châtelet, par ordre du Roi.

Condamné à être rompu vif en place de Greve, & à expirer sur la roue : son corps transporté sur le grand chemin de Calais, par jugement de la Commission du 13 Juillet 1724.

Pierre Lefevre, Marchand Jouaillier,

---

(1) Il y a une lettre de M. Herault, Lieutenant Général de Police, datée du 17 Août 1726, par laquelle il charge le sieur Dufour, Garde des Archives de la Bastille, de remettre au sieur Caillet, Greffier au Châtelet, les procédures faites contre Dubreuil & Beaufoleil en 1714, & celles faites en 1716, contre le nommé Barreau dit Grand-Pierre, détenu aussi à la Bastille, & transféré au grand Châtelet.

contrebandier, demeurant au village de Courcelles en Lorraine, détenu au Fort-l'Evêque.

Condamné à être rompu vif en place de Greve, & à expirer fur la roue; fon corps, tranfporté fur le grand chemin de Péronne, par jugement de la Commiffion dudit jour 13 Juillet 1724.

Pierre Langlois dit le Blond, marchand dans l'Armée d'Efpagne, détenu à Bordeaux.

Honoré Berth dit Picard, natif d'Amiens, détenu à Bordeaux.

Condamnés l'un & l'autre à être rompus vifs, & à refpirer fur la roue jufqu'à ce que mort s'enfuive; leurs corps tranfportés où ils ont commis le crime, par jugement pré-vôtal, rendu à Bordeaux le 8 Août 1713.

Ils avoient affaffiné & volé les nommés Orphelin, Courier de Bordeaux, & Bertrand Bodel, fon Poftillon, la nuit du 11 au 12 Mars 1710, entre la Pofte de Peyec-brune & Chazac, près Bordeaux.

Cinq des accufés, dans le procès de Jofeph Bizot ou Gratien d'Avanelle, & Pierre
Lefevre, Jouailliers, ont été condamnés
par contumace à être rompus en place de
Greve, dans un tableau attaché à un poteau, planté à cet effet, par jugement de
la Commiffion du 5 Décembre 1724.

<hr/>

1714, 9 Janvier, 10 Février, 19 Mars.

MARTIN dit TOULOUZE;
La nommée JOLY;
La nommée LECOURT, femme de MARTIN,
dit TOULOUSE, entrés au Château de la
Baftille, en vertu des ordres du Roi, fignés
par M. le Marquis de Torcy.

ILs étoient tous trois accufés, même convaincus des vols les plus importans, & ils
étoient foupçonnés, avec beaucoup d'apparence, d'avoir eu part aux meurtres &
vols des Couriers de Bordeaux & de Lyon.

<hr/>

1714, 15 Mars.

Jean RENÉ DE LA TOUR, *Marquis de Mon-*
tauban, Colonel de Cavalerie, Chevalier
de Saint-Louis, mis à la Baſtille, ſur un
ordre du Roi du 15 Mars 1714. Il en ſortit
le 27 du même mois.

1714, 13 Juin.

RENÉ VALLOIS, *Sergent de la Compagnie*
du Château de la Baſtille, arrêté & enfermé
dans cette priſon par ordre du Roi du 13
Juin 1714. Il en eſt ſorti le 5 Septembre
ſuivant.

1715 , 8 Janvier.

Alexandre LION *, Lieutenant au Régiment de Montmorency , mis à la Baftille le 8 Janvier 1715. Il a obtenu fa liberté le 25 Décembre fuivant.*

NOUS n'avons aucun renfeignement fur la caufe de la détention de ces trois perfonnes.

1715 , 27 Janvier.

*Madame la Marquife d'*ESCLAINVILLIERS *, entrée à la Baftille le 27 Janvier 1715.*

ELLE avoit commis une grande faute envers fon mari , & d'autres qu'on ne dit pas dans les notes que nous nous fommes procurées.

Elle lui écrivoit de la Baftille des lettres où elle lui demandoit pardon à genoux ;

elle le supplioit de lui pardonner, principalement au nom de ses trois enfans.

Son mari lui avoit fait meubler une chambre à la Bastille, avec lit, tapisserie, chaises, rideaux, &c.

Il paroît qu'elle y avoit une femme-de-chambre. M. d'Esclainvilliers avoit la permission de s'adresser journellement & en droiture à M. de Bernaville, Gouverneur, pour les besoins de sa femme, même pour lui faire voir des personnes que M. d'Esclainvilliers nommoit.

Son nom de fille étoit de Court; elle signoit de Court d'Esclainvilliers.

M. d'Esclainvilliers demeuroit dans sa terre de Folville, près Breteuil.

Elle avoit emporté de chez son mari les papiers & principaux effets qui regardoient ses enfans & six mille livres d'argent.

Il paroît que cette dame tiroit de l'argent, tant qu'elle pouvoit, des fermiers des terres de son mari, & à son insçu, & qu'elle leur en donnoit quelquefois les quittances & quelquefois point.

Sa faute devoit être d'une espèce singu-
liere, puisque M. le Comte de Ponchartrain proposoit de retirer, par un Arrêt du
Conseil, toutes les informations & papiers
de cette affaire, pour en dérober la connoissance au Public, & les déposer chez
Gaudion, Greffier des Commissions du
Conseil, dans une cassette qui seroit ca-
chetée par M. d'Argenson, qui en dresse-
roit procès-verbal & inventaire ; & M. de
Ponchartrain, dans le projet d'Arrêt, com-
muniqué à M. de Bernage qui étoit entré
dans l'affaire, fait exposer qu'il avoit été
rendu un pareil Arrêt dans l'affaire de la
Jolin, sur le motif que les informations de
la Jolin, intéressant une partie de Paris,
& que le Roi n'avoit pas cru devoir faire
faire le procès à des personnes, dont plusieurs étoient tombées dans des crimes sans
les connoître, & d'autres ne s'y étoient
portésque par la facilité de les faire, Sa Majesté étoit persuadée qu'il y a des crimes
qu'il faut mettre en oubli, pour ne point
faire connoître aux hommes qu'ils en sont

capables ; ce qui , quelquefois , les leur fait commettre.

1715 , 3 Mai.

La Comteffe DE NASSAU *fut mife à la Baf-*
tille fur un ordre du Roi du 3 Mai 1715 ,
& en fortit le 15 Août fuivant.

1715 , 5 Juin.

André NICOLOZZO *, Imprimeur à Chartres,*
fut détenu à la Baftille par ordre du Roi ,
depuis le 5 Juin jufqu'au 15 Septembre
1715.

1715 , 26 Octobre.

Le Baron DE BLAIGNAC ; il fut mis à la Bastille , en vertu d'un ordre du Roi , du 26 Octobre 1715 , & y resta prisonnier jusqu'au 16 Mars 1716.

AUCUNE note relative aux motifs de leur détention.

1716 , 4 Mars.

Jean-François ARMAND DUPLESSIS , Duc de Richelieu , mis à la Bastille pour duel avec M. de Matignon , Comte de Gacé , Gouverneur du Pays d'Aunis.

IL y a eu une procédure au Parlement pour cette affaire.

L'Arrêt du Parlement du 21 Août 1716, ordonne un plus amplement informé de trois mois , & cependant liberté.

Le

Le Duc de Richelieu étoit alors âgé de 20 à 21 ans.

Il a été mis à la Baftille trois fois ; le 22 Avril 1711, le 4 Mars 1716, & le 28 Mars 1719. La premiere fois, fous le nom du Duc de Fronfac ; la deuxieme & troifieme fois, fous le nom du Duc de Richelieu.

Le motif de fon emprifonnement, en 1711, fut pour avoir couché avec une grande Princeffe, mere d'un grand Prince. Il avoit été pris fur le fait par M. de Cavoie, qui le dit à Madame de Maintenon. Lors de cette furprife, M. de Richelieu avoit fauté hors du lit, tout nud, & s'étoit caché deffous. Ce fut M. fon pere qui l'amena lui-même à la Baftille.

Le motif de fon fecond emprifonnement, en 1716, fut d'avoir divulgué, au bal de l'Opéra, une orgie nocturne, où Madame de Ma.... avoit été la victime de tous les convives, & même des laquais. M. de Ma.... l'appella en duel, & le bleffa. Ce fut pour le fouftraire aux pourfuites du Parlement, qui avoit la prétention de vouloit juger les Ducs & Pairs, qu'on le mit à la Baſtille.

Et en 1719, c'étoit à l'occaſion de Mademoiſelle de Valois, fille du Régent, depuis Ducheſſe de Modene. Son nom étoit Charlotte Aglaé. Elle étoit éperduement amoureuſe du Duc, qui, en même temps, avoit ſept à huit autres maitreſſes, dont trois Princeſſes du Sang. La correſpondance amoureuſe de toutes ces dames exiſte, & ſera probablement imprimée quelque jour. La fille du Régent y témoigne vivement & longuement ſa douleur de partir pour Modene, & dans le trajet qu'elle fit de Paris à Lyon, la Princeſſe écrivit au Duc vingt-ſix à trente lettres de doléance.

Le 25 Août 1786, il eſt venu revoir le Château de la Baſtille; il eſt monté ſur les tours, quoiqu'âgé de 90 ans 5 mois 12 jours.

———————

1716, 7 Décembre.

Joseph GORY DE MONTGOMERY *, fut mis à la Bastille sur un ordre du Roi du 7 Décembre 1716. Il n'en sortit que le 23 Juin 1722.*

LA cause de sa détention nous est inconnue.

1717, 7 Février.

Le Chevalier DE ROHAN *, fils de M. le Duc* DE ROHAN *, mis à la Bastille pour avoir manqué de respect à M. le Prince de Conty.*

CE fut ce Prince qui demanda la liberté du Chevalier, qui ne resta que deux jours dans ce Château, y compris le jour de son entrée & celui de sa sortie.

1717, 17 Mai.

François - Marie AROUET, âgé de vingt-
deux ans, originaire de Paris, fils du
sieur Arouet, Payeur de la Chambre des
Comptes (c'est M. DE VOLTAIRE), mis
à la Bastille le 17 Mai 1717, pour avoir
composé des pièces de Poésie & Vers in-
solens contre M. le Régent & Madame
la Duchesse de Berry, entr'autres une
Pièce qui a pour inscription : Puero
regnante.

IL avoit dit aussi devant plusieurs personnes que puisqu'il ne pouvoit se venger
de M. le Duc d'Orléans d'une certaine façon,
il ne l'épargneroit pas dans ses satyres ; sur
quoi quelqu'un lui ayant demandé ce que
S. A. R. lui avoit fait, il se leva comme un
furieux, & répondit : comment, vous ne
savez pas ce que ce B..... m'a fait ? Il m'a
exilé parce j'avois fait voir au Public que
sa Messaline de fille étoit une Put.....

Le sieur Arouet avoit été exilé à Tulles le 5 Mai 1716, S. A. R. accorda au sieur Arouet pere, qu'au lieu de la ville de Tulles, où son fils étoit exilé, il le fût dans celle de Sully - sur - Loire, où il avoit quelques parens dont on espéroit que les instructions & les exemples pourroient corriger son imprudence & tempérer sa vivacité.

Il sortit de la Bastille le 11 Avril 1718, & il y fut remis le 28 Mars 1726 : il en sortit le 29 Avril suivant. M. de Voltaire avoit été insulté par M. de Rohan-Chabot, & il fut arrêté & conduit à la Bastille pour avoir cherché l'occasion d'en tirer vengeance.

« Je remontre très – humblement (écrivoit–il au Ministre du département de Paris) que j'ai été assassiné par le brave Chevalier de Rohan, assisté de six coupes-jarrets, derriere lesquels il étoit hardiment posté.

J'ai toujours cherché depuis ce temps-là

à réparer, non mon honneur , mais le sien,
ce qui étoit trop difficile.

Si je suis venu dans Versailles , il est
très-faux que j'aie fait demander le Chevalier de Rohan-Chabot chez M. le Cardinal de Rohan , &c. »

Les douze pieces de Vers qui suivent
sous ces numéros, sont de lui. Nous croyons
faire plaisir au Public en les joignant à son
article , d'autant plus qu'elles pourroient
n'être pas connues.

---

*A la Diete de Pologne , pour l'élection
du Roi.*

PEUPLE guerrier, dont la vaillance
Mérite un Roi de votre humeur,
N'en cherchez point ailleurs qu'en France :
C'est le pays de la valeur.

Aux appas de votre couronne
Plus d'un héros fait les yeux doux ;
Si c'est la vertu qui la donne,
Conty doit l'emporter sur tous.

Il est brave ; prudent & juste ;
Universellement aimé ;

Il eſt du ſang de notre Auguſte :
Sur ſon modele il eſt formé.

Quand nous diſſipâmes l'orage
Prêt à fondre ſur nos climats,
Céſar eût-il fait davantage
Que ce qu'il fit dans nos combats ?

Depuis ce temps, la Renommée
Vous a rapporté mille fois
Que toute la France eſt charmée
De la grandeur de ſes exploits.

Stenkerque vit, par ſa conduite,
Que ſoutenoit ſa noble ardeur,
La ruſe de Naſſau détruite,
Et retourner ſur ſon Auteur.

Nerving, témoin de ſa gloire,
Lui fournit de nouveaux lauriers ;
Quand ſon bras retint la victoire
Qui ſembloit quitter nos guerriers.

Haute Nobleſſe & poſpolite,
Si vos intérêts vous ſont chers,
Donnez-vous un Roi qui mérite
L'empire de tout l'univers.

K 4

HEUREUX CHAMILLARD,
Un coup de billard
T'a mis dans la France
Chef de la finance.

Quel coup de hafard!
Tu fus fur la terre
Maître de la guerre.
N'es-tu point bâtard?

A la loterie
Tu n'as qu'à vouloir,
Sans fupercherie,
Le lot le plus noir.

Mais dans l'abondance,
Crains la décadence.
Vois que l'Ecureuil,
Par trop d'opulence,
Git dans le cercueil.

JULII MAZARINI EPITAPHIUM.

H I C jacet Julius Mazarinus
Galiæ Rex Italus ,
Ecclefiæ Preful Laicus ,
Europæ Prædo purpuratus.

Fortunam ambiit , omnem corrupis ,
Ærarium adminiftravit & exhaufit.
Civile Bellum compreffit , fed commovit ,
Regis jura tuitus eft & vendidit :
Pacem dedit aliquando , diu abftulit.
Arrivit paucis , irrifit plurimos ,
Omnibus nocuit.
Negotiator in Templo , Tyrannus in Regno ,
Pædo in Minifterio.
Vulpes in Confilio , graffator in bello ,
Solus nobis in pace , hoftis.
Fortunam olim adverfam aut elufit , aut vicit.
Et noftro fæculo vidimus ,
Adorari fugitivum
Imperare Civibus exulem ,
Regnare profcriptum.
Quid deinde egerit roges ? Paucis accipe
Lufit , fefelit , rapuit :
Quorundam capiti ,
Nullius fortunis pepercit.

Homo crudeliter clemens ,

Pluribus tandem morbis elanguit
Plures ei mortes cœlo irrogante
Cui Senatus olim unam decreverat;
Nihil unquam nisi ægre reddidit, neque
Constanter tamen visus est mori.
Quid mirum?
Ut vixerat sic obiit, simulans;
Ne morbum quidem ejus novere qui curabant
Hac una fraude nobis profuit
Fefelit medicos,
Obiit tandem nisi fallimur? & moriens?
Regi Regnum, Regno Regem restituit.

Præsulibus pessima exempla reliquit
Aulicis infida consilia
Adoptivo amplissima spolia.
Paupertatem populis,
Successoribus suis omnes prædandi artes
Nullam materiam.

Hæredes quos spreverat fecit
Pauperes quos fecerat sprevit.
Immensas opes lices projecerit?
In unum habuit ex suo quod duret
Nomen suum.

Pectus illi postquam excessit
Apertum est, res mira!
Tunc primum patuit vafrum cor Mazarini,
Quod nec precibus, nec lacrimis, nec injuriis quidem,
Moveretur
Diuque sivimus? invenere medii
Cor lapideum?

Quod mortuus ad huc commoveat , ne mireris ,
Stipendia in hunc annum accepit.
Quo evaferit forfitan , roges , myfterium eft
Cœlum fi rapitur tenet.
Si datur meritis longe ab eft.
Plura funt quæ monerent ,
Sed abi viator & cavè
Nam & hic tumulus , eft latronie fpecun.

EPITAPHIUM.

Hic jacet Julius Cardinalis Mazarinus cujus ignota familia
nota rapina folus dubia.

Omnia vindebat vivens dum Julius effet ,
Omnia donabat cum moriturus erat.
Si quæris caufam tanti difcriminis , hæc eft.
Donavit quando vendere non potuit.

Fata duos rapuere duces regnique Miniftros

RICHELIEU ,	MAZARIN ,
Suftulit ille bonos.	Suftulit ille bona.

AIR : *De mon lan la.*

C'EST Cupidon qui m'infpire ;
Tendres cœurs accourez tous :
Jamais amoureufe lyre
Ne rendit de fons fi doux ,
     Pour un lan là lan derirette , &c.

Iris , voici de la Fable
Tous les myfteres fecrets :
Ce carquois fi redoutable
Dont l'Amour tire fes traits :
     C'eft un lan là lan , &c.

Ces bois , ces prés , ces rivages
D'Amatonte & de Paphos ,
Où viennent faire naufrage
Les Sages & les Héros :
     C'eft un lan là lan , &c.

Ce beau Temple de Cithère
Qu'encenfent même les Dieux ,
N'eft ni de bois ni de pierre ,
Il eft bien plus précieux :
     C'eft un lan là lan , &e.

Si Troye fut réduite en cendre ,
Quelle en fut la caufe , hélas !
C'eft que Pâris alla prendre ,
De la femme à Ménélas ,
     Le beau lan là lan , &c.

Diane, trop inhumaine,
Voulut punir Actéon,
Pour avoir dans la Fontaine
Vu de trop près, ce dit on,
    Son beau lan là lan, &c.

Ovide, loin d'Italie
Alla finir fon deftin
Pour avoir fu de Julie
Dérober un beau matin,
    Le beau fan là lan, &c.

Connoiffez - vous cette flèche
Dont fe fert l'Amour vainqueur,
Quand il veut faire une brèche
Dans un jeune & tendre cœur ?
    C'eft un lan là lan, &c.

Vénus, quoique toute aimable,
N'eût pas remporté le prix,
Si la Déeffe traitable
N'eût fait tâter à Pâris
    De fon lan là lan, &c.

Jadis fous même figure
L'on vit defcendre les Dieux;
Ces Maîtres de la Nature
Se dégoûtoient dans les Cieux
    Des vieux lan là, &c.

Les jeux, les ris & les graces
Vous accompagnent, Iris;

L'Amour marche fur vos traces,
Et pour fon trône il a pris
    Votre lan là lan, &c.

Mais peut-on fe fatisfaire
Toujours de la fauffeté :
Quittons la fable, Bergere ;
Goûtons la réalité
    De ton lan là lan , &c.

Beaux lieux fi dignes de plaire ,
C'eft fous vos ombrages verds ,
Qu'enchanté de ma Bergere ,
J'oublirois tout l'Univers ,
    Pour fon lan là lan , &c.

LES SOUHAITS RIDICULES,

CONTE.

A MADEMOISELLE.

SI vous étiez moins raifonnable,
Je me garderois bien de venir vous conter
    La fole & peu galante Fable
    Que je m'en vais vous débiter.
Une aune de boudin en fournit la matiere.
    Une aune de boudin, ma chere,
    Quelle pitié! c'eft une horreur,
    S'écrieroit une précieufe,
    Qui toujours tendre & férieufe,
Ne veut ouïr parler que d'affaires de cœur.
    Mais vous, qui mieux qu'ame qui vive,
    Savez charmer en racontant,
Et dont l'expreffion eft toujours fi naïve,
    Que l'on croit voir ce qu'on entend;
    Qui favez que c'eft la maniere
    Dont quelque conte eft inventé,
    Qui beaucoup plus que la matiere,
    De tout récit fait la beauté:
Vous aimerez ma Fable, & la moralité;
J'en ai, j'ofe le dire, une affurance entière.

Il étoit une fois un pauvre Bûcheron,
    Qui las de fa pénible vie,

     Avoit, difoit-il, grande envie,
De s'aller repofer aux bords de l'Achéron :
    Repréfentant dans fa douleur profonde,
    Que depuis qu'il étoit au monde,
    Le ciel cruel n'avoit jamais
    Voulu remplir un feul de fes fouhaits.
Un jour que dans le bois il fe mit à fe plaindre,
A lui, la foudre en main, Jupiter s'apparut.
    On auroit peine à dépeindre
    La peur que le bonhomme en eut.
Je ne veux rien, dit-il, en fe jettant par terre,
    Point de fouhaits, point de tonnerre,
    Seigneur, demeurons but à but.
    Ceffe d'avoir aucune crainte,
Je viens, dit Jupiter, touché de ta complainte,
    Te faire voir le tort que tu me fais.
    Ecoute donc, je te promets,
Moi qui du monde entier fuis le fouverain maître
D'exaucer pleinement les trois premiers fouhaits
Que tu voudras former fur quoi que ce puiffe être.
    Vois ce qui peut te rendre heureux ;
    Vois ce qui peut te fatisfaire ;
Et comme ton bonheur dépend tout de tes vœux,
    Songes-y bien avant que de les faire.
A ces mots, Jupiter dans les cieux remonta ;
Et le gai Bûcheron, embraffant fa falourde,
Pour retourner chez lui, fur fon dos la jetta.
Cette charge jamais ne lui parut moins lourde.
    Il ne faut pas, difoit-il en trottant,
    Dans tout ceci rien faire à la légere ;
    Il faut, le cas eft important,
    En prendre avis de notre ménagere.

                                Ça

Çà, dit-il, en entrant fous fon toît de fougere;
    Faifons, Fanchon, grand feu, grand'chere;
    Nous fommes riches à jamais,
    Et nous n'avons qu'à faire des fouhaits.
Là-deffus tout au long tout le fait il lui conte.
    A ce récit, l'époufe vive & prompte,
Forma dans fon efprit mille vaftes projets;
    Mais confidérant l'importance,
    De s'y conduire avec prudence:
Blaife, mon cher ami, dit-elle à fon époux,
    Ne gâtons rien par notre impatience:
    Examinons bien entre nous
    Ce qu'il faut faire en pareille occurrence.
Remettons à demain notre premier fouhait,
    Et confultons notre chevet.
Je l'entends bien ainfi, dit le bonhomme Blaife;
Mais, va tirer du vin derriere ces fagots.
A fon retour, il but, & goûtant à fon aife,
    Près d'un grand feu, la douceur du repos,
Il dit, en s'appuyant fur le dos de fa chaife,
Pendant que nous avons une fi bonne braife;
Qu'une aune de boudin viendroit bien à propos!
A peine acheva-t-il de prononcer ces mots,
Que fa femme apperçut, grandement étonnée,
    Un boudin fort long, qui, partant
    D'un des coins de la cheminée,
    S'approchoit d'elle en ferpentant.
    Elle fit un cri dans l'inftant;
    Mais jugeant que cette aventure
    Avoit pour caufe le fouhait
    Que par bêtife toute pure

Tome II.   L

Son homme imprudent avoit fait;
Il n'eſt de pouilles ni d'injures,
Que, de dépit & de courroux,
Elle ne dît à ſon époux.
Quand on peut, diſoit-elle, obtenir un empire,
De l'or, des perles, des rubis,
Des diamans, de beaux habits,
Eſt-ce alors du boudin qu'il faut que l'on deſire?
Hé bien, dit-il, j'ai tort, j'ai mal placé mon choix;
J'ai commis une faute énorme;
Je ferai mieux une autre fois.
Bon, bon, dit-elle, attendez-moi ſous l'orme.
Pour faire un tel ſouhait, il faut être bien bœuf.
L'époux, plus d'une fois, emporté de colere,
Penſa faire tout bas le ſouhait d'être veuf;
Et peut-être entre nous ne pouvoit-il mieux faire:
Les hommes, diſoit il, pour ſouffrir ſont bien nés!
Peſte ſoit du boudin, & du boudin encore;
Plût à Dieu, maudite pécore,
Qu'il te pendît au bout du nez!
La priere auſſi-tôt du ciel fut écoutée,
Et dès que le mari la parole lâcha,
Au nez de l'épouſe irritée
L'aune de boudin s'attacha.
Ce prodige imprévu grandement le fâcha.
Fanchon étoit jolie; elle avoit bonne grace,
Et pour dire ſans fard la vérité du fait,
Cet ornement en cette place
Ne faiſoit pas un bon effet,
Si ce n'eſt qu'en pendant ſur le bas du viſage,
Il l'empêchoit de parler aiſément.

Pour un époux merveilleux avantage !
Et fi grand, qu'il penfa, dans cet heureux moment,
Ne fouhaiter rien davantage.
Je pourrois, difoit il, à part foi,
Pour me dédommager d'un malheur fi funefte,
Avec le fouhait qui me refte,
Tout d'un plein faut, me faire Roi.
Rien n'égale, il eft vrai, la grandeur fouveraine;
Mais encore faut-il fonger
Comment feroit faite la Reine,
Et dans quel chagrin ce feroit la plonger,
Que de la placer fur un trône,
Avec un nez plus long qu'une aune.
Il faut l'écouter fur cela,
Et qu'elle-même en foit maîtreffe :
De devenir une grande Princeffe,
En confervant l'horrible nez qu'elle a,
Ou de demeurer bûcheronne
Avec un nez comme une autre perfonne,
Et tel qu'elle l'avoit avant ce malheur-là.
La chofe bien examinée,
Quoiqu'elle fût d'un fceptre & la force & l'effet,
Et que quand on eft couronnée,
On a toujours le nez bien fait.
Comme au defir de plaire il n'eft rien qui ne cede,
Elle aima mieux garder fon bavolet
Que d'être Reine & d'être laide.
Ainfi ce bûcheron ne changea point d'état;
Il ne devint point Potentat;
D'écus il n'emplit point fa bourfe,
Trop heureux d'employer le fouhait qui reftoit;

L 2

Trifte bonheur, pauvre reffource !
A remettre fa femme en l'état qu'elle étoit.
Tant il eft vrai qu'aux hommes miférables
Aveugles, inquiets, imprudens, variables,
Pas n'appartient de faire des fouhaits,
Et que peu d'autres font capables
De bien ufer des dons que le ciel leur a faits.

LE CADENAS.

Jeune Beauté, qui ne favez que plaire,
A vos genoux, comme bien vous favez,
En qualité de Prêtre de Cythere,
J'ai débité, non morale févère,
Mais bien Sermons par Vénus approuvés ;
Tendres propos, & toutes les fornettes
Dont Rochebrune orne fes chanfonnettes,
De tels fermons votre cœur fut touché,
Jurâtes lors de quitter le péché,
Que parmi-nous on nomme indifférence ;
Même un baifer m'en donna l'affurance.
Mais votre époux, Iris, a tout gâté.
Il craint l'Amour : époux fexagénaire
Contre ce Dieu fut toujours en colere.
C'eft bien raifon ; l'Amour, de fon côté,
Affez fouvent ne les épargne guere.
Celui-ci dont tient de court vos appas,
Plus ne venez fur les bords de la Seine,
Dans ces jardins où Silvains à centaine,
Et le Dieu Pan vont prendre leurs ébats,

Où tous les soirs, Nymphes jeunes & blanches ;
Les Courcillons, Polignacs, Villefranches,
Près du bassin, devant plus d'un Pâris,
De la beauté vont disputer le prix.
Plus ne venez au Palais des Francines,
Dans ce Pays où tout est fiction ,
Où l'amour seul fait mouvoir cent machines,
Plaindre *Thésée* & siffler *Arion.*
Trop bien , hélas ! à votre époux soumise ;
On ne vous voit tout au plus qu'à l'Eglise.
On dit par-tout qu'il a même attenté ,
Par cas nouveau à votre liberté.
Pour éclaircir pleinement ce mystère,
D'un peu plus haut reprenons notre affaire.
V o u s connoissez la Déesse Cérès :
Or, en son tems, Cérès eut une fille
Semblable à vous, à vos scrupules près,
Belle & sensible , honneur de sa famille,
Brune sur-tout, partant pleine d'attraits.
Ainsi que vous, par le Dieu d'hymenée,
Le Roi des Morts fut son barbare époux ;
La pauvre enfant fut assez mal menée
Il étoit louche, avare, hargneux, jaloux ;
Il fut cocu, c'étoit bien là justice.
Pirritous, son fortuné Rival,
Beau, jeune, adroit, complaisant, libéral,
Au Dieu Pluton donna le bénéfice
De cocuage. Or, ne demandez pas
Comment un homme, avant sa derniere heure,
Put pénétrer dans la sombre demeure :
Cet homme aimoit, l'Amour guida ses pas.
Mais aux Enfers, comme aux lieux où vous êtes ;

L 3

Voyez qu'il est peu d'intrigues secrettes !
Pluton sçut tout. Certain de son malheur ;
Pestant, jurant, pénétré de douleur,
Le Dieu donna sa femme à tous les diables.
Premiers transports sont toujours pardonnables.
Bientôt après devant son Tribunal,
Il convoqua le Sénat infernal :
A son Conseil viennent les saintes ames
De ces maris dévolus aux enfers,
Qui dès long-tems en cocuage experts,
Pendant leur vie ont tourmenté leurs femmes.
L'un d'eux lui dit, mon confrere & Seigneur,
Pour détourner la maligne influence
Dont Votre Altesse a fait l'expérience,
Occir sa femme est toujours le meilleur.
Mais las ! Seigneur, la vôtre est immortelle :
Je voudrois donc, pour votre sûreté,
Qu'un cadenas de structure nouvelle,
Fût le garant de sa fidélité.
A la vertu par la force asservie,
Lors vos plaisirs borneront son envie ;
Plus ne sera d'Amant favorisé ;
Et plût aux Dieux que quand j'étois en vie,
D'un tel secret je me fusse avisé,
A ce discours les Parques applaudirent ;
Et sur l'airain les cocus l'écrivirent.
En un moment, fer, enclumes, fourneaux,
Sont préparés aux gouffres infernaux :
Dame Alecton, de ces lieux Serrurière,
Au cadenas met la main la premiere ;
Parquoi bientôt, l'impatient Pluton
A sa moitié porta le triste don,

On m'a conté qu'effayant fon ouvrage,
Le cruel Dieu fut ému de pitié,
Et tendrement il dit à fa moitié :
Que je vous plains, vous allez être fage.
Ce fecret donc aux enfers inventé,
Chez les humains tôt après fut porté ;
Et depuis ce, dans Venife & dans Rome,
Il n'eft pédant, Bourgeois, ni Gentilhomme,
Qui, pour garder l'honneur de fa maifon,
De cadenas n'ait fa provifion.
Là, tout jaloux, fans crainte qu'on le blâme,
Tient fous la clef les beautés de fa femme.
Or, votre époux dans Rome a fréquenté :
Chez les méchans on fe gâte fans peine,
Et le galant vit fort à la Romaine.
Mais n'en craignez pour votre liberté :
Tous fes efforts feront pures vétilles,
De par Vénus vous reprendrez vos droits,
Et mon amour eft plus fort mille fois
Que cadenas, verroux, portes, ni grilles.

L 4

LE COCUAGE.

JADIS, Jupin de sa femme jaloux,
Par cas plaisant fut pere de famille,
De son cerveau fit sortir une fille,
Et dit du moins celle-ci vient de nous.
Le bon Vulcain , que la Cour Ethérée
Fit pour ses maux époux de Cithérée,
Voulut avoir aussi quelque poupon
Dont il fût sûr & dont il fût le pere ;
Car de penser que le beau Cupidon,
Que les Amours, ornemens de Cithere,
Fussent le fils d'un simple forgeron,
Pas ne croyoit avoir fait telle affaire,
De son vacarme il remplit sa maison ;
Soins & soucis , son cerveau tenaillerent ;
Soupçons jaloux sans cesse l'assiégerent,
A sa moitié cent fois il reprocha
Son trop d'appas , dangereux avantage.
Le Dieu si bien fit qu'enfin accoucha
Par le cerveau , de quoi? de cocuage.
C'est-là le Dieu révéré dans Paris,
Dieu mal faisant, la terreur des maris :
Dès qu'il fut né , sur le chef de son pere
Il essaya sa naissante colere :
Sa main novice imprima sur son front
Les premiers traits d'un éternel affront.
A peine encor eût-il plume nouvelle ,
Qu'au bon hymen il fit guerre mortelle.

Vous l'euſſiez vu l'excédent en tous lieux,
Et de ſon bien s'emparant à ſes yeux,
Se promener de ménage en ménage,
Tantôt porter la flamme & le ravage,
Et des brandons allumés dans ſes mains,
Aux yeux de tout éclairer ſes larcins.
Tantôt rampant dans l'ombre & le ſilence,
Le front couvert du voile d'innocence,
Chez un époux le matois s'introduit,
Cornes lui met ſans ſcandale & ſans bruit.
La défiance au tein ſombre & livide,
Et la malice à l'œil faux & perfide,
Guident ſes pas où l'amour le conduit.
Nonchalemment la volupté le ſuit,
Pour mettre à bout quelque beauté cruelle;
Car il en eſt. Ses carquois ſont remplis :
Flêches y ſont pour les cœurs des rebelles,
Cornes y ſont pour les fronts des maris.
Or, ce Dieu là, mal faiſant ou propice,
Mérite bien qu'on chante ſon office;
Ou par beſoin, ou par précaution,
On doit avoir à lui dévotion,
Et lui donner encens & luminaire;
Soit qu'on épouſe ou qu'on n'épouſe pas,
Soit qu'on le faſſe ou qu'on craigne le cas,
De ſa faveur on a toujours affaire.

O vous, Iris ! que j'aimerai toujours,
Quand de vos vœux vous étiez la maîtreſſe,
Et qu'un contrat trafiquant la tendreſſe,
N'avoit encor aſſervi vos beaux jours :
Je n'invoquois que le Dieu des Amours;

Mais à présent , pere de la tristesse,
L'Hymen , hélas ! vous a mis sous sa loi :
A cocuage il faut que je m'adresse ,
C'est le Dieu seul en qui j'ai de la foi.

LE JANSENISTE ET LE MOLINISTE.

PERE Simon , doucereux Moliniste ,
Frere Augustin , sauvage Janséniste ,
Tous deux suppôts de la Religion ,
Alloient à Rome , au Pere des fidelles ;
Solliciter quelque décision
Qui terminât leurs dévotes querelles ;
Nos deux Caffards disputoient en chemin ,
Sur les cinq points de doctrine perverse ;
Jeune tendron leur tombe sous la main ;
Dans le moment change la controverse ;
Le Rigoriste exploita son devant ;
L'Ignatien ayant fait sa priere,
Dévotement prit la route contraire :
Chacun le fit pour l'honneur du Couvent.
Ayant tous deux parfait leur entreprise,
Un remord vint , non pas aux gens d'Eglise,
Ils en ont peu , comme pouvez penser ;
Car sont de Dieu commis pour les chasser ;
Mais à la belle encor dans l'ignorance,
Simple & timide , & qui n'avoit alors
Seize ans entiers , c'est l'âge des remords ,
Si ce n'est pas celui de l'innocence.
Donc à genoux , avec contrition,

Elle leur dit , du Ciel vous êtes maîtres ;
D'une pauvrette, ayez compaffion :
Vous pouvez tout , vous êtes tous deux Prêtres.
Lors lui donnant fa bénédiction ,
Le Loyolifte enflammé , plein de zele ;
Lui promit place en la fainte Sion ;
L'autre , au rebours , chapitrant la donzelle,
Lui refufa fon abfolution.

A un Chanoine qui a perdu fa maitreffe.

To i qui fus des plaifirs le délicat arbitre ,
Tu languis , cher Abbé ; je vois , malgré tes foins ,
Que ton triple menton , l'honneur de ton Chapitre ,
Aura bientôt deux étages de moins.
Ta Maîtreffe n'eft plus , & de beaux feux éprife ,
Ton ame , avec la fienne , eft prête à s'envoler.
Que l'amour eft conftant dans un homme d'Eglife !
Et qu'un mondain bien mieux fauroit fe confoler !
    Je fais que ta fideile amie
    Te laiffoit prendre en liberté
De ces plaifirs qui font qu'en cette courte vie ,
On defire affez peu ceux de l'éternité.
Mais fuivre au tombeau ce qu'on aime ,
    Tu fais bien que c'eft un abus ;
    Car pour quelques plaifirs perdus ,
    Pourquoi fe perdre encor foi-même.
    Ce qu'on perd en ce monde-ci ,
Le retrouvera t-on dans une nuit profonde ?
    Des myfteres de l'autre monde

On n'eſt que trop tôt éclairci.
Attends qu'à tes amis la mort te réuniſſe ,
Et vis par amitié pour toi.
Mais vivre dans l'ennui , ne chanter qu'à l'office ,
Ce n'eſt pas vivre , ſelon moi.
Quelques femmes toujours badines ,
Quelques amis toujours joyeux ,
Peu de vêpres , point de matines.
. . . . . . En attendant mieux ,
Voilà de quoi pouvoir ſans ceſſe
Faire tête au ſort irrité.
La véritable ſageſſe
Eſt de ſavoir fuir la triſteſſe
Dans les bras de la Volupté.

IL n'eft mortel qui ne forme des vœux ;
L'un de voifin convoite la puiffance,
L'autre voudroit engloutir la finance
Qu'accumula le beau-pere d'Evreux.
Sur les quinze ans, un mignon de couchette
Demande à Dieu ce vifage impofteur,
Minois friand, cuiffe ronde & douillette,
Du beau de Gefvres, ami du Promoteur.
Roi verfifie & veut fuivre Pindare ;
Du Bouffet chante & veut fuivre Lambert.
En de tels vœux mon efprit ne s'égare :
Je ne demande au grand Dieu Jupiter
Que l'eftomac du Marquis de la Farre,
Et les c...ons de Monfieur d'Aremberg.

PORTRAIT DE Mᴹᴱ. DE N....

A fes-écarts N. . . ⃰ allie
L'amour du vrai, le goût du bon ;
En vérité, c'eft la raifon
Sous le mafque de la folie.

LE PARNASSE.

Pour tous rimeurs, habitans du Parnaffe,
De par Phœbus il eſt plus d'une place :
Les rangs n'y ſont confondus comme ici,
Et c'eſt raiſon. Feroit beau voir auſſi
Le fade Auteur d'un ſonnet ridicule,
Sur même lit couché près de Catulle,
Ou bien Lamotte ayant l'honneur du pas
Sur le Harpeur, ami de Mécénas !
Trop bien Phœbus ſait de ſa république
Regler les rangs & l'ordre hiérarchique ;
Et diſpenſant honneur & dignité,
Rendre à chacun ce qu'il a mérité.

Sous un ciel pur, au haut de la colline,
On voit palais bâti de main divine,
Riants jardins, non tels qu'à Chatillon
En a planté l'ami de Crébillon,
Et dont l'art ſeul a formé la parure ;
Ce ſont jardins ornés par la nature :
Là ſont lauriers, orangers toujours verds ;
Là, ſéjournez, gentils faiſeurs de vers :
Anacreon, Virgile, Horace, Homere,
Dieux qu'à genoux le bon Dacier révere ;
D'un beau laurier y ceignez votre front.
Un peu plus bas, ſur le penchant du mont,
Eſt le ſéjour de ces eſprits timides,
De la raiſon partiſans inſipides ;

Qui, compassés dans leurs vers languissans,
A leurs lecteurs font haïr le bon sens.
A donc amis, si quand ferez voyage,
Vous abordez la poétique plage,
Et que Lamothe ayez desir de voir,
Retenez bien qu'illec est son manoir.
Là, ses Consorts ont leurs têtes ornées
De quelques fleurs presqu'en naissant fanées,
D'un sol aride incultes nourrissons,
Et dignes prix de leurs maigres chansons.
Cettuy païs n'est païs de Cocagne.
Il est enfin aux pieds de la montagne.
D'un bourbier noir l'infecte profondeur,
Qui fait sentir sa mal plaisante odeur,
A tout chacun fors à la troupe impure,
Qui va nageant dans ce fleuve d'ordure.
Et qui sont-ils, ces rimeurs diffamés ?
Pas ne prétends que par moi soient nommés ;
Mais quand verrez chansonniers, faiseurs d'odes,
Rauques corneurs de leurs vers incommodes ;
Peintres, Abbés, Brocanteurs, jettonniers,
D'un vil café superbes cazanniers,
Où tous les jours, contre Rome & la Grece,
De mal disans se tient bureau d'adresse ;
Direz alors, voyant tel gibier :
Ceci paroît habitant du bourbier.
De ces grimauds la croupissante race
En cettuy lac incessamment croasse
Contre tous ceux qui, d'un vol assuré,
Sont parvenus au haut du Mont sacré.
En ce seul point cettuy peuple s'accorde,
Et va cherchant la fange la plus orde,

Pour en noircir les menins d'Hélicon,
Et polluer le trône d'Apollon.
C'eſt vainement ; car cet impur nuage
Que contre Homere, en ſon aveugle rage,
La gent moderne aſſembloit avec art,
Eſt retombé ſur le poëte Houdart.
Houdart, ami de la troupe aquatique,
Et de leurs vers approbateur unique,
Comme eſt auſſi le Tiers-état auteur,
Dud.t Houdart unique admirateur ;
Houdart enfin, qui, dans un coin du Pinde,
Loin du ſommet où Pindare ſe guinde,
Non loin du lac eſt aſſis, ce dit-on,
Tout au deſſous de l'Abbé Terraſſon.

1717, 13 Août.

Aymard Pelissier, *Bourge... de Paris,
entra à la Baſtille ſur un ordre du Roi
du 13 Août 1717, & en ſortit le 26
Novembre de l'année 1720.*

1717,

1717, 27 Septembre.

Antoine DE LA MOTHE-CADILLAC, ci-devant *Gouverneur de la Louisiane à Mississipi, fut mis à la Bastille en vertu d'un ordre du Roi du 27 Septembre 1717, & fut mis en liberté le 8 Février 1718.*

1718, 6 Avril.

Michel DIEU, *dit* LACROIX, *Laquais du Baron de Vettes, Allemand, fut arrêté & mis à la Bastille en conséquence d'un ordre du Roi du 6 Avril 1718, il obtint sa liberté le 8 Août suivant.*

1718 , 27 Mai.

Jean–François OBERT DE CHAULNES, *Chanoine de l'Eglife Collégiale de l'Ifle en Flandre, entra à la Baftille fur un ordre du Roi du 27 Mai 1718, & en fortit le 20 Juin fuivant.*

1718, 25 Août.

Jean–Baptifte TAPHINON, *Avocat en Parlement, natif de Montbar en Bourgogne, fut mis à la Baftille en vertu d'un ordre du Roi le 25 Août 1718, & n'en fortit que le 12 Mai 1719.*

Obfervation.

Les Notes, qui font tombées dans nos mains, ne nous inftruifent point des motifs de la détention de ces cinq perfonnes.

1718, 28 Septembre.

Nicolas LENGLET DU FRESNOY, *Prêtre*
du Dioceſe de Paris, entré à la Baſtille
le 28 Septembre 1718, ſortit le 24
Décembre 1719.

CE Prêtre vouloit brouiller les Princes
& exciter une guerre civile dans le
Royaume.

Il avoit fabriqué & préſenté un mémoire à M. le Duc, au nom du Parlement, pour exciter S. A. S. à demander
le Commandement de la Maiſon du Roi;
afin de brouiller M. le Régent avec M.
le Duc, & enfanter des troubles dans
le Royaume. L'Abbé Lenglet s'excuſoit
en diſant que ce mémoire lui avoit été
remis par Madame la Préſidente Ferrand.
Mais cette derniere a nié le fait. Le
mémoire eſt joint à cet article. Il
avoit été apoſtillé de la main de M. le
Duc.

M 2

Il y a auſſi une lettre écrite par ledit
ſieur Abbé Lenglet, pour M. le Duc,
conçue en ces termes :

Un inconnu, qui a cherché plus d'une
fois à donner à V. A. S. des marques de
ſon zèle, ſe trouve chargé depuis quelques jours de lui découvrir des choſes
d'une extrême importance pour la ſûreté
& la gloire de votre perſonne ; mais je
n'oſe, Monſeigneur, m'haſarder de me
préſenter devant V. A. S. ſans en avoir
auparavant obtenu la permiſſion ; je ſuis
connu du ſieur Aymon, Officier de la
Chambre de Sa Majeſté ; comme il eſt
pénétré d'un zele très-ſincere & très-vif
pour V. A. S., il rendroit témoignage
juſqu'où je ſouhaiterois porter celui que
j'ai toujours eu pour le plus reſpectable
de nos Princes.

Voici la copie du mémoire préſenté à
S. A. S. M. le Duc.

» La conjoncture préſente eſt très-heu-
» reuſe pour Monſeigneur le Duc, parce
» qu'elle peut lui être très-glorieuſe ; & que

» la gloire doit être le principal objet
» d'un Prince de Condé. L'Etat eſt près
» de ſa chûte, par une déprédation des
» finances qui n'a point d'exemple ; par
» un mépris des loix & des uſages qui
» ont été reſpectés des Rois les plus ab-
» ſolus (1). S'il ſe préſentoit un chef
» entreprenant, on ne doit pas douter,
» quand ſes intentions ne ſeroient pas
» bonnes, qu'un grand nombre de mé-
» contens ne ſe joigniſſent à lui.

» Que ne doit-on pas eſpérer de M.
» le Duc, lorſqu'il voudra remettre tout
» en regle, & que ſoutenant l'autorité des
» loix du Royaume, il ſoutiendra en même
» temps la puiſſance royale dont elles
» ſont le plus ferme appui. On n'a jamais
» douté de la droiture de ſes intentions.
» La démarche qu'il vient de faire en
» demandant l'éducation du Roi, en eſt
» une preuve : mais elle ne le menera

---

(1) Il paroît que c'étoit alors comme avant la révolution du 13 Juillet dernier. Il étoit donc bien temps
que cela finît.

M 3

» à rien de grand, ni d'utile, s'il ne penfe
» férieufement à réunir à la Surintendance
» le Commandement de la Maifon du
» Roi, qui en a été féparé contre le droit
» naturel, puifque celui qui eft chargé de
» fa perfonne facrée, doit avoir les moyens
» de la défendre.

» Ce commandement devient auffi un
» moyen pour fauver l'Etat ; parce que
» quand on prouvera qu'on donne de
» mauvais confeil à M. le Régent, il fera
» obligé d'en fuivre de bons ; M. le
» Duc eft en état de les appuyer ; & M.
» le Régent ne pouvant alors lui rien
» oppofer qui fût capable d'arrêter fes bons
» deffeins.

» M. le Duc ne peut douter de la
» difpofition du Parlement par l'attache-
» ment que cette Compagnie a toujours
» eu pour la Séréniffime Maifon des Condé.
» Tous les vœux font pour lui, & tous
» les yeux font tournés vers lui. S'il ne
» répond pas à l'idée que l'on a conçue ;
» s'il trompe nos efpérances, il perdra

» un avantage qu'il ne recouvrera jamais ;
» & il sera regardé comme complice
» d'un désordre qui parviendra aux plus
» grands excès, & qui détruiront un grand
» Royaume, auquel sa naissance lui donne
» droit, & qu'il est engagé par elle d'aimer
» & de défendre.

» Nous pensons trop avantageusement
» d'un Prince qui voit tant de héros
» parmi ses aïeux, pour croire qu'il soit
» détourné d'une entreprise si juste & si
» glorieuse par l'amour des plaisirs. Il peut
» les accorder avec sa gloire ; c'est ce
» qu'a su faire le Grand Condé, quand à
» dix-neuf ans il gagnoit des batailles.

» On ne soupçonne point non plus M.
» le Duc, de se laisser séduire par des
» artifices & par une facilité à lui fournir
» de quoi satisfaire ses goûts. Law s'est
» déjà vanté qu'on l'amusera agréable-
» ment avec de l'argent. Si Monsieur
» le Duc en vouloit, il en auroit
» d'une manière qui seroit plus digne de
» lui, en prenant dans le Royaume l'au—

M 4

» torité que lui donnent sa naissance &
» ses grandes charges. Il n'a pas même
» lieu de se flatter : s'il ne se fait craindre,
» il ne disposera de rien.

« » Si le mémoire étoit plus étendu , on
» entreroit dans un détail qui prouveroit
» tout ce qu'il contient : mais pour peu
» que l'on y réfléchisse , on y suppléera
» aisément : & plus M. le Duc examinera
» la situation des affaires & la sienne
» propre, plus il se convaincra de la né-
» cessité d'entrer dans la connoissance de
» toutes les affaires d'une maniere con-
» venable à son rang. A l'égard des moyens,
» il faut les concerter avec de bonnes
» têtes du Parlement; & ce petit mémoire
» ne s'étendra point sur cet article. Mais
» on supplie S. A. S. de faire attention
» que ceux qui approchent le plus de M.
» le Régent, sont plus hardis & moins
» habiles que n'étoit le Cardinal Mazarin.
» Ils pourront bien se permettre ce qu'il
» n'a pas exécuté. Ainsi , il n'y a point
» de temps à perdre.

» On doit ajouter ici une réflexion,
» c'eft que le Préfident de Novion très-
» habile & très-attaché à la Maifon de
» Condé, ne peut cependant donner le
» branle à cette affaire que fourdement.
» Le peu de contentement que fa Compa-
» gnie paroît avoir de fa conduite le rend
» prefque inutile ; & il feroit à craindre
» que le premier Préfident ne fe raccom-
» modât avec la Cour pour fe mettre à
» couvert du crédit du Préfident de No-
» vion, auprès de M. le Duc ; peut-être
» auffi qu'il pourroit être gagné.

» Il faut fur-tout que M. le Duc faffe
» attention que le fecret eft l'ame des
» grandes affaires. Un Prince a plus de
» mefures à prendre qu'un autre pour
» garder le fien. Il a toujours dans fa
» maifon de penfionnaires de la Cour. Ceux
» que l'on voit inaceffibles à l'argent font
» pris à des piéges moins groffiers. Ainfi,
» les Princes ne doivent dans les affaires
» mettre dans leur confiance que ceux
» dont ils ne peuvent fe paffer. Si M.
» le Duc préfente fa requête brufque-

» ment, & fans que fon deffein foit connu,
» il fera exempt de tant de contraintes
» & à couvert des infidélités. C'eſt de
» quoi j'oſe le ſupplier par un pur effet
» de zele pour S. A. S. »

L'Abbé Lenglet a été cinq fois à la
Baſtille, depuis 1718, juſqu'en 1751; &
de plus il à été renfermé à Vincennes,
en 1724 ou 1725.

La premiere fois, pour le mémoire ci-
deſſus.

La feconde fois, au mois de Juin
1725, pour mémoire féditieux, au ſujet
de l'affaire de M. le Blanc.

La 3ᵉ. fois au mois de Mars 1743. { Pour avoir fait imprimer un Ouvrage contre les ordres de M. le Chancelier.

La 4ᵉ fois, le 7 Janvier 1750. { Pour avoir fait paroître un Almanach où il faiſoit l'éloge de la Maiſon de Stuard, & établiſſoit que le Prince Edouard étoit le légitime héritier de la couronne d'Angleterre, & le Roi George un uſurpateur.

La cinquieme fois, le 25 Décembre 1751, pour avoir écrit une lettre infolente à M. le Contrôleur général.

En 1696, il avoit été impliqué dans l'affaire de l'Abbé Feydit, qui fut mis à la Baſtille, pour fait de Religion. Lenglet ne fut point empriſonné, mais fut interrogé. Il avoit ving-deux à vingt-trois ans : étoit Clerc tonſuré. Il étoit pour lors Domeſtique de l'Abbé Pirot, Docteur de Sorbonne, & y demeurant avec lui.

1718, 9 Décembre.

DÉTAIL sommaire trouvé à la Bastille, concernant l'affaire de Bretagne, arrivée sous la minorité du Roi, durant la régence de M. le Duc d'Orléans.

Louis BRIGAULT, Prêtre du Diocèse de Lyon, originaire de la même Ville, mis à la Bastille en vertu d'un ordre du Roi du 9 Décembre 1718, sorti le 29 Septembre 1721.

IL fut arrêté pour l'affaire de M. le Duc & de Madame la Duchesse du Maine, dont le fond étoit :

1°. De prendre la défense des Princes légitimés contre les Princes du Sang.

2°. De diminuer l'autorité du Régent, & de favoriser le Roi d'Espagne, pour qu'il pût influer dans le Gouvernement du Royaume.

3°. De rétablir le Duc du Maine dans

le pouvoir que le feu Roi lui avoit donné par son testament.

Toutes ces intrigues & ces manœuvres occasionnerent, l'année suivante 1719, la guerre d'Espagne & la conspiration de Bretagne.

Cette conspiration avoit pour but de transporter la Régence au Roi Philippe V ; de faire assembler les Etats Généraux du Royaume, de les rétablir dans leurs anciens droits ; de rendre aux Parlemens leur liberté, & de faire entrer la Nation entiere dans les vues du ministere d'Espagne.

Une partie de la Noblesse de Bretagne se souleva contre le Roi, & s'opposa à main armée à la levée des deniers de Sa Majesté.

Tous ceux qui furent arrêtés pour cette révolte, furent détenus au Château de Nantes : on instruisit leur procès, en vertu d'une commission établie à Nantes par Lettres patentes du 3 Octobre 1719.

Voici la teneur de ces Lettres patentes.

Lettres patentes en forme de commission, du 3 Octobre 1719, pour l'établissement d'une Chambre Royale féante à Nantes, à l'effet d'informer des complots & cabales qui fe font tramés & faits depuis quelque temps dans la Province de Bretagne & lieux circonvoifins, contre le fervice du Roi & le repos de la Province; même d'attroupe- mens de plufieurs Gentilshommes & affo- ciation entre eux. Amas d'armes, poudre, munitions de guerre & de bouche : enrô- lemens de Soldats, achats de chevaux : pratiques fecrettes dedans & dehors le Royaume, & projets de Traités avec une Puiffance étrangere. Oppofitions, à main armée, à la levée des deniers de Sa Majefté : affemblées illicites ; réfiftance à l'exécution de fes ordres, & refus d'y obéir ; tous préparatifs tendans à révolter : pour lef- quels délits Sa Majefté, de l'avis de S. A. R. M. le Duc d'Orléans Régent, a commis & établi une Chambre Royale au Château de Nantes, pour inftruire contre les coupables du crime de lèfe-Majefté, les décréter & leur faire & parfaire le procès jufqu'à ju- gement définitif inclufivement & en der- nier reffort.

Il y eut 148 Accufés dans cette affaire, dont 4 ont été exécutés, & 16 condamnés par contumace & exécutés par effigie.

Noms & qualités de ceux qui ont été condamnés à mort & exécutés.

Crifogon – Clément de Guer, Marquis de Pontcallec, demeurant au château de Pontcallec.

Thomas-Siméon de Montlouis, Ecuyer, demeurant à Plaçaer.

Laurent le Moyne, appellé ordinairement le Chevalier de Thalouet, demeurant en fa maifon de Barrach.

François du Coedié, Ecuyer, demeurant dans une maifon appellée le Paradis.

Tous les quatre ont eu la tête tranchée le 26 Mars 1720, par Arrêt de la Chambre dudit jour, dans la place du Bouffay de la ville de Nantes, le marché y tenant.

*Noms & qualités des Accusés condamnés par
contumace, & exécutés par effigie le 27
Mars 1720, dans la place du Bouffay de
Nantes, où tous les tableaux furent atta-
chés à un poteau dreßé pour cet effet.*

Louis Thalouet de Bonnamour, Gentilhomme, demeurant à Lourmoy.

M. de Lambilly, Conseiller au Parlement
de Bretagne.

Jacques - Melac Hervieux Denis, demeurant à Joßelin.

Le sieur de la Beraye, Gentilhomme.

Le sieur Thalouet de Boishorand, Gentilhomme.

Le sieur Trevelec de Bourneuf, fils,
Gentilhomme.

Le sieur Coquart de Rosconan, Gentilhomme.

Le

Le Comte de Polduc-Rohan.

Le Chevalier de Polduc, fon frere.

Le fieur François-Augufte du Groefquer l'aîné, Gentilhomme.

L'Abbé du Groefquer fon frere.

Le fieur de la Houffaye, pere, Gentilhomme.

Le fieur de la Boiffiere – Kerpedron, Gentilhomme.

Le Chevalier du Crofco.

Le fieur Gouello de Kerantré, Gentilhomme.

Le fieur de Villegiey, Gentilhomme.

Deux de ces contumacés (le fieur du Groefquer & le fieur Grouello de Kerantré) ont obtenu des lettres d'amniftie; favoir,

Tome II.   N

le premier au mois de Mai & l'autre au mois d'Octobre 1723.

Par le Jugement du 26 Mars 1720, il a été ordonné que les marques de feigneuries & d'honneur qui étoient dans les maifons du fieur Marquis de Pontrallet, de Montlouis, le Moyne, dit le Chevalier de Thalouet, & du Coedié, condamnés à avoir la tête tranchée & exécutés ledit jour, feroient abattues & effacées, les foffés comblés, les bois de hautes-futayes, comme avenues & autres fervant à décoration, feroient coupés à la hauteur de 9 pieds, & que les murailles nouvellement conftruites & fortifications faites à la maifon du château de Lourmoy, appartenant au fieur de Bonnamour, condamné par contumace, feroient démolies & abattues, & leurs biens réunis au Domaine & confifqués au profit du Roi.

Il y eut des lettres d'amniftie générale, dont quelques-uns des Accufés furent exceptés, & entre ceux-ci plufieurs en ont obtenu depuis de particulieres.

Lettres patentes du 14 Avril 1720, de tranſlation à l'Arſenal de Paris de la Chambre Royale ſéante à Nantes, pour y vaquer tant à l'inſtruction & au jugement des accuſés qui ont été exceptés des lettres d'amniſtie, qu'aux condamnés par contumace qui voudront la purger; à l'effet de quoi ils pourront ſe mettre en état dans les priſons du Fort-l'Evêque.

Le 3 Avril 1721, le Roi accorda un Brevet & des Lettres patentes, ſur les remontrances faites à Sa Majeſté par les Députés & Procureurs Généraux, Syndics des Etats de Bretagne, par leſquels Brevet & Lettres patentes, le Roi fait don aux héritiers & ſucceſſeurs de ceux qui ont été condamnés par l'Arrêt de la Chambre du 26 Mars 1720, de tous les biens qui avoient été réunis au Domaine ou confiſqués au profit de Sa Majeſté, enſemble de tous les fiefs & autres biens-meubles & immeubles des Condamnés confiſqués au profit de Sa Majeſté, &c.

L'affaire de Bretagne a commencé en

N 2

1719 à Nantes, & a fini à la Chambre Royale de l'Arfenal à Paris en 1724.

On a faifi beaucoup de papiers à Brigault : quelques-uns confiftent en plufieurs lettres amoureufes d'une Dame de Province, à laquelle il n'étoit pas indifférent.

D'autres lettres d'amour non fignées, fans date d'années & fans adreffe, le fieur Brigault les a reconnues pour être de fa main, & il a dit que c'étoit des lettres qu'il avoit écrites à une Dame qui les lui avoit rendues.

Des titres & procédures de fa famille & autres papiers en latin, fermons, papiers en langue Efpagnole, concernant des affociations de Marchands de Lyon & d'Efpagne.

1719, premier Février.

Claude J A N I N, *Ecuyer*, *Seigneur de Juliennes*, *Doyen des Confeillers du Parlement de Dombes*, *entra à la Baftille le premier Février 1719*, *& en fortit le 9 Juillet fuivant.*

1719, 12 Avril.

Pierre-Jofeph DE NOIEL DE LA JON-QUIERE, Gentilhomme du Pays d'Artois, fut mis à la Baftille au mois d'Avril 1719. Il y mourut le premier Octobre 1723.

1719, 9 Juillet.

Claude JOURON DE MALINCOURT, Marchand, demeurant à Sainte-Menehould, entra à la Baftille le 9 Juillet 1719, & en fortit le premier Juillet 1721.

1720, 26 Septembre.

Charles DE MOUHI, fils d'un Lieutenant Colonel de Dragons, conduit à la Baftille le 26 Septembre 1720. Il n'obtint fa liberté que le 21 Février 1724.

N 3

Observations.

Il ne nous eſt rien parvenu de relatif à la cauſe de la détention de ces quatre perſonnes.

1721 , 27 Mars.

Raimond FOURNIER *, Chirurgien Apothi-caire du Château de la Baſtille , âgé de 36 ans , natif de Montpellier , détenu & interrogé à la Baſtille le 27 Mars 1721.*

CE Chirurgien avoit des liaiſons illicites avec les priſonniers, & abuſoit de ſa place, en les favoriſant, par humanité, au préju-dice de ſon devoir & du ſervice du Roi (1).

Sa manœuvre ayant été découverte , il fut enfermé par correction, & ſans un ordre

---

(1) Le ſervice du Roi ! L'autorité du Roi ! La gloire du Roi ! Toujours le Roi : c'étoit avec ces grands mots qu'on étouffoit les droits de la Nation, ceux de l'huma-nité, de la juſtice, & tous les principes enfin qui ten-doient à la raiſon & à la liberté !

du Roi *ad hoc,* un an entier dans une chambre de prifonnier , après quoi il fut chaffé (21 Avril 1722).

Il fut vendu par le fieur Boufcairene de Montfleury , ci-devant Colonel au fervice du Roi de Pologne , qui avoit été pendant vingt-deux mois prifonnier à la Baftille pour l'affaire d'Efpagne , & de M. & Madame la Ducheffe du Maine ; le fieur de Montfleury l'accufoit de lui avoir fait des propofitions de la part de l'Envoyé d'Efpagne, & d'avoir voulu lui faire donner une gratification à fa fortie de la Baftille.

Le fieur de Montfleury fit fa déclaration pardevant M. le Blanc , Miniftre du Département de la Guerre, de ce qu'il favoit relativement à Fournier, contre le bien du fervice du Roi , pendant lé tems qu'il étoit prifonnier au Château de la Baftille, & depuis qu'il en étoit forti.

Il déclara (le 27 Mars 1721) que trois mois après ou environ qu'il étoit entré au Château , le nommé Fournier ayant été dans la chambre de lui Montfleury pour le

rafer, s'informa de lui des raifons qui avoient
donné lieu à fa détention ; qu'il lui dit que
c'étoit pour avoir été foupçonné d'avoir
voulu paffer au fervice d'Efpagne, & qu'il
étoit bien malheureux d'être compris dans
de fi mauvaifes affaires, vu qu'il étoit né
fujet du Roi ; à quoi Fournier lui répondit,
qu'il ne falloit pas s'effrayer, que fon affaire
lui faifoit plus d'honneur que de tort ; &
que quand il feroit vrai qu'il auroit voulu
paffer au fervice d'Efpagne, il n'auroit fait
en cela que prouver la fidélité qu'il devoit
à fon Prince. Il ajouta que toute la France
favoit bien que ce que le Roi d'Efpagne
avoit entrepris, conjointement avec M. le
Duc du Maine, n'étoit que pour conferver
la vie au Roi, & non pas pour lui ravir fes
Etats, comme fes ennemis avoient voulu
l'en accufer. Ledit Fournier dit auffi au fieur
de Montfleury que le Roi fe fouviendroit,
fans doute à fa majorité, des perfonnes qui
lui auroient été fideles pendant la minorité, &c.

Fournier ayant été chaffé de la Baftille,

entra chez M. le Duc de Richelieu, qui lui vouloit du bien & le protégeoit ; il le mena avec lui à Vienne pendant fon ambaffade.

1721, 2 Avril.

Jean–Baptifte ABACY , *Coureur de Madame la Ducheffe d'Hanovre , fut mis à la Baftille le 2 Avril 1721 ; il en fortit le 9 du même mois.*

1721, 18 Août.

L'Abbé BREMMER , *Hongrois , Agent des affaires du Prince de Ragosky , & fon Réfident en France , entra à la Baftille fur un ordre du Roi du 18 Août 1721. Il fe coupa la gorge à la Baftille le 25 Septembre fuivant.*

1722 , 22 Janvier.

Jean LA COUR, *Chanoine de Reims, fut mis à la Baſtille le 22 Janvier 1722 , & en ſortit le 20 Août ſuivant.*

Nous n'avons rien ſur la cauſe de la dé-tention des trois perſonnes dénommées ci-deſſus.

1723.

DÉTAILS *ſur l'affaire du* viſa, *trouvés à la Baſtille.*

Il étoit queſtion de pluſieurs abus & mal-verſations , pratiqués dans l'exécution des différentes Commiſſions émanées du Roi ; à l'occaſion de la liquidation des effets re-préſentés au *viſa* & à la diſtribution des certificats de liquidation délivrés en con-ſéquence , de la part de pluſieurs de ceux qui y avoient été employés , au grand préjudice des finances du Roi & de l'intérêt public. Pour lefquels délits , le Roi fit arrêter , par fes ordres particuliers , ceux qui les avoient commis , auxquels on a , par la fuite , inftruit le procès , en vertu d'une Commiffion féante à la Chambre Royale de l'Arfenal ; ladite Commiffion établie par Lettres patentes du Roi du 11 Mai 1723, & autres Arrêts & Lettres patentes fubféquentes pour ampliation de pouvoirs.

COMMISSAIRES DU ROI,

CONSEILLERS D'ETAT.

Meffieurs	*Meffieurs*
De Châteauneuf.	D'Herbigny.
De Harlay.	De Fortia.

MAITRES DES REQUÊTES.

Meffieurs	*Meffieurs*
De Fremont d'Auneuil.	De Bauffan.
De Maupeou d'Ableiges.	Angran.

MAITRES DES REQUÊTES.

Messieurs	*Messieurs*
Rouillé.	D'Argenson.
De Vaftan.	De Pontcarré.
Pajot.	D'Ombreval.
Le Gras du Luart.	Meliand.

De Vaftan, Procureur Général de la Commiffion.

D'Argenson, Rapporteur.

Jacques Paffelaigne, Greffier des Commiffions extraordinaires du Confeil,
  Greffier de ladite Commiffion.

Noms des accufés qui ont été arrêtés.

Jacques Daude, Contrôleur en chef des
Caiffes du *vifa* à la Banque.

Jean–François Febvrier, Caiffier.

Dominique Morin, premier Commis
dudit Febvrier.

Jean-Baptifte Gally, auffi Caiffier.

Daniel Niples , premier Commis dudit Gally.

Pierre Samſon , auſſi Caiſſier.

Jean Raymond , ſoi-diſant Agent-de-change.

Etienne Flouret, ci-devant Commis dudit Daudé.

Marie-Catherine Bernet, veuve Valence.
Gabriel Vigne.

Le ſieur la Pierre de Talhouet ; Maître des Requêtes.

Jean-Charles Clément, Conſeiller hono-raire du Grand-Conſeil.

Le nommé Beauvais , ci-devant Laquais dudit Gally.

Honoré le Houx , ſieur des Châteliers.

En tout quatorze accuſés dans cette affaire.

Détail sur *M. de* TALHOUET, *mis à la Baſtille le 23 Mai 1723; & jugemens qui ont été rendus par les Commiſſaires contre les accuſés dans l'affaire.*

M. d'Argenſon s'eſt tranſporté à la Baſ-tille le 11 Juillet 1723 , pour y procéder aux interrogatoires de M. de Thalhouet , qui a refuſé de répondre & de reconnoître leſdits Commiſſaires , ſur le fondement des priviléges attribués à la charge des Maîtres des Requêtes , ſuivant leſquels il ne pou-voit être jugé que par le Parlement où il requiéroit.

Sur ce refus , M. d'Argenſon a donné une Ordonnance , portant que M. de Thal-houet ſeroit tenu de répondre dans le len-demain , autrement que ſon procès lui ſe-roit fait comme à un muet volontaire.

Le lendemain 12 Juillet, M. d'Argenſon s'eſt tranſporté à la Baſtille pour interroger ce priſonnier, qui témoigna le même refus de répondre.

Le 26 Août fuivant , ledit Talhouet a fubi un autre interrogatoire pardevant toute la Chambre affemblée ; il a refufé de s'af-feoir fur la fellette , de lever la main , dire fon nom , âge , qualité & demeure , & de répondre à toutes les demandes qui lui ont été faites par la Chambre , fur le fondement des raifons qu'il avoit ci-devant alléguées , & qui font expliquées plus haut dans cet extrait.

La Chambre a déclaré M. de Thalouet, l'Abbé Clément , Gally & Daudé , atteints, & convaincus d'avoir prévariqué dans les fonctions de leurs commiffions & emplois ; enfemble d'avoir mal , fauffement & frau-duleufement fabriqué divers fupplémens de liquidation d'actions , & d'en avoir par-tagé le produit entr'eux.

Pour réparation de quoi, ils ont été con-damnés par Arrêt de la Chambre du 27 Août 1723. Savoir : les fieurs de Talhouet & Clément à avoir la tête tranchée fur un échafaud , qui , pour cet effet , devoit être dreffé en la place de la Baftille.

Et lefdits Gally & Daudé, à être pendus
& étranglés à des potences qui devoient
être plantées pour cet effet dans ladite place
de la Baftille.

La charge de Maître des Requêtes dont
étoit pourvu le fieur de Talhouet, vacante
au profit du Roi & tous fes autres biens ;
enfemble ceux defdits Clément, Daudé &
Gally, tant meubles qu'immeubles, acquis
& confifqués au Roi, fur iceux préalablement pris la fomme de 50,000 liv. d'amende
envers Sa Majefté, & les fommes néceffaires, à l'effet de retirer, au profit de la
Compagnie des Indes, la quantité de fept
cent foixante-onze actions deux dixièmes,
pour lui être remifes & délivrées avec qua-
tre-vingt-quinze actions, dépofées au Greffe
de la Chambre, dont quatre-vingt-neuf
provenantes des délits commis à l'occafion
defdites feuilles de fupplémens ou de liquidations d'actions & des partages qui avoient
été frauduleufement faits des certificats expédiés en conféquence ; & les fix autres actions, prétendues appartenantes audit Clément,

ment , à caufe de la liquidation qui avoit
été faite des effets par lui préfentés au *vifa*;
lefquelles 771 actions deux dixiemes d'une
part , & 95 actions d'autre part ; enfemble
71 actions comprifes dans quatre certificats en nature , auffi dépofés au Greffe de
la Chambre , font la quantité de 937 actions
deux dixiemes , jufqu'à concurrence def-
quelles il avoit été expédié des faux certificats.

Et lefdites feuilles de fupplémens & de
liquidations dont il eft queftion, enfemble les
inventaires & quelques bordereaux d'effets
joints auxdites feuilles : comme auffi les
quatre certificats ci – deffus mentionnés ,
faifant partie de ceux expédiés fur lefdites
feuilles , déclarés pareillement par ladite
Chambre , fauffement & frauduleufement
faits & fabriqués ; & comme tels , nuls &
fupprimés , & bâtonnés & biffés par le
Greffier de la Chambre , en préfence de
M. d'Argenfon qui en a dreffé procès-
verbal.

Le famedi 28 Août 1723 , cet Arrêt a
Tome II. O

été prononcé par le Greffier de la Chambre aux sieurs de Talhouet & Clément, chacun en particulier, nue tête & à genoux, dans l'une des chambres de la Bastille, où ils ont été amenés l'un après l'autre

Le Roi, par Lettres patentes du même mois d'Août 1723, a commué & changé la peine de mort prononcée contre les sieurs de Talhouet & Clément, en celle du bannissement à perpétuité hors du Royaume, Pays, Terres & Seigneuries de l'obéissance de Sa Majesté.

Et le mardi 25 Avril 1724, sur les 11 heures du matin, ledit Arrêt a été prononcé auxdits Daudé & Gally, chacun en particulier, nue tête & à genoux, dans une des chambres de la Bastille.

Par Lettres patentes du même mois d'Avril 1724, la peine de mort à laquelle lesdits Gally & Daudé ont été condamnés, a été commuée & changée en celle du bannissement à perpétuité hors du Royaume.

Par le même jugement de la Chambre du 27 Août 1723, ordonné qu'il sera plus amplement informé contre Raymond, & cependant qu'il fera élargi des prifons.

Morin & la femme Valence admonetés & condamnés chacun à 3 liv. envers les pauvres de la Paroiffe de Saint-Paul.

Ordonné que le procès commencé contre Samfon fera continué, fait & parfait jufqu'à jugement définitif inclufivement ; & par M. d'Argenfon, dreffé procès - verbal & inventaire fommaire en préfence dudit Samfon, du Procureur Général ou de l'un de fes Subftituts, de toutes les feuilles de fupplément de liquidations & autres pieces, étant dans la caiffe dudit Samfon, qui feroient indiquées comme devant fervir à la conviction des délits dont il étoit prévenu.

Nifple, Vigne & Beauvais déchargés des accufations contr'eux intentées.

Flouret & le Houx des Châteliers mis hors de Cour.

Febvrier, furfis à fon jugement.

Notes hiſtoriques ſur le ſyſtême de LAW, *& la chûte de ce ſyſtême, qui a donné lieu à l'examen ſi célèbre, connu ſous le nom de* viſa.

Lorſque le Duc d'Orléans prit les rênes du Gouvernement au mois de Septembre 1715, le déſordre des affaires étoit à ſon comble.

Law, Ecoſſois, grand calculateur, & doué en même – tems d'une imagination vive & ardente, offrit au Régent des moyens pour rétablir les finances, & propoſa d'a-bord pour les tirer du déſordre où elles étoient tombées, d'établir à Paris une Banque.

Le projet de Law plût à ce Prince, & l'établiſſement propoſé prit naiſſance dans le cours de Mai 1716 : le fonds qui étoit de ſix millions fut formé par 1200 actions de mille écus chacune.

Ce nouvel établiſſement eut le plus grand ſuccès, & alla même au-delà des eſpérances de ſon fondateur. Son influence ſe fit ſentir dès les premiers jours ; une circulation rapide de l'argent , qu'une défiance univerſelle retenoit dans l'inaction , redonna du mouvement à tout. Lorſque la Banque générale fut établie , M. Law loua , pour la loger, l'Hôtel de Meſme, rue Sainte-Avoye ; mais Law ayant acheté au commencement de l'année 1719 l'Hôtel de Nevers , rue de Richelieu, il y fit tranſporter cette Banque. On fit accommoder les écuries qui étoient ſous le grand appartement & ſous la galerie , pour y mettre toutes les caiſſes & le tréſor de la Banque. Law paſſa le contrat d'acquiſition de cet Hôtel, devant Balin, ſon Notaire , & en même-tems il fit déclaration que c'étoit des deniers de la Banque , & c'eſt en vertu de cette piece que cette maiſon appartient au Roi , & qu'on y a placé la Bibliotheque.

Il y avoit dans le papier de chaque billet ces mots : *Banque générale* , ce qui ſe faiſoit dans la fabrication du papier , & il étoit frappé au bas de chaque billet un ſceau

O 3

où étoit gravée une femme, le bras gauche appuyé fur un piédeftal, au bas duquel étoit une corne d'abondance renverfée, & qui tenoit de la main droite un compas ouvert.

Il y avoit autour de ce fceau pour légende : *Rétabliffement du crédit*, & pour l'exergue : *Premier Mai 1716.*

Le 4 Décembre 1718, Law voulut que la Banque qu'il avoit établie deux ans auparavant, & qui avoit été d'une fi grande utilité jufqu'alors, fut convertie en Banque Royale. Elle le fut au moyen de l'acquifition faite par le Roi de toutes les actions que les particuliers y avoient. Les billets de cette Banque tinrent lieu de monnoie, & on les reçut en paiement dans toutes les caiffes royales. Ils prirent une fi grande faveur dans le public, que chacun recherchoit avec empreffement cette nouvelle monnoie, & l'eftimoit autant que de l'argent.

Au mois d'Août 1719, la Compagnie des Indes fit des propofitions très-avantageufes au Roi : elle lui offrit de lui prêter 1200 millions de livres à 3 pour cent par an, pour fervir au remboursement des rentes fur la Ville, fur les Tailles, fur les Recettes générales, fur le Contrôle des actes des Notaires, fur celui des Exploits & fur les Postes ; enfemble pour le remboursement des actions fur les Fermes, des Billets de l'Etat, des Billets de la Caiffe commune & de la finance des charges fupprimées ou à fupprimer qui n'avoient point d'affignement particulier, fuppliant Sa Majefté d'autorifer la Compagnie à emprunter ces 1200 millions de livres, dont elle fourniroit fur elle des actions rentieres au Porteur, ou des contrats de conftitution de rente à 3 pour cent.

Elle fupplioit en même-temps le Roi de lui accorder le bail des Fermes générales pour neuf ans, en augmentant le prix de celui fait à Aimard Lambert, de trois millions cinq cens mille livres par chacune année ; en forte qu'elle payeroit par an cinquante-deux millions.

O 4

Le tout fut accepté & accordé à la Compagnie par Arrêt du 27 Août 1719 ; & le remboursement des rentes sur la Ville, des billets de l'Etat, de ceux de la Caisse commune, des actions sur les Fermes générales, des récépissés du sieur Hallé, & de toutes les charges supprimées, fut ordonné par Arrêt du 31 du même mois.

Le Public ne goûta point les actions rentieres ni les contrats sur la Compagnie, & personne ne se présenta pour en prendre. Il fallut, pour faire le prêt de 1200 millions, recourir à d'autres expédiens : celui de création de nouvelles actions parut le plus certain, & Law crut qu'il le pouvoit mettre en usage sans faire tomber les anciennes, qui étoient montées jusqu'à mille pour un.

C'est sur ce pied qu'il fut permis à la Compagnie d'en faire pour 50 millions, par Arrêt du 13 Septembre suivant. Le Public s'y porta avec fureur ; & par autre Arrêt du 28 du même mois de Septembre, il fut permis à la Compagnie d'en faire encore pour 50 autres millions (1).

_____

(1) Comme ce pauvre peuple françois étoit aisé à leurrer !

Le nombre de ces actions fut encore augmenté, & la Compagnie eut permiffion, par Arrêt du 2 Octobre fuivant, d'en faire pour une troifieme fomme de 50 millions, qui ne furent acquifes qu'en récépiffés pour rembourfement de rentes, ce qui fit gagner ce papier 2, 3, & même jufqu'à 5 pour cent fur l'argent comptant & fur les billets de banque.

Ces trois créations d'actions faifoient le nombre de 150 mille actions, qui devoient produire à la Compagnie, de la part du Public, un paiement de 1500 millions ; & comme il étoit plus fort de 300 millions que le prêt qu'elle devoit faire au Roi, elle lui offrit de lui donner encore cette fomme à 3 pour cent, ce qui fut accepté par Arrêt du 12 du même mois d'Octobre.

La Compagnie n'avoit cependant reçu en ce temps que 75 millions fur les 1500 millions qu'elle devoit prêter au Roi.

Ces nouvelles actions augmentoient tous les jours de prix dans le Public ; elles étoient presque les seules dans le commerce, sous le nom *de soufcriptions*, qui étoit un billet par lequel il étoit permis au Porteur de lui remettre une action de la Compagnie, en payant 4500 livres. On n'achetoit presque plus des anciennes, parce qu'il falloit un plus gros argent pour cela.

Ces anciennes & ces nouvelles actions formoient le nombre de 300 mille, & il falloit que la Compagnie fît des profits bien confidérables pour en payer le revenu : à cet effet, il lui avoit été remis & donné presque toutes les affaires qui produifoient des bénéfices, & qui avoient été jufqu'alors entre les mains des particuliers. On agit dans le même efprit, en lui donnant, par Arrêt du 12 du même mois d'Octobre 1719, l'exercice de recette générale, avec les droits & émolumens y attribués, lequel fut ôté aux Receveurs Généraux, qui furent fupprimés par ce même Arrêt.

Par ce moyen, la Compagnie fe trouva avoir toute l'adminiftration de la finance, & M. Law, qui la gouvernoit, & en même-temps la banque, devint Contrôleur Général des finances le 5 Janvier 1720 (1).

Ce n'avoit pas été fon premier projet ; il confiftoit à faire des actions fur différentes affaires, afin d'établir par-là un jeu de papier qui pût le faire foutenir l'un par l'autre, & empêchât le Public de réalifer.

C'eft ce qui fe pratiquoit en Angleterre, où il y avoit des actions fur la Banque, fur la Compagnie des Indes, fur la mer du Sud, & des billets qui s'appelloient *admitez*. Tous ces différens papiers rapportent du revenu ; & tel qui n'a plus de confiance à l'un de ces papiers, fe rejette fur l'autre, & ne penfe pas à en garder l'argent, parce qu'il ne lui rapporteroit aucun intérêt.

Il y a lieu de croire que M. Law ne changea ce projet que parce que l'on s'étoit paffé de lui pour former les actions des

---

(1) Law avoit penfé à cette place, felon toutes les apparences, dès l'année 1719, puifqu'en ce temps il changea de religion, & fit abjuration entre les mains de l'Abbé Tencin.

Fermes, dont MM. Pâris avoient été les inventeurs, & qui avoient été approuvés par M. d'Argenfon, Garde-des-Sceaux, qui étoit en ce temps chef du Confeil des finances. Law voulut les anéantir, ôter à MM. Pâris la conduite des recettes générales dont ils fe mêloient depuis très-long-temps, & à M. d'Argenfon toute connoiffance de la finance, à quoi il réuffit.

Le fecond paiement des nouvelles actions, qui devoit fe faire dans le mois d'Octobre, fut remis au mois de Décembre fuivant, & il devoit être fait tout d'un coup le paiement de trois mois, qui étoit de 1500 liv. par action; ce qui donna lieu à ces nouvelles actions de monter à mille, en forte que pour 500 livres qu'on avoit donné, il fe trouvoit des gens qui donnoient 5000 livres.

Le commerce de ce papier fe faifoit dans la rue Quincampoix, & toutes les maifons étoient remplies de gens qui tenoient des Bureaux d'achat & de vente d'actions : il y en avoit même où on les payoit tout en or. L'affluence du monde y étoit ſi grande, qu'on fut obligé d'y établir une garde, & il y avoit une cloche que l'on y ſonnoit pour faire retirer tout le monde.

Tous ceux qui prirent de ce papier devinrent riches en peu de temps : on venoit des provinces & des pays étrangers pour faire fortune à Paris, & il fut mis ſur pied une ſi grande quantité de nouveaux équipages, qu'on ne pouvoit preſque paſſer dans les rues ; & lorſque par malheur on ſe trouvoit dans un embarras, on y reſtoit cinq ou ſix heures avant que de pouvoir s'en tirer.

Il ſembloit que tous les hommes euſſent changé d'état ; on ne ſe reconnoiſſoit plus, & on voyoit des perſonnes ayant carroſſe, qui ſix mois avant étoient ſans aucun bien.

Les mois d'Octobre & de Novembre 1719 furent le temps du triomphe des actions. M. Law fut un jour dans une maiſon qui donnoit dans la rue Quincampoix, pour voir la maniere dont tout s'y paſſoit, & il jetta de l'argent au Peuple, ce qui fut trouvé très-mauvais, n'y ayant que le Roi ou le Gouverneur d'une Ville, au nom du Roi, le jour d'une cérémonie, qui puisse le faire.

Le commerce des actions se rallentit dans le mois de Décembre, par rapport au paiement qu'il fallut faire, & il y eut plusieurs personnes à qui M. Law fut obligé de faire un prêt pour satisfaire à ce paiement. Plusieurs personnes commencerent aussi pendant ce mois, à tirer de l'argent de la Banque, & il y en avoit d'autres dans la rue Quincampoix, qui offroient publiquement des billets de banque pour de l'argent.

Tout cela pouvoit faire prévoir une chûte de ces deux différens papiers ; cependant ils trouvoient toujours grand nombre de préconiseurs, & on disoit publiquement qu'un homme qui possédoit une action, auroit suffisamment de quoi vivre du revenu qu'elle produiroit par la suite, ce revenu devant augmenter beaucoup par les bénéfices que feroit la Compagnie : cette action ne produifoit cependant alors que 360 liv. de revenu.

En Juin 1720, les actions qui étoient portées à la Compagnie des Indes pour y être vendues, épuiferent bientôt tous les billets de banque ; & fi cet achat avoit été dif-continué, il étoit hors de doute que ces actions ne fuffent tombées fur le champ en non valeur. Il en feroit arrivé de même fi l'on avoit ordonné, par des Arrêts du Con-feil, la fabrication de nouveaux billets de banque, parce que le Public auroit connu par-là que ce n'étoit qu'un jeu de papier qu'il faifoit par cette vente, & que les bil-lets de vente qui feroient donnés, n'au-roient aucuns fonds ni en argent ni en billets fur l'Etat, pour qu'on pût efpérer qu'ils fuffent payés.

On crut prévenir ces inconvéniens, en faifant faire des billets de banque fans qu'ils fuffent autorifés par des Arrêts, & il en fut fabriqué de cette maniere pour plus d'un milliard, dont les Arrêts furent fignés par

M. d'Argenſon , Garde-des-Sceaux, & M.
de la Vrilliere , Secrétaire d'Etat, après
que l'Arrêt du 21 Mai 1720 , qui avoit diminué les billets de banque , eût été rendu,
parce qu'il falloit néceſſairement mettre
les choſes en regle, & procurer une ſûreté
à ceux qui avoient fabriqué & fait fabriquer
une pareille monnoie ſans aucun titre va-
lable.

On peut bien dire que tous les François
étoient aveugles une partie de l'année
1718, l'année 1719, & juſqu'au 21 Mai
1720 , temps où l'Arrêt qui diminuoit les
billets de banque parut.

On eſtimoit en ce temps une action au-
deſſus de tout ; on préféroit les billets de
banque à l'argent ; on ne pouvoit même
en avoir qu'en donnant 5 pour cent de
bénéfice. Ces richeſſes imaginaires chan-
gerent bien à la fin de 1720 : on avoit pour
50 livres d'argent (la monnoie ſur le pied
de 50 livres le marc) un billet de banque
de 1000 livres.

Il étoit temps de finir un ſyſtême qui pro-
duiſoit

duisoit dans les affaires un discrédit aussi grand, que la confiance avoit été aveugle d'abord.

Assemblée de la Compagnie des Indes, pour en disjoindre les affaires de finances, données à cette Compagnie.

M. le Duc d'Orléans vouloit ôter à la Compagnie les affaires de finances qui y étoient jointes, excepté la Ferme du tabac, & il souhaitoit en même-temps qu'il parût que c'étoit de son consentement. Il y eut une assemblée indiquée, où il se trouva aussi-bien que M. le Duc, & où il amena M. de la Houssaye, qui avoit été nommé à la place de Contrôleur Général lorsque Law eut pris la fuite. La chose y fut agitée ; elle trouva des oppositions, mais enfin la disjonction fut résolue comme S. A. R. le souhaitoit, & comme le bien des affaires du Royaume l'exigeoit.

Il fut rendu des Arrêts en conséquence : celui du 5 Janvier 1721 désunit toutes les

Tome II. P

Fermes de la Compagnie des Indes, excepté la Ferme du tabac, & lui ôta le bénéfice de la fabrication des monnoies qui
lui avoit été accordé pour le terme de neuf
ans ; & un autre Arrêt du 8 du même mois
mit les Receveurs Généraux des finances
en poffeffion de leurs charges.

La Compagnie des Indes fit des repré-
fentations fur l'Arrêt qui ordonnoit qu'elle
rendroit compte de la banque : elle préfenta
fa requête en oppofition, & nomma neuf
Syndics, auxquels elle donna pouvoir de
figner les requêtes & procédures, & défendre les droits de la Compagnie.

Le Roi nomma, le 6 Mars, quatre Commiffaires pour examiner les mémoires qui
leur feroient fournis par les neuf Syndics.
Ces Commiffaires étoient MM. Darmenonville, Bignon de Blangi, de Vaubour & de
la Bourdonnoie.

Les Syndics de la Compagnie des Indes
s'affembloient fouvent, & ils traitoient,
felon les apparences, entr'eux d'affaires
qui ne plurent pas au Gouvernement ; en

forte que M. de Carligny , l'un d'eux , qui étoit Intendant des Armées navales , & qui avoit accepté une place de Syndic , fut mis à la Baſtille , où il reſta huit jours.

M. Darmenonville ſe trouva , par cette commiſſion , l'homme du Roi pour la Compagnie des Indes : & lorſqu'il y avoit quelques affaires à porter au Conſeil de finance , où cette Compagnie avoit intérêt , il y avoit ſéance.

Abrégé de ce qui s'eſt paſſé au Conſeil de Régence , en préſence du Roi , le 26 Janvier 1721 , au ſujet des actions & billets de banque.

M. le Régent entra , le Dimanche 26 Janvier 1721 , au Conſeil de Régence , & commença à dire au Roi :

SIRE,

Il s'agit aujourd'hui d'une affaire très-importante , concernant la Compagnie des

P 2

Indes & le papier, dont M. de la Houffaye va rendre compte à Votre Majefté.

M. le Duc fe leva, & dit, SIRE, je n'ai entendu parler de cette affaire que ce matin, & j'avois réfolu de garder le filence, parce que je craignois que ce que je dirois, ne parût d'un homme intéreffé : j'ai accordé ma protection à la Compagnie des Indes, autant que j'ai cru qu'il étoit du fervice de Votre Majefté & du bien de vos fujets. J'ai dépofé 1584 actions ; les 84 ne m'appartiennent pas, & je fais préfent à la Compagnie des autres, afin d'avoir la liberté d'opiner fans intérêt. J'ai paffé chez moi pour les prendre, & je les aurois apportées ici & jettées au feu en préfence du Confeil ; mais celui qui en eft gardien, ne s'étant pas trouvé, je les porterai demain à M. le Régent pour les brûler.

M. le Prince de Conty dit, tout le monde fait bien que depuis long-tems je n'ai point d'actions ; je n'en ai eu qu'après mon retour d'Efpagne, que je vendis à Law ; je n'en

ai eu d'autre bénéfice que la terre de Mer-
cœur, j'offre de la remettre.

M. le Duc répliqua, des offres vagues ne
fuffifent pas, il faut la réalité & l'exécu-
t.on.

M. le Comte de Touloufe offrit auffi
fes actions. M. le Régent lui dit que cela
n'étoit pas jufte, que l'on favoit bien
qu'elles venoient de rembourfemens.

M. le Duc d'Antin dit, que s'il lui étoit
permis de fuivre l'exemple de fi grands
Princes, il offroit auffi de remettre les
fiennes. (Il n'en avoit plus que 233. Il en
avoit eu 3000 livres). Aucun autre ne les
offrit.

M. de la Houffaye fit enfuite le rapport
des comptes de la Compagnie au Roi, &
conclut à ce que la Compagnie fût déclarée
redevable de tous les billets de Banque, &
que ceux qui ne feroient pas éteints par les
1500 millions de récépiffés retirés par la
Compagnie, elle en devroit l'excédent au
Roi, attendu que le Roi s'en chargeoit ;
que c'étoit une fuite naturelle de l'union

P 3

qui avoit été faite de la Banque , à la Compagnie des Indes, au mois de Janvier 1720, où le Roi avoit donné à la Compagnie le bénéfice & la charge de la Banque.

M. le Duc fe leva, prit la parole, & dit, que par la même affemblée , il avoit été réglé qu'on ne feroit plus d'achat d'actions , & qu'il ne feroit fait de billets de Banque , que par une affemblée générale ; que comme il n'y en avoit point eu , s'il avoit été fait des achats d'actions & de billets, c'étoit par ordre du Roi & arrêté du Confeil, de fon propre mouvement ; qu'ainfi c'étoit le Roi qui devoit en être tenu.

M. le Régent répliqua que M. Law étoit l'homme de la Compagnie, auffi bien que celui du Roi ; que ce qu'il avoit fait , il le croyoit être le bien de la Compagnie ; que cela étoit fi vrai , que dans l'Arrêt qui a ordonné l'achat des actions , il eft dit que le dividende accroîtra aux autres actionnaires ; que c'étoit auffi M. Law qui avoit fait faire des billets de Banque pour cet emploi, afin de faire valoir les actions.

M. le Duc répliqua , que M. Law ne pouvoit pas engager la Compagnie , puiſqu'il étoit l'homme du Roi , comme Contrôleur Général ; qu'il n'y avoit eu d'Arrêts que pour 1200 millions de billets de Banque ; qu'il avoit même été dit dans l'aſſemblée générale , que l'on ſupprimeroit les billets de 10 livres , & que loin de cela , on en avoit fait pour plus de cent millions des mêmes , & qu'il y avoit dans le Public, pour plus de deux milliards trois cent millions de billets de Banque ; que cela ne pourroit jamais être regardé comme un fruit de la Compagnie (1).

M. le Régent répliqua , que l'incident des billets avoit été fait par des Arrêts du Conſeil, rendus ſous la cheminée ; que même après l'Arrêt du 21 Mai 1720 , lorſque l'on

_____

(1) Qu'on examine bien , dans l'hiſtorique de Law & du *viſa* que nous mettons ici ſous les yeux du public, comment les Miniſtres abuſoient impunément de tout ; & que cette expérience nous ſerve ſur-tout à nous défier de toute eſpece de papier-monnoie qui ſeroit l'ouvrage des Miniſtres.

P 4

donna des Commiffaires à la Banque ; il fe trouva pour fix cens millions de billets de Banque que M. Law avoit fait faire fans Arrêts, même cachés ; que Law avoit mérité cinquante fois d'être pendu , & qu'il avoit été obligé de donner un Arrêt après coup , pour le fauver & valider fes billets.

M. le Duc a dit : il faut bien, Monfieur, qu'il les ait faits par vos ordres ; car fans cela vous n'auriez pas couvert un crime capital de cette maniere, & ne l'auriez pas fait fortir hors du Royaume. M. le Régent lui dit , Monfieur, c'eft vous qui lui avez envoyé des paffeports.

Il eft vrai , dit M. le Duc , mais c'eft vous qui me les avez remis ; je vous interpelle même de dire, fi je vous les ai demandés. Vous m'avez chargé de les lui envoyer , & avez fouhaité qu'il fortît du Royaume. Je fais qu'on me vouloit jetter le chat aux jambes dans le Public , & je fuis bien aife d'expliquer au Roi & au Confeil, comme la chofe s'eft paffée ; je n'ai jamais été d'avis que M. Law fortît de France ; j'ai fait même tout ce que j'ai pu pour qu'il y demeurât ; mais, je me suis toujours opposé qu'on le mît à la Bastille, & qu'on lui fît son procès, comme on le vouloit, parce qu'on ne pouvoit rien faire contre lui, Monsieur, qui ne retombât sur vous : ce fut vous qui me donnâtes les passeports, desquels je ne vous avois jamais parlé, & qui me chargeâtes de les lui envoyer. Ainsi on ne m'en doit point imputer sa sortie hors du Royaume.

M. le Régent dit, si je l'ai fait sortir, c'est qu'on m'avoit fait entendre que sa présence en France nuiroit au crédit public, & empêcheroit les opérations que l'on vouloit faire (1).

M. de la Houssaye continua ensuite son rapport, & il fut décidé que la Compagnie des Indes seroit débitrice envers le Roi des billets de Banque ; ensuite il proposa, comme

_____

(1) On vient de voir, par les reproches que M. le Duc faisoit à M. le Régent, de quelle manière cette pauvre France étoit menée, & comment les fripons étoient toujours sûrs de l'impunité. Cette découverte est très-intéressante pour l'histoire.

il y avoit plufieurs particuliers qui avoient mis tout leur bien dans les actions , fur la foi publique , & qu'il ne feroit pas jufte que par la dette immenfe de la Compagnie envers le Roi , ils fe trouvaffent ruinés , & réciproquement que ceux qui avoient converti leurs actions en billets , ou qui les avoient achetés à vil prix fur la place , ou employés en rentes perpétuelles & viageres, actions rentieres ou comptes en banque , profitaffent du malheur des actionnaires de bonne foi ; qu'ainfi il falloit nommer des Commiffaires pour liquider tous les papiers & parchemins , & annuller ceux qui ne procéderoient pas de converfion de biens réels.

M. le Duc dit à cela : il y a 80 mille familles au moins dont tout le bien confifte dans ces effets ; de quoi vivront-elles pendant cette liquidation ?

M. de la Houffaye répliqua , que l'on nommeroit tant de Commiffaires , que cela feroit bientôt fait.

M. le Duc dit enfuite , que s'il y avoit

des gens à liquider, ce n'étoit pas ceux qui étoient porteurs d'effets publics; que le discrédit les ruinoit assez, mais qu'il falloit rechercher ceux qui avoient réalisé en or, en argent, en terres & en maisons, ou qui avoient vendu leurs immeubles à des prix exorbitans, dont ils avoient arrangé leurs affaires aux dépens de leurs créanciers.

M. de la Houssaie dit, qu'on les taxeroit aussi, par rapport à ceux qui avoient des immeubles; mais que par rapport à ceux qui avoient réalisé en argent, c'étoit une chose fàcheuse, par la peine qu'il y avoit de les connoître; qu'il arriveroit cependant un bien de l'arrangement que l'on se proposoit aujourd'hui, parce que le Roi, reprenant un nouveau crédit par les liquidations, & absorbant une grande partie de ses dettes, les réalisans en argent, le mettroient au jour, pour le prêter au Roi, vu la facilité des billets au porteur.

Il continua son discours, & après qu'il eut fini, il fut arrêté qu'il seroit nommé des Commiffaires, pour liquider les rentes fur le Roi, tant perpétuelles que viageres, les actions entieres intéreffées . les comptes en banque & les billets de banque.

M. le Régent dit, qu'il fallon faire un Réglement, qui feroit porté au Confeil de Régence, pour prefcrire aux Commiffaires les regles qu'on devoit fuivre; après quoi il ne s'en mêleroit en aucune façon, renverroit tout aux Commiffaires, & ne feroit grace à perfonne.

M. le Duc lui dit : « Monfieur, ce fera bien fait, & ce fera le moyen que tout fe paffe dans la regle ».

Le *vifa* de tous les effets royaux, qui confiftoient en contrats de rentes, tant perpétuelles que viageres, & celui des actions, billets de banque, & de tous les papiers royaux, de quelque nature qu'ils fuffent, fut ordonné par Arrêt du 26 Janvier 1721.

Tous ces papiers devoient être dépofés dans deux mois, & leur validité difcutée enfuite.

On regarda ce *vifa* comme l'ordre des créanciers de l'Etat, & le projet en fut donné par M. Paris l'aîné.

L'idée en étoit belle & grande ; mais comme c'étoit une affaire immenfe, il **y** fallut employer un nombre infini de fujets pour y travailler, & il étoit bien difficile de s'imaginer qu'il pût s'exécuter avec juftice & régularité.

Cet objet comprenoit proprement tout le bien du Royaume ; chacun de ceux qui poffédoient aucun des effets ci-deffus fpécifiés, devoit donner fa déclaration de tout le bien qu'il avoit & de fon origine, & pour être certain des acquifitions qu'il pouvoit avoir faites depuis le fyftême, il fut ordonné à tous les Notaires du Royaume d'envoyer à ceux qui faifoient le *vifa* des extraits de tous les contrats qui portoient acquifition de biens-fonds & de rentes, qu'ils pouvoient avoir paffés depuis ce temps. On repréfentoit en même temps au *vifa* les effets royaux que l'on avoit.

Les Commiffaires qui avoient été choi-

fis parmi les Confeillers d'Etat & les Maîtres des Requêtes, vifoient les contrats fur
la Ville & quittances de finance fur les
Tailles. Ils vifoient auffi les actions auxquelles on coupoit un coin, & les paquets de billets de banque fouffroient auffi
la même opération. Tous ces effets étoient
enfuite rendus au Notaire qui les avoit
apportés, & on gardoit foigneufement la
déclaration de celui à qui ces effets appartenoient.

On reconnut, par cet examen, qu'il
avoit été livré à la circulation pour deux
milliards 696,400,000 livres de billets de
banque (1).

Il en fut brûlé pour 707,327,460 livres
qui ne furent pas admis à la liquidation.
Les agioteurs furent condamnés à une reftitution de 187,893,661 livres.

_____

(1) Quelle friponnerie ! Mais auffi, quelle leçon pour
nous aujourd'hui !

1724.

STRARAN ET FOURNEL.

PENDANT que M. Dombreval étoit à la Baftille, ces deux prifonniers ont fait leurs efforts pour fe fauver.

Ils avoient fait une échelle avec le bois de leurs lits & des cordes avec leurs draps.

On les a attrappés fur la Gallerie du côté du magafin des armes de l'Arfenal : des crevaffes qui étoient au mur de clôture du foffé avoient favorifé leur *évafion*.

1724, 23 Janvier.

Le fieur Comte DE TURBILLY fut mis au Château de la Baftille le 23 Janvier 1724, & en fortit le 15 Juin fuivant.

1724, 11 Février.

Antoine-François D'ANTOINE, *Conseiller au Parlement d'Aix, entra à la Bastille en vertu d'un ordre du Roi du 11 Février 1724; il obtint sa liberté le 22 Mars suivant.*

1724, 16 Juin.

Antoine DESVOYES, *Marchand de vin, originaire de Bourg, mis à la Bastille le 10 Juin 1724; sa liberté lui fut rendue le 24 Juillet de la même année.*

1724, 9 Décembre.

Le sieur le ROI, *Poëte, fut conduit à la Bastille au mois de Décembre 1724, & y resta jusqu'au 22 Mars 1725.*

Nous n'avons pas les motifs de la détention de ces quatre personnes.

1726,

1726, 20 Janvier.

Jacques PRADES, natif de Bedarieux en Languedoc, Diocèfe de Beziers, fut mis à la Baftille par ordre du Roi du 20 Janvier 1726, contrefigné Phelypeaux ; il eft forti le 3 Février fuivant, par décifion de M. le Duc.

IL étoit accufé d'avoir fabriqué une lettre contre M. le Duc & Madame la Marquife de Prie, fa Maîtreffe, où il fe plaignoit du mauvais Gouvernement. Il projettoit de faire enlever S. A. S. & de la conduire fur les frontieres; il expofoit que la chofe étoit facile ; que fa difgrace feroit certaine & que le Prince d'Orléans prendroit le deffus; que fa Maîtreffe feroit la premiere qui le trahiroit pour éviter fon exil, & fe mettre à couvert des concuffions qu'elle avoit faites.

1726, 18 Février.

*Le sieur Abbé DE MARGON, Gentilhomme,
fils d'un Colonel de Dragons, Brigadier
des Armées du Roi, des environs de Bé-
ziers, fut mis à la Bastille, sur un ordre
du Roi, contresigné Phelypeaux, le 18
Février 1726, & en sortit le 9 Avril de la
même année pour être transféré à l'Abbaye
de Pontigny, ensuite à l'Abbaye de Loc-
Dieu, Diocèse de Villefranche de Rouer-
gue, & finalement retiré de cette Abbaye
pour être conduit & enfermé aux Isles
Sainte-Marguerite.*

IL étoit accusé d'être l'auteur de plusieurs
Pieces satyriques qui paroissoient contre
des personnes employées aux affaires du
Roi & de l'Etat.

Cet Abbé étoit homme de beaucoup
d'esprit, bon Poëte, mais pour des satyres;
d'un caractere méchant, & capable de tout
pour faire son chemin, à quelque prix que
ce fût.

À la mort du Régent, il devint l'espion de M. le Duc contre M. le Blanc, le Maréchal de Bezons, M. d'Omberval & M. Hérault, Lieutenant de Police : il les rendoit suspects par ses faux rapports. Dans les derniers temps il se joignit à M. Arnaud de Bouex, pour lors Maître des Requêtes, qui ayant trouvé le secret de l'insinuer dans l'esprit de M. le Duc, premier Ministre, faisoit toutes sortes de manœuvres pour être Lieutenant de Police à la place de M. Hérault.

L'Abbé Margon devint le délateur de M. le Blanc dans son procès au Parlement, & déposa contre lui. Il étoit espion pour & contre, suivant qu'il y trouvoit son intérêt. Du temps de M. le Régent, il étoit espion de M. le Blanc, ensuite il devint celui de M. de Breteuil contre M. le Blanc ; en sorte que ses fourberies ayant été découvertes, il devint l'opprobre de tous les partis, fut arrêté & conduit à Vincennes en Avril 1724. Quand il y étoit prisonnier, M. d'Arnaud de Bouex le voyoit fort souvent,

Q 2

& lui faifoit compofer des libelles & bre-
vets de calotte, tant contre tous ceux qui
étoient oppofés à M. le Duc, & principalement contre M. l'ancien Evêque de Fréjus que contre le miniftere même de M. le
Duc. M. de Bouex en faifoit fa cour à M.
le Duc, faifant valoir fa vigilance & fes
prétendues découvertes.

M. Arnaud de Bouex avoit alors un ordre
du Roi, qui lui donnoit l'entrée des châ-
teaux de la Baftille & de Vincennes, & le
pouvoir d'y interroger tous les prifonniers
qu'il jugeroit à propos : c'étoit M. le Duc,
premier Miniftre, qui lui avoit donné cet
ordre, par la défiance que ledit Arnaud
lui avoit infpirée contre M. d'Ombreval,
& fucceffivement contre M. Hérault.

L'Abbé Margon arrêté; on vit, par fes
papiers, les manœuvres de M. d'Arnaud de
Bouex. M. le Duc en fut auffi-tôt inftruit
par M. Hérault : en conféquence ce premier
Miniftre donna un ordre du Roi à ce Magiftrat, le 25 Février 1726, pour aller
faire perquifition des papiers de M. d'Ar-

naud`, & saisir & recevoir de ses mains tous
ceux qui concerneroient les affaires extraordinaires. Il y avoit aussi une lettre de
cachet de la même date , qui enjoignoit à
M. d'Arnaud de se retirer à Angoulême.
M. Hérault se transporta chez lui , à l'Hôtel
d'Hollande vieille rue du Temple, où M.
d'Arnaud avoit déjà établi & fait construire
différens Bureaux pour l'administration & le
travail de la Police, croyant qu'il alloit être
nommé Lieutenant de Police : & M. Hérault ayant trouvé chez M. d'Arnaud le sieur
Duval , Commandant du Guet, lui ordonna
de notifier à l'instant audit sieur d'Arnaud
la lettre de cachet qui l'exiloit à Angoulême ; ce qui fut fait sur le champ : après quoi
M. Hérault lui exhiba l'ordre dont il étoit
porteur , & le pria de lui remettre tous les
papiers concernant les affaires dont il avoit
été chargé pour Sa Majesté. M. d'Arnaud
conduisit M. Hérault dans son cabinet. Per-
quisition faite, il se trouva une prodigieuse
quantité de papiers qui furent mis dans cinq
cassettes, fermantes à clef ficelées ; puis

M. d'Arnaud fit un paquet, où il renferma
les cinq clefs des cinq caffettes, cacheta
le paquet de son cachet, fur lequel il mit
l'adreffe à S. A. S. M. le Duc, avec ces
mots : *pour être ouvert par mondit Seigneur,*
ou par telle perfonne que S. A. S. jugera à
propos de commettre, à l'effet de faire exami-
ner mes papiers qui font fous ces clefs, con-
formément à fes intentions, le tout fans que
ma perfonne y foit néceffaire. Le paquet des
cinq clefs fut envoyé à M. le Duc avec
copie du procès-verbal. M. le Duc le renvoya, par M. de Maurepas, à M. Hérault
le 4 Mars 1726, avec un ordre du Roi
pour qu'il fît l'ouverture des caffettes &
qu'il inventoriât les papiers qui y étoient
renfermés. L'inventaire étant fait, M. Hérault le préfenta à ce Prince ; & comme il
fe trouva plufieurs efpèces de papiers qui
appartenoient à différentes perfonnes de
confidération, il les leur fit rendre. Il y en
avoit qui concernoient les mauvais fujets
de Paris en tout genre ; M. le Duc les
donna à M. Hérault ; & quant aux papiers

de confiance & d'efpionnage, ce Prince fe les fit remettre & les brûla tous en préfence de M. Hérault, & il approuva de fa main, à la marge de l'inventaire, les différentes deftinations qui avoient été faites defdits papiers.

M. d'Arnaud de Bouex eut ordre de vendre fa charge fous fix mois.

L'Abbé de Margon étoit l'efpion du Cardinal Dubois contre M. le Duc & M. le Blanc.

Après la mort de Louis XIV, il offrit fes fervices à S. A. R. pour lui révéler des vérités importantes. Il paroît que le Régent s'en méfioit & qu'il amufoit l'Abbé.

Il avoit une penfion du Régent de mille écus.

Obfervation.

On voit dans l'hiftorique de l'Abbé de Margon & du fieur d'Arnaud, un combat d'efpionnage & d'intrigue entre les Miniftres qui n'eft pas indifférent, & qui peut

Q 4

nous expliquer bien des baffeffes & des vengeances de la part de ces Miniftres & des Lieutenans de Police.

_____

1726, 3 Juillet.

François–Louis DUCHATELET, Ecuyer, ci-devant Soldat aux Gardes, mis à la Baftille en vertu d'un ordre du Roi, contre- figné Phelypeaux, expédié le 3 Juillet 1726, forti par ordre du Roi, contrefigné d'Argenfon, en date du 12 Mai 1749, pour être transféré à Bicêtre.

IL étoit complice de Cartouche, & coupable des plus grands crimes. Il obtint fa grace, parce qu'il fit prendre Cartouche.

La peine de mort contre lui prononcée fut commuée à une prifon perpétuelle, & il fut conduit à Bicêtre. S'en étant fauvé avec plufieurs autres, on inftruifit fon pro- cès pour bris de prifon, & il fut repris.

Mais comme dans l'inftruction un par- ticulier qui étoit dans le même cachot à la

Conciergerie, fit une déclaration de la confidence que Duchatelet lui avoit faite en préfence d'un autre criminel qui étoit dans le même lieu, de plufieurs crimes qu'il méditoit, même d'attenter à la perfonne du Roi, par des maléfices, on fuivit les perfonnes qui en pouvoient avoir connoiffance ; & n'ayant rien découvert de plus que la déclaration de ce particulier, condamné lui-même aux galères perpétuelles, le Parlement fe trouva embarraffé, & demanda fi l'on continueroit fon procès avec auffi peu d'apparence de trouver des preuves convaincantes, d'autant plus que Duchatelet, interrogé à plufieurs reprifes, parla avec beaucoup d'égalité dans fes négatives. M. le Procureur Général propofa de faire conduire à la Baftille ce méchant homme déjà condamné, par grace, à une prifon perpétuelle, ce qui fut exécuté le 3 Juillet 1726.

1727, 31 Janvier.

Le Vicomte DE LIMOGES, Capitaine au Régiment Colonel-Général, Cavalerie, fut conduit à la Bastille, fur un ordre du Roi du 31 Janvier 1727, & y fut détenu jufqu'au 6 Mai 1729.

1727, 7 Mars.

Alexis-Louis-François DU BOULAY, Ecolier en l'Univerfité de Paris : il entra à la Bastille au mois de Mars 1727, & en fortit le 10 Octobre fuivant.

1727, 11 Mai.

Jean DUBOIS, premier Commis de la Police, fut mis à la Bastille au mois de Mai 1727, & en fortit le 18 Août 1728.

IL ne nous eft parvenu aucun renfeignement fur la caufe de la détention de ces trois perfonnes.

1728.

Détails sur l'affaire du Jansénisme, trouvés à la Bastille.

LES troubles qui arriverent dans Paris, de la part des Jansénistes, prirent naissance sur les Paroisses de Saint-Etienne-du-Mont & de Saint – Médard. De-là nous sont venus les miracles de M. Paris & les convulsions ; ensuite les chicanes faites pour refus de Sacremens aux Jansénistes cabaleurs & aux Convulsionnistes, notoirement connus pour tels.

Lors du commencement de ces troubles de Religion , en 1730, rien n'eût été plus facile ni plus simple, disoit M. Hérault, Lieutenant de Police , pour arrêter le mal dans sa source, que de faire quelques exemples séveres contre les boutefeux principaux qui ne vouloient pas reconnoître les deux nouveaux Curés , en les mettant à la Bastille & les y tenant très-long-temps. Au lieu de cela, on a tâté & héfité pour employer l'autorité. On en a arrêté & exilé quelques-uns de loin en loin, & on les mettoit de hors; & on accordoit le rappel au bout de quelques mois; les Janféniftes par-là fe font imaginés qu'on les craignoit. Ils fe font fortifiés, enfuite, ont établi leurs miracles & convulfions dans ces deux Paroiffes, mais principalement à Saint-Médard.

On les a laiffés à Saint-Médard, près d'un an, faire tout le fcandale imaginable, ainfi qu'à la maifon du Puits de M. Pâris, rue des Bourguignons, où ce Saint eft mort & où l'on vendoit l'eau du Puits pour faire des neuvaines.

On prit cependant le parti de faire fermer le petit cimetiere de Saint-Médard le 27 Janvier 1732, par Ordonnance du Roi; & on tarda, jufqu'au 17 Février 1733, à faire publier une autre Ordonnance du Roi contre les Convulfionnaires, & ceux qui les recevoient chez eux en affemblées. Ordonnance qui n'a pas été exécutée avec

plus de vigueur, dans fon commencement que par les fuites.

On s'étoit contenté d'en arrêter quelques affemblées de temps en temps par
ordres du Roi, fans rien dire aux Pro-
priétaires ou principaux Locataires des
maifons ; & on relâchoit de la Baftille au
bout de peu de temps les Convulfionnaires
qu'on y avoit mis.

D'un autre côté le Parlement, à qui
l'affaire des Convulfionnaires fut depuis
renvoyée, & qui en a eu grand nombre à
la Conciergerie, en vertu de décrets de
prife de corps que M. le Procureur Général faifoit exécuter par les Officiers de M.
le Lieutenant de Police, ou par ordres du
Roi même, que M. le Procureur du Roi
faifoit demander par M. Hérault: le Parlement n'en a jugé aucuns ; en forte que ces
affaires & toutes ces difputes de Religion,
de miracles, de convulfions, ont pullulé
pendant long-temps, & le trouble a augmenté pour n'avoir pas tenu une conduite
ferme & invariable dans l'origine.

On doit fixer l'époque des miracles de M. Pâris, & des convulsions qui en ont été la suite, à la mort de ce Diacre, arrivée le 1ᵉʳ Mai 1727.

On peut mettre cet événement des convulsions, dont la capitale du Royaume a été témoin, au rang des événemens les plus remarquables qui soient arrivés en France depuis l'établissement de la Monarchie, & la postérité aura peine à croire que des Corps entiers & une multitude de gens d'esprit aient adopté comme vrai des extravagances, des illusions, des faussetés, & les aient certifiées & données au Peuple & au Roi comme des vérités catholiques & des preuves éclatantes du Tout-Puissant, qui manifestoit ainsi sa volonté en faveur des Appellans de la Constitution, afin d'indiquer, par une voie divine, que l'erreur étoit du côté du Pape, des Evêques & des Constitutionnaires.

M. Pâris étoit fils d'un Conseiller au Parlement de Paris, & l'aîné de sa famille ; mais pour se consacrer à Dieu, il céda, à la mort de fon pere, la charge de Confeiller à fon frere.

Il eft mort âgé de trente - fix ans & dix mois, & a confirmé à fa mort tous les actes qu'il avoit faits contre la Conftitution.

A fa mort il a communié & reçu l'Extrême - Onction, mais il y avoit quatorze ans qu'il n'avoit fait fes Pâques, fous prétexte qu'il n'en étoit pas affez digne.

Pendant fa maladie c'étoit M. de Congis qui lui fervoit de Garde-malade.

L'Abbé Bourfier étoit fon Confeffeur, & le fieur Pommart, Curé de Saint-Médard, le vifitoit fouvent.

La veille de fa mort il écrivit fon teftament, dont M. du Gué de Bagnols a été l'Exécuteur.

Il dicta fa profeffion de foi au fieur Collart, Eccléfiaftique, qui demeuroit dans fa maifon, & il ordonna d'être enterré fans tenture, fonnerie ni luminaire, mais par la charité, & dans le cimetiere.

Il mourut à dix heures du foir le premier Mai, & le lendemain, de grand matin, il y

eut grande affluence de peuple à son lit,
qui coupoit ses cheveux, faisoit toucher à
son corps des chapelets, images, livres, &c.
& tous ses habits & meubles furent mis en
pieces pour en faire des reliques.

Le 3 Mai, il fut enterré dans le petit
cimetiere de Saint–Médard qui est derriere
le grand autel , & il se trouva un concours
prodigieux de Magistrats , d'Ecclésiastiques
& de Dames de considération : & ce même
jour une veuve , âgée de soixante–deux
ans , extrêmement incommodée d'un bras
depuis vingt-cinq ans, fut guérie tout d'un
coup en s'approchant de la biere ; & de ce
moment une infinité de miracles ont éclaté
jour par jour à son tombeau.

Dès le mois de Janvier de l'année 1727 ,
il s'étoit opéré un miracle à Amsterdam sur
une fille paralytique & hydropique depuis
douze ans, au moment que M. Barchman ,
Archevêque d'Utrecht , Appellant , l'eût
communiée à l'Eglise : & neuf jours après
le décès de M. Pâris, M. Rousse, Chanoine
d'Avenay, diocèse de Reims, autre Appellant,

lant, étant venu aussi à mourir, il s'est opéré des miracles à son tombeau, dont le premier s'est fait le 8 Juillet suivant sur la personne d'Anne Augier.

M. le Cardinal de Noailles ne tarda pas à constater ceux de M. Pâris, puisque dans le mois de Juin 1728 il en a fait vérifier cinq, dont plusieurs arrivés peu de temps après la mort de ce Diacre, & les autres au commencement de 1728. M. le Cardinal de Fleury en ayant été instruit, chargea M. le Garde-des-Sceaux Chauvelin d'écrire au Cardinal de Noailles, pour lui marquer le mécontentement du Roi, de ce qu'il avoit fait une pareille démarche sans consulter auparavant Sa Majesté.

Observation.

Tels ont été dans tous les temps les effets de la superstition, de l'intérêt particulier, de la passion, du préjugé & de la haine des partis. Les Molinistes de leur côté cherchoient à prouver l'infaillibilité du Pape &

Tome II. R

l'abfurdité des miracles de Saint Pâris, afin
de parvenir à jouer feuls un grand rôle
dans le monde ; mais peu à peu la raifon
& la philofophie détruifirent l'une & l'autre
fecte , & aujourd'hui on ne parle plus de
toutes leurs difputes , ni en bien ni en mal:
elles font tombées dans un profond mépris. C'eft leur avoir fait même trop d'honneur que d'avoir cru , comme quelques
perfonnes l'ont penfé , que les Janféniftes
& les Moliniftes avoient également le projet , quoique par des moyens différens , de
détruire le defpotifme des Rois : ils n'avoient
que leur intérêt en vue , & c'étoit pour
être defpotes eux-mêmes plutôt que pour
les détruire , qu'ils formoient des fectes &
des partis.

CERTIFICAT remarquable , donné à MARIE
    SONNET , Convulfionnaire , le 12 Mai
    1736 , par onze Meffieurs , partifans des
    convulfions , dont entr'autres font :

    Meffieurs

Carré de Mongeron , Confeiller au Parlement ;

Mylord Edouard Drummont, Comte de Perth ;

Arroüet, Treſorier de la Chambre des Comptes ;

François Deſvernay, Docteur de Sorbonne ;

Pierre Jourdan, Chanoine de Bayeux ;

Alexandre–Robert Boindin, Ecuyer, ſieur de Boisbeſſin ;

Jean-Baptiſte Cornet, &c.

Par lequel certificat, contrôlé à Paris le 12 Mars 1740. *Signé* Pipereau, reçu 12 ſols.

Ils atteſtent avoir été préſens, & vu la convulſionnaire dans la même ſéance, ſur un feu très-ardent, environnée de flammes pendant l'eſpace de deux heures un quart, à cinq repriſes différentes, compoſant les deux heures un quart, ſans que la convulſionnaire en ait été endommagée, ni même le drap dans lequel on l'avoit enveloppée toute nue, pour qu'on ne pût pas dire que ſes hardes l'avoient garantie.

Il y a une lettre du Pere Louis Floyrac, Prieur de l'Abbaye de Saint-André Villeneuve-d'Avignon, du 28 Novembre 1737,

dans le tems que M. de Mongeron étoit détenu dans cette Abbaye, par ordre du Roi,
qui eſt bien remarquable, & qui dit que la
fameuſe convulſionnaire, dite la Sœur au
feu, vient de mourir par ſuite des épreuves
où elle avoit été expoſée.

Voici la copie de la lettre écrite à M.
Herault.

MONSIEUR,

« J'ai l'honneur de vous donner avis ſelon vos ordres, que j'ai ponĉtuellement
exécuté ceux que vous m'avez fait l'honneur de me preſcrire à l'égard de M. de
Mongeron. Je lui ai annoncé la mort de la
fameuſe convulſionnaire, dite *la Sœur au
feu*, & aſſuré qu'on l'attribuoit à ceux de
ſon parti qui l'avoient engagée à des vio-
lentes épreuves. Il m'a d'abord dit qu'il y
a trois ans que cette fille devroit être morte
de ſes incommodités naturelles, & qu'il
ſavoit qu'elle étoit depuis deux mois à
l'Hôtel-Dieu. Et comme je lui rebattois for-

tement les épreuves qu'on avoit faites par cette misérable fille, sans m'exprimer qu'il y eût eu part, afin d'être plus libre dans mes expressions, il m'a répliqué qu'en tout cela, & en bien d'autres, on laissoit agir l'esprit de Dieu dans les convulsions; qu'il en avoit lui-même été plusieurs fois témoin ; que l'épreuve du feu avoit été long - tems en usage dans l'Eglise, & il m'a rapporté la maniere ridicule dont cette fille usoit dans son épreuve. Je n'ai pas manqué de profiter de sa réponse, pour lui faire remarquer que si l'épreuve du feu étoit supportée pendant qu'elle étoit en usage dans l'Eglise, on ne pouvoit plus en user sans crime, dès que l'Eglise a défendu cet usage, & qu'un tel badinage est indigne de la majesté d'un Dieu, déshonorable à la Religion, & a été très-dommageable à la fille, & par consé-quent très-criminel pour tous ceux qui y coopéroient; après quoi, nous avons, à l'ordinaire, long-tems disputé sur toutes ses préventions, desquelles il ne peut revenir, quelque solidité que je reconnoisse dans les

R 3

preuves dont je me fers, par fon refrain
ordinaire, que Dieu parlant par les convulfions, & par tant de miracles, il devoit être
écouté ; & comme je lui avançois que la
main de Dieu ne paroiffoit pas en tout cela
auffi évidemment qu'il le penfoit, & que le
démon pourroit bien y avoir quelque part,
il a été un peu choqué , & il s'eft retran-
ché dans fon idée de la main de Dieu , fur
laquelle je l'ai prié de réfléchir, en fufpen-
dant un peu fes préventions , & que j'étois
convaincu qu'il reconnoîtroit aifément que
toutes leurs cérémonies ne conviennent au-
cunement à la fageffe de Dieu , non plus
que le choix d'une fille qu'il m'a avoué n'a-
voir pas été fort fage dans fa jeuneffe, pour
relever l'Eglife; & que le culte qu'ils ren-
dent à leur nouveau faint , ne fauroit être
infpiré par le Saint-Efprit , puifque l'on
agit contre les Canons des Conciles. Tout
cela ne m'a pas paru le convertir ; & je crois
que Dieu feul peut faire ce changement;
nous ne manquons de le prier inftamment

dans notre Communauté, très-édifiée d'ailleurs de fa conduite.

J'ai l'honneur d'être avec un profond refpect, &c.

Signé FR. J. LOUIS FLOYRAC , Prieur de Saint-André.

A Saint-André-Villeneuve-d'Avignon ,
Ordre de Bénédictins , ce 28 Novembre 1737.

1737 , 29 Juillet.

CARRÉ DE MONTGERON , Confeiller au
Parlement de Paris , mis à la Baftille le
29 Juillet 1737.

M. de Montgeron étoit un des plus fameux Janféniftes de fon tems; il foutint publiquement les convulfions & les miracles de M. Pâris ; il y avoit déjà long-tems qu'on cherchoit les moyens de s'en défaire , lorfqu'on faifit trois imprimeries clandeftines qu'il foutenoit, & qu'il paroît même qui lui appartenoient ; il mettoit à la tête de ces

R 4

imprimeries des convulfionnaires qu'il protégeoit.

Tous ceux qui travailloient à ces imprimeries furent arrêtés en 1736. On trouva
chez eux nombre de manufcrits de M. de
Montgeron qu'on n'arrêta cependant pas ;
& on ne fit point non plus le procès aux
imprimeurs , parce qu'il auroit fallu le lui
faire auffi.

Enfin comme il continuoit toujours d'é-
crire contre la Religion , on réfolut de le
faire arrêter. On en cherchoit les moyens :
quand il s'avifa de préfenter au Roi un livre
qu'il avoit fait , difoit-il , pour inftruire Sa
Majefté , fur fes véritables intérêts , & découvrir les erreurs de la Religion ; ce livre
étoit un libelle contre la conftitution , & en
faveur des miracles & des convulfions. On
fit auffitôt arrêter M. de Montgeron , & on
le mit à la Baftille ; on faifit fes papiers, &
tous fes ouvrages qui furent par la fuite brû-
lés dans les foffés de la Baftille.

M. de Montgeron fortit de ce Château
le 7 Octobre 1737 , & fut exilé à l'Abbaye

de Saint-André-les-Avignons , où il fut
conduit par M. de Chariary, Moufquetaire,
& de-là transféré quelque-tems après à la
Citadelle de Valence , où il eft mort 16 ou
18 ans après.

Epigramme fur M. DE MONGERON.

UN Loyolifte à face étique,
D'un air faintement furieux,
Traitoit Mongeron d'hérétique;
Et de fujet féditieux.
C'étoit un crime puniffable,
D'ofer préfenter à fon Roi
Un imprimé contre la Loi
Et contre une Bulle adorable !
Mais que cet horrible attentat
Eût pu partir des mains d'un Magiftrat !
Certes le cas étoit pendable.
Tout doux, dit quelqu'un au caffard ;
Un livre n'eft pas un poignard.

———

1739 , 4 Février.

La demoifelle JACQUELINE DUBOIS fut
mife à la Baftille le 4 Février 1739, & en
fortit le 3 Novembre de la même année.

1739, 6 Septembre.

Jacques CONSTANTIN DE BRUAUDIN , *Gentilhomme, natif de Limerick en Irlande, Capitaine au Régiment de Kioff , au service de la Czarine , fut mis à la Bastille fur un ordre du Roi du 6 Septembre 1739, & en fortit le 6 Juin 1740.*

1740, 8 Septembre.

François MATHIEU *fut conduit à la Bastille au mois de Septembre 1740 , & n'en fortit que le 3 Avril 1741.*

1741 , 17 Février.

Le fieur BACULARD D'ARNAUD *fut mis à la Bastille , fur un ordre du Roi du 17 Février 1741, pour avoir fait un écrit ordurier. Il en fortit le 12 Mars fuivant.*

1741, premier Octobre.

Geor*ges* HUSQUIN BAUDOUIN , *Ecuyer* , *fieur de Bellecourt. Il fut mis à la Baftille le premier Octobre 1741, & eut fa liberté le 27 Avril 1742.*

1742, 30 Juillet.

Jacques HOUBIGAUD , *homme-d'affaires de différentes Maifons. Il fut conduit à la Baftille au mois de Juillet* 1742 , *& en fortit le 9 Septembre fuivant.*

1743 , 5 Avril.

Le fieur NADADAL DE RAGNAUDIER *dit le* Comte ARNAUDIN. *Il fut mis à la Baf- tille le 5 Avril 1743, & y refta jufqu'au 30 Septembre 1743.*

1745, 27 Août.

Marie-Madelaine-Joseph B O N A F O N D S *, femme-de-chambre de Madame la Prin-cesse de Montauban, fut mise à la Bastille le 27 Août 1745 jusqu'au 25 Décembre 1746.*

1746, 22 Juillet.

Marie-Marguerite B E U V A C H E *, veuve* M A R C O U X *; elle entra à la Bastille au mois de Juillet 1746, & y resta jusqu'au 18 Septembre suivant.*

1747, 19 Avril.

Le fieur Henry BAUMEZ , ci-devant Secré-
taire de M. le Comte de Sade , Miniftre
plénipotentiaire du Roi auprès de l'Electeur
de Cologne , & enfuite Secrétaire de la Lé-
gation de France en la même Cour , fut
conduit à la Baftille fur un ordre du Roi
du 19 Avril 1747. Il y eft mort. Il n'eft pas
dit à quelle époque.

IL ne nous eft parvenu aucun renfeignement fur les motifs de la détention de
ces dix perfonnes.

1748 , premier Mars.

Le fieur MAHÉ DE LA BOURDONNAIS ,
Capitaine de Frégate , Gouverneur des
Ifles de France & de Bourbon , fut mis à
la Baftille fur un ordre du Roi du premier
Mars 1748 , figné de M. Phelyppeaux ,
forti en vertu d'un autre ordre du 5 Février
1751 , figné d'Argenfon.

M. de la Bourdonnais avoit commandé
une Efcadre dans les Indes , & avoit pris

Madras aux Anglais; il étoit accusé d'avoir commis des malverfations dans les Indes pendant fon commandement. Nous n'avons trouvé aucune piece de la procédure faite à ce fujet. Dans l'article qui le concerne, nous voyons feulement qu'une partie de fa flotte avoit péri par une tempête , devant Madras, peu de tems après l'avoir pris.

Nous n'avons aucun détail fur cette affaire ni fur la nature des malverfations dont on l'accufoit dans l'Inde.

Ce qu'il y a de fûr , c'eft qu'il y a eu une Commiffion , par jugement de laquelle il a été déchargé des accufations contre lui intentées , & qui ordonne fa liberté de la Baftille , fous le bon plaifir du Roi.

Il paroît , d'un autre côté , par d'autres notes, qu'il étoit riche de plus de 800,000 l. de rente , nonobftant une reftitution qu'il avoit été obligé de faire au Roi de dix-huit millions.

On l'accufoit par conféquent de s'être enrichi aux dépens du Roi. (On diroit, aujourd'hui, aux dépens de la Nation). M. de la Bourdonnais, pendant fa détention, trouva le moyen d'entretenir une correfpon- dance au-dehors de la Baftille, par l'entre- mife du nommé Lamothe, l'un des Bas- Officiers de la Compagnie, établie pour la garde de ce Château.

L'intelligence qui régnoit entre le pri- fonnier & le Bas-Officier, fut découverte le 23 Janvier 1750.

Lamothe étant ce jour-là en faction à la cage de la porte intérieure du Château, fut apperçu en conférence particuliere avec M. de la Bourdonnais, lequel, pendant le tems de fa promenade dans la cour inté- rieure, après plufieurs allées & venues & plufieurs fignes de fa part, avoit fait paffer à ladite Sentinelle, par les barreaux de la cage, un petit paquet, enveloppé de papier gris.

L'un des portes-clefs qui avoit été témoin oculaire du fait, en inftruifit fur le champ le Lieutenant de Roi qui venoit d'entrer, lequel retourna auffitôt dans la cage, & y trouva le paquet derriere la guerite où la

Sentinelle l'avoit pouſſé avec ſon pied.

Sur le compte qui fut rendu à M. d'Argenſon de ce qui s'étoit paſſé , ce Miniſtre
décida qu'il ſeroit procédé en forme , à l'ouverture du paquet en queſtion , en préſence
de M. de la Bourdonnais & dudit Lamothe;
ce qui fut exécuté le 27 Janvier par M.
Dufour de Villeneuve , Rapporteur du procès de M. de la Bourdonnais , en préſence
de M. Lambert, du ſieur de la Bourdonnais
& du Bas-Officier.

Il ne ſe trouva , dans ce paquet , que des
mémoires pour la défenſe de M. de la Bourdonnais , dont il avoit précédemment envoyé des copies à M. Lambert & à M. de
Villeneuve. Il y avoit 83 pages d'écriture
aſſez menue ſur papier à lettre. Ce mémoire
étoit accompagné d'un billet à ſa femme ,
écrit ſur un demi quarré de papier.

Voici mot pour mot la copie de ce billet:

« Sy joint ſont la copie des note que j'ai
envoyé à M. de Villeneuve & M. Lambert.
Les lettres au net ſont un peu moins mal ,
mais

mais c'eft toujours le même fens. Si cecy peut vous parvenir, ma chere Reine, je croit que tu fera bien de le donner à ton Avocat, pour qu'il en faffe d'avance un petit mémoire pour être préfenté au Juge avant le jugement; j'en ai gardé une copie, à deffein de le préfenter au Juge, s'il étoit abfolument entêté de ne me pas donner confeil. Mande-moi fi je ferois bien. J'ai donc cru vous devoir envoyer lefdites notes pour en faire tout ce que vous croirez convenable; car je m'en rapporte à tout ce que vous ferez.

» J'attant M. de Villeneuve; il m'a fait dire que cela va finir, à la bonne heure.

» Tu peut être tranquille fur mon affaire; je ne crain que l'innocence des Juges fur le local des Indes & de la Marine; car pour le refte il n'y a pas de quoi mettre un Officier aux arrêts 24 heures.

» Tu peut être aufli tranquille fur ma fanté. Quand je penfe que je te verrai encore avant de mourir, il n'y a rien que je ne faffe pour avoir foin de moi, j'ai eu les jembles enflé,

Tome II. S

mais à mesure que je fait de l'exercice, cela
diminue. Je vous avois demandé des remedes, mais M. de Villeneuve n'a pas laissé
passer ma lettre ; toutes mes lettres qui feroit capable , si vous les montrés , de faire
plaindre mon fort , il ne les laisse plus passer , & il m'a déclaré que toute ceile où je
dirois que je ne me porte pas bien , ne pas-
feront pas ; mais vous savez le moyen que
j'ai pour vous apprendre des nouvelle sûre ;
comtés fur celle-là , embrassés bien mes enfans ; mais dit toi bien , ma chere amie ,
combien je fuis pénétré de tout ce que je sens
pour toi. Adieu , je t'embrasse du meilleur
de mon cœur. Le 14 Janvier 1750 ».

M. de la Bourdonnais reconnut le billet
écrit de sa main , mais il refusa de le pa-
rapher.

Avant la découverte de son intelligence
avec le Bas-Officier, M. de la Bourdonnais
avoit à la Bastille des facilités dont ne jouis-
sent point le commun des prisonniers. Il
avoit la liberté de faire apporter de chez lui

des vivres qu'on lui faifoit apprêter à fon goût à la Baftille.

On lui permettoit plumes, encre, pa-piers & tous les livres qui lui faifoient plaifir. MM. les Commiffaires lui avoient même permis le Mercure & la Gazette de France.

Il avoit la permiffion de fe promener trois fois la femaine, & une heure & demie chaque fois.

Mais toute faveur quelconque lui fut re-tranchée depuis cet événement.

Le Bas-Officier fut caffé à la tête de la Compagnie affemblée, & biffé des regiftres de l'Hôtel Royal des Invalides.

Il devint fou pendant fa détention, & il fut remis le 28 Février 1751 entre les mains de la dame Foucault, fa tante, Teinturiere à Lyon, qui s'en chargea.

1749, 10 Mai.

Le fieur LE BRET, *Avocat au Parlement, eft entré à la Baftille le 10 Mai 1749, & en eft forti le 15 Août fuivant.*

S 2

1749, 3 Juin.

Le Chevalier DE BOULENS fut mis à la Bastille le 3 Juin 1749, & n'en sortit que le 28 Juillet 1752.

Nous n'avons aucun renseignement sur les motifs de la détention de ces deux personnes.

1749, 26 Juin.

François BONIS, Bachelier en la Faculté de Médecine de Bordeaux, fut mis à la Bastille le 26 Juin 1749, en sortit le 2 Octobre 1749; exilé ensuite à Montignac en Périgord; depuis en Bretagne, & en dernier lieu, encore à Montignac.

Il fut arrêté pour avoir des renseignemens sur l'Auteur de plusieurs pieces de vers contre le Gouvernement, que Bonis avoit distribuées à plusieurs personnes de sa connoissance. On arrêta quatorze personnes pour cette même affaire ; mais on en perdit le fil, le quinzieme ayant pris la fuite.

Le sieur Bonis déclara tenir ces vers d'un nommé Edouard, Prêtre, lequel fut aussi arrêté, & déclara les tenir d'un sieur Inguinlart de Montanges, qui, ayant été également arrêté, déclara tenir l'ode satyrique contre le Gouvernement, du sieur Dujast.

La parodie & les épigrammes qui suivent font partie des pieces de vers faites contre le Gouvernement, & distribuées par le sieur François Bonis.

Parodie sur plusieurs Pieces de théâtre, faite par l'Auteur de l'Almanach du Diable.

Médée ·················	*La Constitution.*
Le Menteur ············	*Le Formulaire.*
Les Horaces & les Curiaces.	*Les Appellans ou les Molinistes.*
La Femme Juge & Partie ··	*La Cour de Rome.*
Les Visionnaires ·········	*Les Jesuites.*
Jodelet maître & valet ····	*L'ancien Evêque de Mirepoix.*

S 3

Les Fourberies de Scapin·· *Le Cardinal Tencin.*

Le Phaëton············· *L'Evêque d'Auxerre.*

L'imposteur············ *L'Evêque d'Amiens.*

L'Etourdi············· *L'Evêque de Marseille.*

Rolland le furieux········ *L'Archevêque de Sens.*

Arlequin Empereur dans la

     Lune················ *L'Evêque de Langres.*

Le Banqueroutier········ *L'ancien Evêque de Beauvais*

Le Plaideur············ *L'Evêque de Metz.*

Le légataire universel····· *Le Curé de Saint-Sulpice.*

L'Avocat pour & contre··· *Le Curé de Saint-Paul.*

Le Grondeur············ *Le Curé de Saint-Médard.*

La Foire de Bezon······· *La Sorbonne.*

L'Esprit de contradiction··· *M. d'Argenson.*

Le Babillard············ *Le Pere Duplessis.*

Le Curieux impertinent··· *M. de Marville.*

L'Inconnu·············· *L'Auteur de Nouvelles Ec-*
                                 tlésiastiques.

Le Jodelet souffleté······· *M. de Voltaire.*

Arlequin muet par crainte. *Le Parlement.*

La fausse Prude·········· *Madame de Mailli.*

La double inconstance···· *Le Chancelier.*

Cartouche·············· *M. de Fulvy.*

L'Amour précepteur······ *L'Archevêque de Cambray.*

La surprise de l'amour····· *Madame sa maitresse.*

L'Irrésolu·············· *Le Curé de Saint-Eustache.*

Le Fourbe puni·········· ·····················

Le je ne sais quoi········ *Le Duc d'Orléans.*

Le Prince travesti ········ *Le Comte de Clermont.*

Le Médecin malgré lui···· *L'Abbé Péris.*

Le Tartuffe ············ *Le Procureur général.*

L'Avocat Patelin········· *Le Normand Patelin.*

On avoit peint fur la porte d'un Café
à Anvers, un diable qui foutenoit les portraits de MM. de Saxe & Lowendalh,
difant ces mots:

> Tous deux vaillans,
> Tous deux prudens,
> Tous deux contens,
> Tous deux paillards,
> Tous deux pillards,
> Tous deux bâtards,
> Tous deux fans loi,
> Tous deux fans foi,
> Tous deux à moi.

—————

Portrait du Curé de Saint-Sulpice.

JE fuis un animal d'équivoque nature,
  Comédien, efcroc plein de ferveur,
  J'éleve un temple au Créateur,
  En filoutant la créature.

—————

Epigramme contre le même Curé.

TOI, qui fais faintement métier
De l'autel & de la truelle,
Qu'une loterie éternelle

S 4

A fait, de Prêtre, maltôtier;
LANGUET, dans ce temps de mifere,
Ce qu'à Jéfus difoit l'Efprit malin,
Avec plus de raifon, devient notre priere :
Change, te difons-nous, tant de pierres en pain;
Ou fi tu tiens trop à la terre,
Pour efpérer un prodige fi beau,
Supprime au moins le magique Bureau
Qui du pauvre amorcé change le pain en pierre.

---

*Epitaphe de Madame P O I S S O N, mere
de Madame P O M P A D O U R.*

C I gît qui, fortant du fumier,
Pour faire fortune entiere,
Vendit fon honneur aux Fermiers,
Et fa fille au propriétaire.

1749, 2 Octobre.

*André D U B U I S S O N, Peintre, fut mis à la
Baſtille ſur un ordre du Roi, du 2 Oc-
tobre 1749, & n'obtint ſa liberté que le 28
Février 1751.*

1750, 22 Février.

Le fieur Abbé BROCHETTE DE FLASSIGNY, *Docteur de Sorbonne, fut conduit à la Baftille au mois de Février 1751, & y refta jufqu'au 28 Février de l'année fuivante.*

1750, 7 Mars.

André DARGENT, *Huiffier au Châtelet, eft entré à la Baftille au mois de Mars 1750, & en eft forti le 4 Juin fuivant.*

Nous n'avons rien concernant les motifs de la détention de ces trois perfonnes.

1750, 29 Mai.

Antoine ALLEGRE , Maître de Penfion à Marſeille, natif de Barroux dans le Comtat Vénaiſſin, détenu d'abord dans les priſons de Montpellier, transféré enſuite à la Baſtille le 29 Mai 1750, d'où il s'évada la nuit du 25 au 26 Février 1756, rattrapé & remis à la Baſtille le 29 Mars ſuivant, enſuite transféré à Charenton le premier Juillet 1764 , où il a été mis dans la cage de fer en arrivant, parce qu'il étoit devenu fou de chagrin. Il étoit encore dans cette maiſon au mois de Juin 1788.

CE ſieur Allegre avoit fabriqué des lettres anonymeuſes & calomnieuſes contre M. de Maurepas, M. l'Archevêque d'Alby & M. de Lodeve ; leſquelles lettres il faiſoit tenir à Madame la Marquiſe de Pompadour.

Dans les mois de Janvier & de Février 1750, lors de la publication du Vingtieme, le Public attribuant cette impoſition à

Madame de Pompadour, & Allegre ayant
ouï-dire que cela pourroit bien lui attirer
quelque cataſtrophe, & porter quelques-
uns de ſes ennemis à conjurer ſa perte ; perſuadé que ces bruits pourroient avoir quelque fondement, il prit la réſolution d'en
inſtruire Madame la Marquiſe, afin, dit-il,
qu'elle eût ſoin de ſurveiller plus attentive-
ment à la conſervation de ſa perſonne.

Pour donner plus de poids à cet avis, il
projetta de rédiger, en forme de lettres,
certains traits de ſatyres qui couroient dans
le public, & d'y inſérer une eſpece de
complot contre la perſonne de Madame de
Pompadour, en faiſant paſſer M. de Maurepas pour auteur du complot, parce qu'il
avoit toujours été regardé comme l'ennemi de Madame Pompadour, & que ſa chûte
ne venoit que de quelques vers ſatyriques.

Il y joignit M. l'Archevêque d'Alby,
parce qu'on diſoit qu'il s'étoit fortement
oppoſé au Vingtieme, & auſſi M. de
Lodeve ; & il ajoutoit que lui d'Allegre,
ayant demeuré dans cette ville de Lodeve,

il devoit plutôt être informé de ce qui pouvoit s'y paffer que dans un autre endroit.

Son projet étoit de tâcher d'obtenir un emploi pour fa récompenfe.

Dans le cours de fa détention à la Baftille, & dans un temps où l'on étoit obligé de doubler les prifonniers, parce qu'il y en avoit prodigieufement, on lui donna pour camarade de chambrée un nommé Danry, qui avoit été arrêté pour avoir envoyé une boîte de prétendus poifons à Madame la Marquife de Pompadour.

Tous deux comploterent de fe fauver ; ils firent une échelle de corde très-bien tiffue & très-folide, & employerent près de deux ans à la faire.

Au bout de ce temps, qui étoit au mois de Février 1756, ils grimperent au haut de leur cheminée, trouverent le moyen de défaire les barres de fer qui la traverfoient & gagnerent la plate-forme du haut des tours ; & ayant tiré à eux leur échelle, ils en attacherent le bout à un canon, fe laifferent couler dans le foffé, percerent un mur & fe fauverent.

D'Allegre fut repris à Bruxelles au bout de fix femaines, & Danry fut arrêté en Hollande au bout de cinq mois.

Ce dernier, comme nous venons de le dire, avoit été arrêté pour avoir envoyé une boîte à Madame de Pompadour, où il y avoit des poudres de vitriol & autres drogues : il lui en avoit donné avis par écrit avant l'arrivée de la boîte, difant que c'étoit du poifon, afin qu'elle ne l'ouvrît pas.

C'étoit lui-même qui avoit compofé la boîte ; & dans l'avis qu'il donna à Madame de Pompadour, il dit qu'il en avoit entendu faire le complot dans le Jardin des Thuilleries par deux hommes qui ne le voyoient pas, & qu'il ne connoiffoit pas du tout.

La boîte fut ouverte par un nommé M. Quefnay ; il en fortit une vapeur qui ne fit mal à perfonne.

Danry dit, pour fa défenfe, qu'il vouloit fe faire un mérite auprès de Madame de Pompadour, & fe procurer par-là fa protection, afin d'obtenir une place pour fa récompenfe.

Ce Danry eft le fieur de la Tude, qui
vient de donner au Public un Mémoire de
fa feconde évafion. Cette piece eft trop
intéreffante ; elle infpire trop l'horreur du
defpotifme pour ne pas la configner dans
ce Recueil. C'eft pourquoi nous prenons
le parti de l'y inférer tout entiere.

MÉMOIRE DE M. DE LA TUDE,

I N G É N I E U R.

*Ma feconde évafion de la Baftille, effectuée la
nuit du 25 au 26 Février 1756.*

Quand on eft dans la peine, les jours
paroiffent plus longs que des années ; & le
malheur des infortunés, c'eft qu'ils mettent
toujours les chofes au pis. Nous connoiffions
l'afcendant que la Marquife de Pompadour
avoit fur l'efprit du Roi, & nous ne man-
quions pas de dire : fi cette femme refte encore quatre, fix, dix, quinze, vingt ans à la
Cour, hélas ! nous pafferons toute notre jeu-

neffe dans la captivité , & nous périrons ici.
Voyons fi nous ne pourrions pas nous évader : mais en jettant les yeux fur les murs de
la Baftille, qui ont plus de dix pieds d'é-
paiffeur , quatre grilles de fer aux fenêtres ,
& autant dans la cheminée, & en confidé-
rant par combien de gens armés cette prifon eft gardée , la hauteur des murs qui entouroient le foffé , fouvent plein d'eau , il
fembloit moralement impoffible à deux
prifonniers enfermés dans une chambre ,
privés de toutes fortes de fecours humains,
de pouvoir échapper : & M. Delaborde ,
ce fameux Banquier, avec fon tréfor , ne
viendroit pas à bout de corrompre les Officiers. Jugez donc ce que de fimples paroles auroient pu faire fur eux. Cependant
avec un peu de génie on vient à bout de
tout. Je vais vous démontrer tout ce qu'on
peut attendre du courage, de la patience,
& de la reffource qu'on trouve dans les
Mathématiques.

Nous étions deux dans une chambre.
Vous remarquerez qu'à la Baftille on ne

donnoit aux prisonniers ni ciseaux, ni couteaux, ni aucun autre instrument tranchant; & pour 100 louis votre Porte-clefs, c'est-à-dire le Garçon qui vous porte à manger, ne vous donneroit point un quarteron de fil; & bien calculé, il falloit quatorze cens pieds de corde, il nous falloit deux échelles, une de bois, de vingt à vingt-cinq pieds, & une échelle de corde de cent quatre-vingts pieds de longueur; il nous falloit arracher quatre grilles de fer dans la cheminée, percer, dans une seule nuit, un mur de quatre pieds & demi d'épaisseur, dans l'eau à la glace jusqu'au cou, à la distance de quinze à dix-huit pieds d'une sentinelle; il falloit créer; & pour faire ce que je viens de dire pour échapper, nous n'avions que nos deux mains. Ce n'étoit pas là le pis; il nous falloit cacher l'échelle de bois & celle de corde, avec deux cens cinquante échelons d'un pied de long & d'un pouce d'épaisseur, ainsi qu'une infinité d'autres choses prohibées dans la chambre d'un prisonnier. Les Officiers, accompagnés

gnés de plusieurs Porte-clefs, venoient nous
visiter & fouiller plusieurs fois par semaine.
Cependant j'étois sans cesse occupé de ce
projet ; j'en avois parlé plusieurs fois à mon
compagnon, qui avoit beaucoup d'esprit,
mais il me répondoit toujours que la chose
étoit impossible, qu'il y avoit de la folie
à y penser. Ses raisons, au lieu de me re-
buter, ne faisoient qu'animer mon imagination & mon courage.

Il faut avoir été prisonnier à la Bastille,
pour savoir comme on est traité dans cette
prison. Imaginez-vous que vous passeriez
dix ans dans une chambre, sans voir ni
parler au prisonnier qui est au-dessus ou
au-dessous de vous. On y a mis plusieurs
fois le mari, la femme & plusieurs enfans ;
ils y ont tous resté nombre d'années sans
savoir qu'aucun de leurs parens y fût. On
ne vous apprend jamais aucune nouvelle.
Que le Roi meure, qu'il y ait du changement dans le Ministere, on ne vous
instruit jamais de rien. Les Officiers, le
Chirurgien, les Porte-clefs ne vous disent

que , bon jour ; bon foir : avez-vous befoin de quelque chofe ? & voilà tout. Il y
a une Chapelle , où , tous les jours , on
dit une Meffe , & les Fêtes & Dimanches , trois. Dans cette Chapelle , il y a
quatre petits cabinets , où l'on met les
prifonniers à qui le Magiftrat accorde la
permiffion d'entendre la Meffe : tous ne
l'ont pas ; cela paffe pour une grace. Dans
ces cabinets eft un vîtrage avec des rideaux ;
on ne les ouvre qu'à l'élévation , & on a
grand foin de les fermer après ; de forte
que jamais aucun Prêtre n'a vu le vifage
d'aucun prifonnier , & ceux-ci ne voient
que le dos du Prêtre.

   M. Berryer avoit eu la bonté de m'accorder la permiffion , ainfi qu'à mon compagnon d'infortune , d'entendre la Meffe
les Dimanches & les Mercredis. ... Il avoit
accordé la même permiffion au prifonnier
qui étoit au-deffous de nous , c'eft-à-dire
au N°. 3 de la Tour nommée *la Comté*.
Cette Tour eft la premiere à droite en entrant de la Baftille.

J'avois déjà occupé pluſieurs autres chambres, & de temps à autre, j'entendois quelque bruit des priſonniers qui étoient au-
deſſus & au-deſſous de moi ; & depuis que
j'étois dans la chambre de la quatrième
Comté, j'entendois du bruit au-deſſus, &
jamais rien au-deſſous ; j'étois certain pourtant qu'elle étoit occupée : *la manque* d'entendre du bruit, comme dans les autres,
faiſoit une impreſſion extraordinaire ſur moi,
je ne ſavois à quoi attribuer ce myſtere ;
mon eſprit toujours occupé de mon projet
d'évaſion, je dis à mon confrere, qu'au retour de la Meſſe, j'avois envie de voir la
chambre de notre voiſin, je le priai de m'en
faciliter le moyen. Pour cet effet, je lui dis
de mettre ſon étui dans ſon mouchoir, &
au retour de la Meſſe, quand il ſeroit au
ſecond étage, de faire en ſorte qu'il tombât
le long des degrés, en ſortant ſon mouchoir, & de dire enſuite au Porte – clefs
d'aller le ramaſſer. Ce qui fut dit, fut fait.
Pendant que le Porte-clefs, nommé *Dara-*
gon, qui vit encore aujourd'hui même cette

année 1789 , couroit après l'étui, je monte
vîte, je tire le verrou , j'ouvre la porte du
trois ; je regarde la hauteur du plancher, je
remarque qu'il n'avoit pas plus de dix pieds
& demi de hauteur, je referme la porte au
verrou , & de cette chambre à la nôtre , je
compte trente-deux degrés ; je mefure la
hauteur d'un ; je calcule , je trouve qu'il y
avoit une différence de cinq pieds & demi.
Comme cela n'étoit pas une voûte de pierre,
je tirai cette conféquence , que ce plancher ne pouvoit pas avoir cinq pieds &
demi d'épaiffeur , cela auroit fait un poids
énorme ; que par conféquent il devoit y
avoir un tambour , c'eft-à-dire deux planchers , à la diftance de quatre pieds l'un de
l'autre.

Je dis alors à mon confrere , d'un air
joyeux : (car un moment auparavant je
croyois que nous étions deux hommes perdus) mon ami, ne défefpérons point ; avec
un peu de patience & de courage , nous
échapperons d'ici. Voilà mon calcul. Il y a
un tambour affurément entre la troifième

chambre & la nôtre. Sans regarder mon papier, il me dit : eh ! quand il y auroit tous
les tambours du Régiment des Gardes-
Françoifes, comment diable voulez-vous
que tous ces tambours puiffent nous faire
évader ? Je repris : il n'eft pas befoin de
tous ces tambours-là ; mais s'il eft vrai,
comme je le crois, qu'il y a deux planchers
entre le trois & le quatre , pour cacher nos
cordes & tous les autres matériaux dont
nous avons befoin , je vous réponds que
nous échapperons. Il me répliqua : mais ,
pour cacher nos cordes dans ce prétendu
tambour, il faudroit en avoir, & nous n'en
avons point ; d'ailleurs , vous ne l'ignorez
pas , il nous eft impoffible d'en avoir feulement dix pieds. Pour des cordes, lui dis-
je , n'en foyez point en peine , car dans la
malle de ma chaife de pofte, que voilà devant vous, il y en a plus de mille pieds.
Comme j'étois tranfporté de joie en lui parlant, il me regarda fixement , & me dit :
je crois, par ma foi , qu'aujourd'hui vous
ayez perdu l'efprit ; je fais , auffi bien que

vous, tout ce que vous avez dans votre
malle & dans votre porte-manteau ; je vous
défie de me faire voir un feul pied de corde,
& cependant vous me dites qu'il y en a
plus de mille. Oui , ajoutai-je , dans cette
malle il y a treize douzaines & demie de
chemifes , deux douzaines de paires de bas
de foie , dix-huit paires de chauffettes , trois
douzaines de ferviettes ouvrées , &c. &c.

Or , en défilant mes chemifes , mes bas ,
mes chauffettes , mes ferviettes , mes coëffes
de bonnet , mes mouchoirs , &c. &c. &c.
nous aurons de quoi faire plus de mille pieds
de corde. Cela eft vrai , me dit-il ; mais
avec quoi pourrons - nous arracher toutes
ces grilles de fer qui font dans notre cheminée ? car avec rien il nous eft impoffible
de pouvoir faire quelque chofe , nous n'a-
vons que nos mains , nous ne pouvons pas
créer des outils pour venir à bout d'un auffi
grand ouvrage.

Mon ami, lui dis-je, la main eft l'inftru-
ment de tous les inftrumens ; c'eft elle qui
les forme us , & les hommes qui favent

faire travailler leurs têtes , ils y trouvent toutes fortes de reffources. Voyez·vous , lui dis-je , ces deux fiches de fer qui foutien- nent notre table pliante , je leur ferai un manche à chacune & je leur ferai un taillant en les repaffant fur un carreau de notre plancher : nous avons un briquet, en le caffant de telle maniere , en moins de deux heures j'en ferai un bon canif , avec lequel je ferai ces deux manches. Ce canif nous fervira encore à mille autres chofes. Ainfi avec ces deux fiches , je vous réponds fur ma tête , que je viendrai à bout d'arra- cher toutes ces grilles de fer.

Un Ramonneur monte dans une chemi- née ; je vous réponds fur ma vie , que moi j'y monterai. Toute la journée nous confé- râmes de cela ; dès que nous eûmes foupé , nous arrachâmes une fiche de fer de notre table : avec cette fiche , nous levâmes un careau de notre plancher , & nous nous mîmes à creufer de telle forte , qu'en moins de fix heures de temps nous l'eûmes percé ; & à notre grande fatisfaction , nous trou-

T 4

vâmes qu'il y avoit deux planchers, à quatre
pieds de diſtance l'un de l'autre.

De cet inſtant nous regardâmes notre évaſion comme certaine ; nous remîmes le carreau , qui ne paroiſſoit pas avoir été en-
levé. Le lendemain matin , je caſſai le briquet ; j'en fis un canif, ou petit couteau.
Avec cet inſtrument , nous fîmes des manches aux fiches de notre table ; nous donnâmes un taillant à chacune. Après nous
défilâmes deux de nos chemiſes ; c'eſt-à-
dire , qu'après les avoir découſues, & leurs
ourlets auſſi , nous tirâmes un fil l'un après
l'autre ; nous nouâmes tous ces filets , nous
en fîmes un certain nombre de pelotons :
étant finis , nous les partageâmes en deux ,
nous en fîmes alors deux groſſes pelottes ;
il y avoit cinquante filets à chacune , de
ſoixante pieds de longueur. Enſuite nous
les treſſâmes, ce qui nous donna une corde
de 55 pieds de long environ, avec laquelle
nous fîmes une échelle de 20 pieds de long.
Cette échelle faite , nous commençâmes à
faire le plus difficile, c'eſt-à-dire à arracher

les barres de fer de notre cheminée : pour
cet effet, nous attachâmes dans la nuit notre
échelle de corde à ces barres; par le moyen
des échelons, nous nous foutenions en l'air
dans le temps que nous dégradions les extrê-
mités de ces barres de fer : en moins de fix
mois nous vînmes à bout de les dégrader
toutes, c'eft-à-dire de les arracher. Nous les
remîmes de maniere à pouvoir les arracher
toutes dans un inftant. Cet ouvrage nous
coûta bien de la peine. Bon Dieu ! jamais
nous ne defcendions fans avoir nos mains
toutes enfanglantées. Nos corps étoient dans
une fituation fi pénible dans cette cheminée, qu'il nous étoit impoffible de travailler
une heure entiere fans nous relever : à tout
inftant il nous falloit fouffler de l'eau avec
notre bouche, dans les trous, pour ramollir
le ciment qui étoit autour de ces barres de
fer ; & nous étions très-fatisfaits quand,
dans une nuit entiere, nous avions en-
levé l'épaiffeur d'une ligne de ce ciment.
Cet ouvrage fini, nous fîmes une échelle
de bois de vingt à vingt-cinq pieds de lon-

gueur , pour monter du foſſé ſur le parapet
où les ſoldats de garde ſont poſtés , & de ce
parapet dans le jardin du Gouvernement.
On nous donnoit tous les jours pluſieurs
morceaux de bûches pour nous chauffer ,
qui avoient dix-huit à vingt pouces de long.
Ils nous ſervirent à faire une échelle avec
vingt échelons.

Nous avions encore beſoin de moufles &
de beaucoup d'autres choſes ; nos deux fiches
n'étoient pas propres à faire cet ouvrage ,
& encore bien moins à ſcier du bois. En
moins de deux heures de tems , d'un chandelier de fer que nous avions, avec l'autre
morceau de briquet , j'en fis une excellente
ſcie , avec laquelle en moins d'un quart-
d'heure de temps , je me ſerois vanté de
couper en deux une bûche auſſi groſſe que
ma cuiſſe ; avec ce morceau de briquet ,
cette ſcie & les fiches, nous dégroſſiſſions
nos bûches , nous les polîmes , nous leur
fîmes des charnieres , & des tenons pour
les emboîter les unes dans les autres , avec
deux trous à chaque charniere , & à ſon

tenon, pour y paffer un échelon, & deux chevilles pour l'empêcher de vaciller. A mefure que nous avions achevé & perfectionné un morceau de notre échelle, nous le cachions entre les deux planchers.

C'eft avec ces outils que nous fimes un compas, une équerre, une regle, un devidoir, des moufles, des échelons, &c. &c.

Comme quelquefois dans la journée les Officiers & les Porte-clefs entroient fouvent dans notre chambre à l'inftant que nous y penfions le moins, il nous falloit cacher non-feulement nos uftenfiles, mais encore les plus petits copeaux ou débris que nous faifions, & dont le plus petit nous eût décelés ; en outre, nous favions que quelquefois ces Meffieurs venoient doucement écouter ce que les prifonniers difent au travers des trous qu'ils font à leurs planchers. Pour éviter toute furprife, nous donnâmes un nom à toutes ces chofes. Par exemple, nous appellions la fcie, *Faune* ; c'eft le nom d'une divinité des forêts. Le devidoir, *Anubis* ; c'eft une divinité des Egyptiens, pour mefurer les accroiſſemens du Nil. Les fiches de fer, *Tubalcain* ; c'eſt le nom du premier homme qui trouva l'art de ſe ſervir du fer. Le trou que nous avions fait à notre plancher pour cacher toutes nos affaires dans le tambour, c'eſt-à-dire entre les deux planchers, *Polyphéme*, faiſant alluſion à l'antre de la Fable, dont les anciens ont ſi ſouvent parlé. L'échelle de bois, *Jacob*, au ſujet de cette échelle dont l'Ecriture-Sainte fait mention. Les échelons, *Rejetons*. Une corde, une *Colombe*, parce qu'elle étoient blanches. Un peloton de fil, *un petit frere*. Le canif ou couteau, qui étoit le morceau du briquet, *le toutou*, &c. &c. Quand quelqu'un entroit dans notre chambre, ſi nous avions oublié quelque choſe, le plus éloigné diſoit au plus proche le nom de la choſe, *Faune*, *Anubis*, *Jacob*, *Tubalcain*, &c. l'autre, qui entendoit ce que cela ſignifioit, jettoit deſſus ſon mouchoir, une ſerviette ; en un mot il faiſoit diſparoître ce qui devoit être caché. Nous étions ſans ceſſe ſur nos gardes.

L'échelle de bois que nous fîmes n'avoit qu'un bras, & vingt à vingt-cinq pieds de longueur; elle avoit vingt échelons, de quinze pouces de long; le bras avoit trois pouces de diametre, par conféquent chaque échelon excédoit ce bras de fix pouces de chaque côté; à chaque morceau de cette échelle, nous avions attaché fon échelon & fa cheville avec une ficelle, de maniere qu'il ne fût pas poffible de fe tromper, en la montant dans la nuit.

Quand cette échelle fut finie, & après en avoir fait l'effai, nous la cachâmes dans *Polyphême*, c'eft-à-dire entre les deux planchers.

Nous travaillâmes enfuite à faire les cordes de la grande échelle, qui avoit cent quatre-vingt pieds de longueur. Nous défilâmes nos chemifes, nos ferviettes, nos coëffes de bonnet, nos bas de foie, chauffettes, caleçons, nos mouchoirs, &c. A mefure que nous avions fait un peloton d'une étendue décidée, de peur de furprife, nous le cachions dans le tambour, c'eft-à-dire entre les deux planchers. Quand nous eûmes fait le nombre fuffifant de pelotons, dans la nuit nous treffâmes cette magnifique corde ; elle étoit blanche comme la neige, & j'ofe dire qu'un Cordier ne l'auroit pas mieux faite.

Autour de la Baftille, à la partie fupérieure, eft un bord qui excede en dehors de trois ou quatre pieds. Nous ne doutions pas qu'à chaque échelon que nous defcendrions de cette échelle de corde, elle ne flottât de côté & d'autre ; ce font des inftans où la meilleure tête peut manquer. Pour prévenir qu'un de nous deux ne tombât & ne s'écrasât, nous fîmes une feconde corde, d'environ trois cents foixante pieds de longueur. Cette corde devoit être paffée dans une moufle que nous avions faite, c'eft-à-dire, une efpece de poulie fans roue, pour éviter que cette corde ne s'engrenât entre la roue & les côtés de la poulie, & qu'un de nous deux ne fe trouvât fufpendu en l'air, fans pouvoir defcendre davantage. Après ces deux

cordes, nous en fîmes plufieurs autres de
moindre longueur, pour attacher notre
échelle de corde à une piece de canon,
& pour d'autres befoins imprévus.

Quand toutes ces cordes furent faites,
nous les mefurâmes. Il y en avoit quatorze
cents pieds ; enfuite nous fîmes deux cents
huit échelons, tant pour l'échelle de corde
que pour celle de bois, & pour empêcher
que les échelons de l'échelle de corde,
en defcendant, ne fiffent du bruit en flot-
tant, du bruit en heurtant contre la muraille, nous y fîmes un fourreau à chacun, avec les doublures de nos robes
de chambre, de nos veftes & de nos gi-
lets, &c.

Nous travaillâmes, nuit & jour, pendant dix-huit mois, à préparer tous nos
matériaux.

Avec nos couvertures nous fîmes des
fourreaux à nos deux barres de fer qui nous
devoient fervir pour percer la muraille.

On vient de voir tout ce qu'il falloit
pour monter, par notre cheminée, fur les

tours de la Baſtille, pour deſcendre dans les foſſés, pour monter ſur le parapet, & de ce parapet dans le jardin du Gouvernement, & de ce jardin, deſcendre, par le moyen de notre échelle de bois, dans le grand foſſé de la porte Saint-Antoine, lieu où nous devions être en liberté. Nous devions choiſir une nuit qui fût orageuſe, qu'il tombât de la pluie, & qu'il n'y eût pas de Lune ; mais nous avions un malheur terrible à redouter ; il pouvoit pleuvoir depuis cinq heures du ſoir juſqu'à neuf à dix heures, & puis le temps ſe mettre au beau : alors toutes les ſentinelles ſe promenent tout autour de la Baſtille, c'eſt-à-dire, d'un poſte à l'autre : dans ce cas, toutes nos peines, tous nos matériaux étoient perdus, & afin de rendre cette ſcene plus touchante, pour nous conſoler, on nous auroit mis au cachot ; & alors pendant tout le temps que la Marquiſe de Pompadour auroit reſté en Cour, nous euſſions été reſſerrés d'une étrange maniere. Cette appréhenſion nous inquiétoit beaucoup.

beaucoup. Je trouvai moyen d'éviter ce
malheur ; je fis aifément concevoir à d'A-
legre, mon compagnon d'infortune, que
depuis le temps que la muraille qui eft
entre le Gouvernement & le jardin étoit
faite, la Seine avoit débordé au moins
plus de trois cent fois ; qu'à chaque fois
l'eau avoit diffout le fel contenu dans le
mortier ou le plâtre, au moins d'une ligne
d'épaiffeur ; que par conféquent il nous
feroit facile d'y faire un trou pour fortir
fans aucun rifque. Je lui fis comprendre
que nous viendrions à bout de tout cela,
en arrachant une fiche de nos lits, à laquelle nous mettrions un bon manche en
croix, qui nous ferviroit de virole, par le
moyen de laquelle nous ferions des trous
dans le plâtre qui lie la pierre de cette
muraille, pour engrener les deux pointes
des deux barres de fer que nous prendrions
dans notre cheminée ; qu'il étoit évident
qu'entre nous deux, avec ces deux barres
de fer, nous ferions un effort de plus de
cent quintaux, par la raifon du lévier, &

Tome II,   V.

par conséquent venir très-aisément à bout
de percer cette muraille, qui fait la sé-
paration du fossé de la Bastille & de celui
de la porte Saint-Antoine ; qu'il y avoit
un million de fois moins de risque de sortir par ce dernier moyen que par l'autre.
D'Alegre convint de cela, en me disant
que si ce dernier moyen manquoit, nous
aurions recours à l'autre ; en conséquence
nous fîmes des fourreaux à ces deux baries
de fer, nous tirâmes une fiche de fer d'un
de nos lits, & nous en fîmes une virole.
Quand tout notre appareil fut fait, nous
résolûmes de partir le lendemain, qui étoit
un Mercredi 25 Février 1756, la veille
du Jeudi-gras. Alors la riviere étoit dé-
bordée, il y avoit trois ou quatre pieds
d'eau dans le fossé de la Bastille & dans
celui de la porte Saint-Antoine.

Avec ma malle, j'avois encore un porte-
manteau de cuir, c'est-à-dire, de peau
de veau ; ne doutant pas que les hardes
que nous avions sur nos corps ne fussent
mouillées, nous mîmes dans ce grand

porte-manteau un habillement complet
pour chacun, avec tout ce qui nous reſtoit de meilleur, juſqu'à ce qu'il fût plein.
Le lendemain, à peine nous eut-on ſervi
notre dîner, que nous montâmes notre
grande échelle de corde, c'eſt-à-dire, que
nous y mîmes les échelons; nous la cachâmes enſuite ſous nos deux lits, afin
que le porte - clef ne pût l'appercevoir en
nous apportant notre ſouper. Nous ac-
commodâmes après notre échelle de bois
en trois morceaux, puis nous mîmes le
reſtant des autres choſes néceſſaires en pluſieurs paquets, bien certain que, ſelon la
coutume, on ne viendroit pas, l'après-
dîner, nous viſiter, faire des fouillades
avant cinq heures. Nous avions déjà ar-
raché les deux barres de fer dont nous
avions beſoin pour percer la muraille, &
miſes dans leurs fourreaux, pour empêcher qu'elles ne fiſſent du bruit en les deſ-
cendant. Nous eûmes ſoin de prendre une
bouteille de ſcubac pour nous réchauffer

& nous donner de la force , fi nous étions réduits à travailler dans l'eau jufqu'au cou. Ce fecours nous fut bien néceffaire ; car fans cette liqueur , nous n'euffions jamais pu tenir pendant plus de neuf heures, dans l'eau du dégel jufqu'au cou.

Nous voici arrivés au moment périlleux. A peine eut-on porté notre fouper , que malgré un rhumatifme que j'avois au bras gauche, je me mis à grimper la cheminée. J'eus toutes les peines du monde à monter au faîte. Je faillis à étouffer par la poaffiere de la fuie ; car j'ignorois les précautions que prennent lès Ramonneurs. Je n'avois pas mis de défenfives de cuir ni à mes coudes ni à mes genoux; mes coudes furent tous écorchés , le fang couloit fur mes mains , & celui de mes genoux le long de mes jambes. Enfin arrivé au haut de la cheminée , je me mis à califourchon ; alors je fis couler dans la cheminée une pelotte de ficelle que j'avois prife dans ma poche, en en retenant un bout. Mon compagnon attacha à cette

ficelle le bout d'une corde, où mon porte-
manteau étoit attaché. Ayant faifi le bout
de cette corde, je le tirai à moi, je le dé-
liai & le jettai fur la platte forme de la
Baftille ; je fis couler de nouveau cette
corde dans la cheminée ; mon compagnon
y attacha l'échelle de bois ; enfuite je tirai
de même les deux barres de fer & tous les
autres paquets dont nous avions befoin ;
après que tout fut monté, je jettai de
nouveau ma corde, pour monter l'échelle
de corde ; j'en tirai le fuperflu, & ne laiffai
en dedans de la cheminée que ce qu'il en
falloit pour monter. Je m'arrêtai au fignal
qu'il m'en fit ; alors avec une groffe cheville que nous avions préparée exprès, que
je fis paffer dans la corde, & pofai en croix
fur le tuyau de la cheminée, mon confrere
étant monté très-aifément, nous achevâmes
de retirer tout-à-fait cette échelle ; nous
jettâmes le dernier bout du côté oppofé de
la cheminée, & nous defcendîmes tous les
deux à la fois fur la plateforme de la Baftille.

V 3

Deux chevaux n'auroient pu porter cet attirail. Nous commençâmes par faire un rouleau de notre échelle de corde; ce qui fit une meule de quatre pieds de hauteur ou de diametre, & un pied d'épaiſſeur; nous fîmes rouler cette meule ſur la tour nommée *du Tréſor*, qui nous avoit paru la plus favorable pour faire notre deſcente. Nous attachâmes bien cette échelle à une piece de canon, puis nous la fîmes couler doucement dans le foſſé; après, nous attachâmes notre moufle, & nous y paſsâmes la corde qui avoit trois cent ſoixante pieds de long.

Après avoir porté tous nos paquets ſur la cour du Tréſor, je m'attachai bien au milieu du corps, avec la corde que nous avions paſſée dans la moufle : je me mis ſur l'échelle de corde, & à meſure que je deſcendois dans le foſſé, mon confrere lâchoit à meſure : malgré cette précaution, à chaque échelon que je deſcendois, mon corps ſembloit être un cerf volant qui voltigeoit en l'air. Si çe fût arrivé en plein jour, je crois que de mille perſonnes qui m'auroient vu flotter de la ſorte, il n'y en auroit pas eu une ſeule qui n'eût fait des vœux au Ciel, pour que je ne m'écraſe point en tombant. Enfin, je deſcendis ſain & ſauf dans le foſſé. Sur le champ mon compagnon me deſcendit mon porte-manteau, que je mis au pied de la tour, parce qu'il y avoit une petite éminence en dos d'âne qui dominoit l'eau du foſſé; après il me deſcendit les deux barres de fer, l'échelle de bois avec tout le reſte. Enſuite il s'attacha bien lui-même au milieu du corps, avec la corde de la moufle, qui avoit deux fois en longueur la hauteur des tours. En ſe mettant ſur l'échelle, j'eus ſoin de paſſer une de mes cuiſſes entre deux échelons, pour l'empêcher de flotter juſqu'à ce qu'il fût en bas : je lâchai doucement la corde qui l'attachoit au milieu du corps.

Pendant ce temps-là, comme il ne pleuvoit pas, la ſentinelle ſe promenoit ſur le corridor ou parapet, tout au plus à ſix

V 4

toifes de nous ; ce qui nous empêcha de
monter fur le corridor, pour de-là monter
dans le jardin : ainfi nous nous vîmes forcés
à nous fervir de nos barres de fer ; c'étoit
le parti le plus fûr. J'en pris une fur mes
épaules avec la virole, & mon compagnon
l'autre. Je n'oubliai pas de mettre la bouteille de fcubac dans ma poche, car,
fans cette bouteille, nous aurions fuc-
combé : nous allâmes droit à la muraille
qui fépare le foffé de la Baftille de celui
de la porte Saint-Antoine, entre le Gouvernement & le jardin ; dans cet endroit
étoit anciennement un petit foffé d'une
toife de largeur & d'un à deux pieds de
profondeur. Comme la riviere étoit dé-
bordée, précifément à cet endroit, à caufe
de ce petit foffé, nous avions de l'eau
jufques fous les aiffelles. Dans le moment
qu'avec la virole j'allois faire un trou dans
le plâtre entre deux pierres, pour engrener nos barres de fer, la Ronde-Major
paffa avec fon grand falot, à dix ou douze
pieds tout au plus au-deffus de nos têtes :

pour l'empêcher de nous découvrir , nous nous croupîmes dans l'eau jusqu'au menton. Quand cette Ronde fut passée, avec ma virole , j'eus bientôt fait deux trous dans le plâtre , pour engrener nos deux barres de fer. Nous enlevâmes aussi-tôt la grosse pierre que nous avions attaquée : dès l'instant, j'assurai mon confrere de la réussite. Etant dans l'eau de la fonte des glaces jusqu'au cou , nous n'avions pas chaud : pour nous réchauffer, nous bûmes un bon coup de scubac ; ensuite nous attaquâmes une seconde pierre qui céda à nos efforts avec la même facilité. Dans le moment que nous allions attaquer la troisieme , une seconde Ronde vint à passer ; nous nous mîmes encore dans l'eau jusqu'au menton : il nous fallut faire régulierement cette cérémonie toutes les fois que la Ronde venoit à passer à dix ou douze pieds au-dessus de nos têtes. Avant minuit, nous avions déjà dégradé plus de deux tombereaux de pierres.

Ce que vais dire est la vérité pure ;

je suis bien éloigné de vouloir arracher
un sourire. Ayant entendu que la Sentinelle venoit se promener au-dessus de nous,
les décombres que nous avions faits au
bord du trou, nous forcerent à nous ac-
croupir dans l'eau par derriere : la Sentinelle s'arrêta tout court au-dessus de nous,
nous crûmes qu'elle avoit apperçu ou entendu quelque chose , & que nous étions
perdus : mais un instant après, elle lâcha
de l'eau précisément sur ma tête & le
visage ; en plein jour, avec dessein pré-
médité, elle n'auroit pas mieux réussi ; il
ne s'en perdit pas une goutte. Quand elle
fut partie, je dis à l'oreille de mon compagnon , cet insolent vient de lâcher de
l'eau sur ma tête, sur mon visage, mais
eût-il fait tout autre chose sur mon nez ,
il ne m'auroit pas fait rompre le silence : il
me répondit : je le crois. Mon bonnet étant
tout mouillé , je le jettai dans l'eau, & je
lavai bien mes cheveux pour faire perdre
l'odeur de l'urine. Ensuite nous bûmes
chacun un bon coup de scubac , pour

appaiser la peur qu'il nous avoit faite , & réanimer nos forces. L'un & l'autre nous eûmes moins de peur de la mort en descendant de l'échelle de corde , que de cette Sentinelle. Enfin , en moins de huit heures & demie de temps , nous perçâmes cette muraille, qui , au rapport du Major , a quatre pieds & demi d'épaisseur. Dès l'instant , je dis à d'Alegre de sortir par ce trou ; que si malheureusement il m'arrivoit quelque chose , en allant chercher le porte-manteau que j'avois laissé au pied de la tour du Trésor, de s'enfuir au moindre bruit : heureusement il n'arriva rien. Je fus chercher ce portemanteau que je fis passer par le trou, & je sortis après, abandonnant tous les matériaux qui nous avoient donné tant de peines, sans regret.

Etant tous les deux dans le grand fossé de la Porte Saint-Antoine, nous crûmes que nous étions hors de péril ; je pris un bout de mon porte-manteau , & d'Alegre l'autre , pour traverser le fossé , & gagner le chemin de Bercy. A peine eûmes-nous fait vingt-cinq pas, que nous tombâmes tous les deux à la fois dans l'aqueduc qui eſt au milieu du grand foſſé ; nous avions trouvé au moins dix pieds d'eau au-deſſus de nos têtes. Mon compagnon au lieu de gagner l'autre bord, car cet aqueduc n'a que ſix pieds de large, quitte le porte-manteau pour s'accrocher à moi, qui avois de la bourbe juſqu'aux genoux : me ſentant ſaiſir, je lui donnai un grand coup de poing qui lui fit lâcher priſe, & en même temps je me cramponnai de l'autre côté de l'aque-duc. J'enfonce mon bras dans l'eau, je le ſaiſis par les cheveux, & le tirai de mon côté. L'ayant placé de maniere que ſa tête étoit au-deſſus de l'eau, il pouvoit reſpirer ſans en avaler. Je lui dis de reſter là ferme, ſans branler : je fus prendre mon porte-manteau, qui ſurnageoit ſur l'eau. C'eſt préciſément à cet endroit que nous fûmes hors de danger, c'eſt-là, dis-je, où cette terrible nuit fut finie. A trente pas de-là, comme ce foſſé fait une pente, nous fû-

mes tous les deux à pied fec : nous nous
embraffâmes alors ; nous nous mîmes à genoux , pour remercier Dieu de la grace
qu'il venoit de nous faire, de ce qu'un de
nous deux, en defcendant de l'échelle de
corde, n'étoit point tombé & écrafé, &
de la liberté qu'il venoit de nous rendre.

Notre échelle de corde étoit fi jufte,
qu'elle n'avoit pas un pied de trop ni de
moins. En plein jour , du haut des tours
de la Baftille , on n'auroit pas été plus
précis en prenant la mefure à l'avance,
que je le fus par le moyen des Mathématiques. Nous avions fi bien arrangé tout,
qu'il n'y eut pas un feul bout de corde
embrouillé. Toutes les hardes que nous
avions fur notre corps, étoient mouillées ;
j'avois prévu à ce malheur, comme je l'ai
dit ci-deffus , en mettant des hardes dans
mon porte - manteau de cuir, avec des
chemifes fales à l'entrée : le tout étoit fi
bien arrangé, que l'eau n'avoit pu y pénétrer.

A force d'avoir ébranlé & tiré des pier-

res du trou que nous venions de faire, nos
mains étoient toutes écorchées ; chofe que
l'on aura peut-être de la peine à croire,
c'eft que nous avions moins froid, étant
dans l'eau de glace fondue jufqu'au cou,
que quand nous en fûmes tout-à-fait
dehors : le tremblement nous faifit alors
dans tous les membres, & nos mains s'en-
gourdirent. Il fallut que je ferviffe de valet-
de-chambre à mon confrere pour le dés-
habiller & l'habiller. Enfuite il m'en fervit
à moi-même. Cinq heures fonnerent comme nous montions la rampe de ce foffé
pour entrer dans le grand chemin.

N. B. Le lendemain même de la prife
de la Baftille (15 Juillet 1789) je m'y
préfentai ; & malgré les ordres de n'y
laiffer entrer perfonne, en déclinant mon
nom qui rappella ma longue captivité
(35 ans), toutes les portes me furent ou-
vertes. Préfumant que mon échelle de
cordes & les autres inftrumens imaginés
par moi, pour mon évafion, étoient trop
précieux pour n'avoir pas été confervés,

plufieurs Clercs de la Bafoche, de fenti-
nelle alors à la Baftille, m'accompagne-
rent dans les *archives*, où je fuppofai que
mon échelle devoit fe trouver. En effet,
après une longue recherche, ayant apperçu au plancher une efpece de trape,
je fis appeller plufieurs Gardes-Françoifes
pour leur infinuer que ce double plancher
pouvoit bien renfermer quelques perfonnes.
On y monta, bien armé; mais on n'y
trouva qu'un grand fac plein, qui, à ma
priere, fut jetté en bas à mes pieds. Quelle
fut ma fatisfaction de retrouver, après 33
ans, dans le fac mon échelle de cordes,
celle de bois, & une grande partie de
mes autres inftrumens qui fervirent à mon
évafion.

Tous ces effets furent portés, fous
bonne garde, à l'Hôtel-de-Ville. Après
avoir été examinés, M. Duverrier, Avocat
au Parlement, & Secrétaire du Comité des
Electeurs, obtint de l'Affemblée que le
tout me fût rendu, comme chofe qui
m'appartenoit à toute forte de titres.

Je me ferai un plaisir de les faire voir aux personnes de considération & de mérite qui le desireront.

Ma demeure est maison des Théatins, rue de Bourbon, N°. 36.

Dans quelques mois paroîtront mes *Mémoires*, en plusieurs volumes, contenant tout ce qui m'est arrivé de plus intéressant à la Bastille, à Vincennes, & dans les autres prisons où j'ai été successivement détenu pendant l'espace de trente-cinq années. Ces Mémoires seront enrichis de plusieurs estampes relatives aux diverses situations douloureuses où je me suis trouvé.

Vers qui ont été mis au Louvre, au bas du Portrait de M. MASERS, Chevalier DE LATUDE, Ingénieur.

Victime d'un pouvoir injuste & criminel,
MASERS, dans les cachots eût terminé sa vie,
Si l'art du despotisme, aussi fin que cruel,
Avoit pu dans ses fers enchaîner son génie.

C. DE G. Avocat.

Au

Au defir du Public, l'échelle de corde & de bois, les moufles, le morceau de couverture qui enveloppoit les deux barres de fer., le maillet, &c. &c. fignés le 27 Février 1756 par le Major de la Baftille, nommé Chevalier, & le Commiffaire Rochebrune : tout cela a été inftallé à l'entrée du Sallon du Louvre, pendant les mois d'Août & de Septembre dernier, 1789.

1750, 25 Août.

Marc-Antoine-Jacques Rochon de Chabannes *entra à la Baftille au mois d'Août 1750, où il fut retenu jufqu'au 8 Octobre fuivant.*

1750, 27 Août.

Charles Pecquet, *Marchand Libraire, demeurant chez la veuve David, Imprimeur, rue de la Huchette. Il entra à la Baftille au mois d'Août 1750, & en fortit le 8 Octobre fuivant.*
Tome II.   X

1750, 17 Septembre.

Alain GODEFRIN , *Marchand Gantier-Parfumeur, privilégié du Roi suivant la Cour, fut arrêté & conduit à la Bastille au mois de Décembre 1750, & y mourut le 30 Mai 1753. Il étoit âgé de plus de 80 ans.*

1751, 18 Février.

Jean-Jacques-Auguste DE THOUROTTE, *ancien Capitaine de Cavalerie, fut conduit à la Bastille sur un ordre du Roi du 18 Février 1751, & obtint sa liberté le 28 Mars suivant.*

1751, 5 Mai.

Pierre VERIT, *Marchand Orfevre d'Agde en Languedoc, demeurant à Paris. Il fut mis à la Bastille au mois de Mai 1751, & y fut retenu jusqu'au 25 Janvier 1757.*

1751, 3 Octobre.

Jeanne-Genevieve GRAVELLE, *native de Mayenne. Elle fut arrêtée & conduite à la Baftille en vertu d'un ordre du Roi du 3 Octobre 1751, & y refta jufqu'au 17 Décembre 1752.*

LA caufe de la détention de ces fix perfonnes ne nous eft point connue.

1751, 17 Octobre.

La dame SAUVÉ, *premiere femme de chambre de M. le Duc de Bourgogne, fut mife à la Baftille fur un ordre du Roi du 17 Octobre 1751.*

UN Samedi, Madame la Ducheffe de Tallard, Gouvernante des Enfans de France, étant allée, au débotté du Roi qui arrivoit de Choify ou de la Meute, paffa, en revenant du débotté, chez M. le Duc

X 2

de Bourgogne , dit que le Roi alloit venir
affister au remué , & qu'on n'avoit qu'à
le commencer. Le Roi arriva , & on fe
mit à laver M. le Duc de Bourgogne. La
damé Sauvé a prétendu que dans ce mo-
ment-là elle apperçut du mouvement aux
pieds du lit du Prince , & qu'elle vit une
main qui étoit dans la fente du pied du
lit , qui fe retira avec précipitation ; que
cette main lui parut partir derriere le Roi,
& ne vit que cela. La dame Sauvé , à qui
la précipitation de la main avoit paru fuf-
pecte , fit part de ce qu'elle avoit vu à
Madame de Tallard , qui , lorfque le Roi
fut forti , alla chercher au pied du berceau , & y trouva un paquet de papier
qui fit du bruit , & mit les gens de la
chambre dans l'inquiétude.

La dame Sauvé n'ayant pu dire qui
pouvoit en être l'auteur , fut , avec raifon,
foupçonnée d'en être feule coupable.

Quelques jours après cet événement,
elle joua l'empoifonnée , dit qu'elle étoit
victime de fon zele & de fa fidélité ; ce

qui détermina le Roi à la faire arrêter, ainsi que sa femme de chambre, qui étoit soupçonnée d'avoir mis dans une jatte du vif argent, que la dame Sauvé prétendoit avoir rendu en vomissant.

Le paquet en question étoit environ de la grosseur & largeur de la main. Un papier l'excédoit en forme de cornet; il n'y avoit rien d'écrit sur le papier, & le reste étoit brûlé; mais il y avoit dans ce paquet une once de poudre à canon mêlée avec un peu de charbon pulvérisé, & un charbon qui avoit encore de la chaleur.

M. de Saint-Florentin fit faire l'expérience de cette poudre, & prétendit qu'il n'y avoit rien à craindre pour la vie du Prince. Il pensa qu'on avoit voulu faire une niche à Madame la Duchesse de Tallard, ou à la dame Sauvé. C'étoit aussi l'opinion de Madame de Pompadour.

Par les pieces qui nous font tombées entre les mains, relativement à la dame Sauvé, nous voyons qu'elle a fait un Mémoire pendant sa détention à la Bastille,

pour prouver qu'elle n'a pu approcher du
pied du berceau, ni être affez à portée
d'y jetter le paquet. Elle parle d'un nommé
Longy, protégé de Madame de Tallard,
& jette quelques foupçons fur lui. Elle cite
auffi d'une certaine maniere, Madame de
Butler, Sous-Gouvernante.

Il paroît que la dame Sauvé étoit l'en-
nemie jurée de Madame de Butler; elle dit,
dans ce Mémoire, que cette dame s'eny-
vroit très-fouvent, & qu'elle avoit la vé....
Elle veut auffi faire foupçonner MM. de
Noailles, en difant que Madame de Tallard lui fit des queftions fur eux; que
d'ailleurs ils avoient la réputation d'aimer
à faire des niches, & que peut-être ils
ont fu que M. le Maréchal de Noailles
ayant un jour approché de très-près M. le
Duc de Bourgogne, Madame de Tallard
avoit dit : « Cette gueule galeufe, pourquoi met-il fon vifage fi près de celui de
fon maître » ?

Lorfque le paquet fut jetté dans le berceau, il y avoit dans la chambre le Roi,

M. de Luxembourg, M. le Duc de Fleury,
M. de la Suze, M. le Maréchal de Noailles,
& M. le Duc d'Ayen. Ces deux derniers
vinrent un demi-quart d'heure après l'arrivée du Roi.

La dame Sauvé a toujours foutenu qu'elle
avoit vu jetter le paquet dans le berceau,
& n'a jamais voulu avouer que ce fût
elle-même qui l'y eût jetté.

Le Roi lui accorda néanmoins fa liberté
le 6 Mars 1757 ; mais à condition qu'elle
s'éloigneroit de Paris, & qu'elle fe retireroit en province, foit dans fa famille,
foit avec fon mari.

Obfervation.

Quelques jours après la naiffance de
M. le Duc de Bourgogne, il vint, fur les
cinq heures du foir, une Sœur-grife, qui
fe dit de la maifon des Invalides ; elle
avoit quelques perfonnes avec elle. L'huiffier de la Chambre la refufa d'abord, parce
qu'il étoit tard ; mais Madame de Butler,

Sous-Gouvernante, dit qu'il falloit la laisser entrer avec sa compagnie. Madame de Butler les conduisit dans la ruelle où étoient les femmes de garde. Cette Sœur-grise parla beaucoup, se mit à genoux, remercia de la faveur qu'on lui avoit faite, & s'en alla. A l'instant même, une des femmes de chambre voulant lever M. le Duc de Bourgogne, s'apperçut qu'il y avoit du papier sur son drap de berceau. Elle le donne à Madame de Butler. C'étoient des Mémoires d'une grace que l'on demandoit, écrite sur du très-grand papier.

M. de Saint — Florentin a pensé que ce Mémoire jetté sur le berceau par la Sœur grise avoit pu donner à la dame Sauvé l'idée d'y jetter le paquet en question.

La dame Sauvé étoit intimement liée avec M. le Comte de Croy, particuliérement protégée de M. d'Argenson, & passoit pour son espion.

1751, 12 Décembre.

Laurent DE SERRE DE MONTREDON, Ecuyer, ci-devant Garde du Roi, Compagnie de Noailles, du Diocèse d'Alais en Languedoc. Il fut mis à la Bastille, en conséquence d'un ordre du Roi du 12 Décembre 1751, & y resta jusqu'au 23 Janvier 1752.

L ES notes qui nous font tombées dans les mains ne disent rien des motifs de sa détention.

1753, 23 Avril.

DÉTAILS sur le sieur ANGLIVIEL DE LA BEAUMELLE, mis à la Bastille sur un ordre du Roi du 23 Avril 1753.

A U mois de Janvier 1752, sur l'avis que la Beaumelle, Avocat à Paris, avoit distribué un livre, composé par son frere, qui étoit alors à Coppenhague, intitulé : *Mes*

Penſées, ou le Qu'en dira-t-on, où il y avoit
des portraits fort ſatyriques, on envoya
chez lui un Commiſſaire en perquiſition, &
il ne s'en trouva que deux exemplaires, les
48 autres que ſon frere lui avoit envoyés
étant diſtribués.

Cette même année, l'Auteur ne ceſſa
de demander la permiſſion de revenir en
France; ce qui lui fut conſtamment refuſé
par M. d'Argenſon.

Au mois d'Avril 1753, on fut informé
que la Beaumelle étoit revenu à Paris avec
des exemplaires d'une nouvelle édition qu'il
avoit fait faire, du ſiecle de Louis XIV, de
Voltaire, dans laquelle il avoit inféré des
notes critiques offenſantes pour la Maiſon
d'Orléans. On envoya en perquiſition chez
lui, où l'on en trouva huit exemplaires, &
il fut conduit à la Baſtille.

Au mois d'Octobre de la même année,
M. le Duc d'Orléans lui pardonna, & il
fut mis en liberté, avec un exil à 50 lieues
de Paris.

Pendant ſon exil, il avoit ſouvent des

permissions de venir à Paris , & il y venoit
& alloit à Saint-Cyr continuellement.

On fut instruit au mois de Janvier 1754,
que la Beaumelle étoit à Paris , travaillant
à la vie de Madame de Maintenon , dont il
y avoit déjà un premier volume imprimé.
Il se proposoit de donner des Mémoires
plus étendus encore sur la vie de cette
Dame. On envoya chez lui un Commissaire , qui saisit toutes les lettres , les ma-
nuscrits & le 1er. vol. de Maintenon , mais
on le laissa libre ; & le 27 Août suivant ,
M. Berryer lui rendit tous ses papiers.

Le premier Août 1756 , M. d'Argenson
fit expédier , de concert avec M. Rouillé ,
Ministre des Affaires étrangeres , un ordre
pour arrêter la Beaumelle & le conduire à
la Bastille. Cet ordre fut exécuté , & per-
quisition faite chez la Beaumelle , où l'on
trouva plusieurs exemplaires d'une édition
en 6 vol. des Mémoires de Maintenon.

Nota. Lorsque la Beaumelle fut arrêté , il
faisoit faire une nouvelle édition de ses Mé-

moires de Maintenon, par Defprez, Thi-
bouft & Savoye, Imprimeurs affociés pour
cela, & avoit fait un traité avec eux.

Le Commiffaire Rochebrune eut ordre
de faire une vifite chez eux, où l'on trouva
les feuilles fous preffe, & le Commiffaire
prit leur foumiffion de faire porter les feuilles
déjà imprimées à la Baftille, ce qui fut
exécuté.

La Beaumelle fut mis en liberté au mois
de Septembre 1757, avec un exil en Languedoc.

―――――

1757, 7 Février.

Le fieur TAPIN DE CUILLÉ, *fils d'un Confeiller du Roi, fut mis à la Baftille le 7
Février 1757.*

CE jeune homme avoit eu le malheur,
par fes diffipations, d'irriter fon pere, au
point que celui-ci avoit follicité un ordre
du Roi pour le faire mettre à Pierre-en-
Cife, & enfuite au Mont Saint-Michel

Pour sortir de cette seconde prison, le sieur Tapin fils s'avisa d'écrire en Cour qu'il avoit quelque connoissance sur l'horrible attentat commis sur la personne sacrée du Roi ; ce qui donna occasion de le faire transférer à la Bastille, où il paroît avoir resté fort long-tems.

Comme cette affaire peut servir de leçon aux enfans dissipés & aux peres trop durs, & qu'en même-tems elle démontre que c'étoit à la malheureuse facilité qu'on avoit d'obtenir des ordres pour les prisons d'Etat, qu'étoit dus souvent le deshonneur & la perte des familles, plutôt que leur salut ; nous donnerons ici une suite de lettres qui nous sont tombées entre les mains, & qui ne prouvent que trop notre opinion.

Le sieur Tapin étoit entré au Mont Saint-Michel le 12 Février 1755 ; il se sauva de cette prison le 28 du même mois avec sept de ses camarades, & il fut repris avec eux le 7 Mai suivant.

————————————

Lettre écrite à M, DE BAIN *, par le sieur* TAPIN DE CUILLÉ.

MONSIEUR,

» La scélératesse des Moines m'a obligé de me sauver du Mont Saint-Michel le 28 de Février, & de m'exposer à la mort la plus cruelle, en descendant de trois cents pieds de hauteur. Ce sept Mars, à Ernei, j'ai été arrêté par trente hommes, la baïonnette au bout du fusil, les Valets des Moines & les Moines mêmes. Enfin je retourne dans leurs infâmes mains, où je ne resterai pas long-tems, étant résolu à tout sacrifier pour avoir ma liberté, quitte même à perdre la vie qui ne me coûte plus, puisque je l'ai risquée avec autant de courage.

Actuellement je connois la mer ; j'ai erré douze heures sur la Greve, sans appréhender l'anissage. Vous m'obligerez donc d'en *faire part ; je sacrifierai ma vie pour me sau-*

ver, & si je n'y puis parvenir, *je tuerai des Moines*, *préférant la roue à la captivité*, étant fatigué de mourir de faim , d'être privé du jour & du chauffage ; c'est pour-quoi *déterminez mon pere à me laisser servir comme Volontaire dans la Marine ; à garder ma pension pour payer mes dettes, s'il ne veut pas avoir des désagrémens , & même être des-honoré , étant résout de tout sacrifier pour me sauver.*

Je vous prie donc de lui parler fortement en ma faveur, car le temps presse ; d'autant que je suis livré au plus horrible désespoir. J'ose tout espérer de vos bontés , vous comptant toujours comme mon ami le plus chaud.

Je suis avec toute la considération pos-sible ,

Monsieur ,

Votre très - humble, très–obéissant ser-viteur DE CUILLÉ.

A Fougeres , ce 7 Mars 1755.

Lettre écrite à Madame VARNIER , femme du Procureur au Châtelet , du 8 Mars 1755.

Madame,

Je me fuis fauvé de Saint-Michel ; j'ai defcendu trois cents pieds pour éviter la fureur des Moines. Trois fois j'ai rifqué ma vie , pour jouir de ma liberté pendant fept jours. Ayant été pris le feptieme Mars par trente hommes , la baïonnette au bout du fufil , & un qui m'a brûlé l'amorce de fon piftolet fur la poitrine , toutes ces infortunes ne me rebuttent pas ; je me fauverai par ma mort , *ou celle de quelques Moines , car je fuis défefpéré ; le crime devient pour moi vertu ; c'eft, dont mon pere peut être fûr , s'il ne m'accorde ma liberté.* Je porterai la flamme jufques fur l'autel , s'il le faut pour fuir. Communiquez mes fentimens à ma famille ; je ne demande qu'à fervir dans la Marine ; il eft affreux qu'on me le refufe , d'autant que

je

Je ne demande qu'une place de Volontaire; il est vrai que mon pere paie six cents liv. pour ma pension, & néanmoins je meurs de faim. C'est pourquoi, Madame, parlez fortement pour moi; empêchez mes parens d'être déshonorés; car je deviens scélérat à force d'avoir des scélérats pour gardiens.

J'ai l'honneur d'être avec autant de respect que de soumission,

Madame,

Votre obéissant & dévoué serviteur TAPIN DE CUILLÉ.

A Fougeres, ce 8 Mars 1755.

_____

Lettre du sieur TAPIN pere.

»LA lettre ci-jointe, écrite par mon malheureux fils, à la dame Varnier, où il lui peint toute la fureur d'un homme qui a perdu la tête, à la fin de sa lettre; il demandoit à servir dans la Marine, lorsqu'il est sorti de

Pierre-en-Cife, où il a été renfermé. Il me
demanda à fervir dans le Royal-Artillerie ;
je lui fis avoir une Commiffion de furnu-
méraire pour entrer dans ce Corps. Il y fut
reçu le 15 Septembre 1754 par M. d'In-
villier, Maréchal des Camps & Armées
du Roi, Commandant l'Ecole à Strasbourg.
Il n'y a pas été un mois qu'il fut mis en
prifon, par ordre de fon Commandant,
dont il n'en fortit que par les foins de M. le
Marquis de Thiboutot, qui le fit partir par
le Courier de Strasbourg, où il arriva à Paris
le 19 Décembre fuivant; ce qui eft prouvé
par une lettre ci-jointe que mon fils lui écrit
d'Orléans, où il lui demande de l'inftruire
de ce qu'on dit dans la troupe, de fa fuite.
Depuis 1750, il a été renfermé en différentes maifons ; il n'a pas eu une année de
liberté, malgré le peu qu'il a été libre ; il
a contracté plus de 25000 liv. de dettes dans
différentes Villes du Royaume où il a été.

» Dans cette lettre, il menace de fe tuer
ou de tuer quelques Moines du Mont Saint-
Michel, fi on ne lui accorde fa liberté ».

Lettre écrite à Mademoiselle TAPIN *, par fon frere, qui avoit été repris & remis au Mont Saint-Michel.*

Ma chere Sœur,

» Je ne reçois point de vos nouvelles ; je n'en reçois de perfonne ; car je fuis mort pour la fociété ; graces aux foins infatigables d'un Prieur, Geolier entendu, perfécuteur animé, qui prend le crime pour la vertu, quand faire un crime lui vaut de l'argent. Mais, chere Sœur, fans vous cela ne dureroit plus ; fans vous *ce monftre* enfrocqué, qui ne me parle que le piftolet en poche & pour me tourmenter, auroit été puni de fon audacité. Je vous ai refpectée, parce que je vous aime tendrement, & *c'eft ce qui eft caufe que je n'ai pas femé la mort à tous les Couvens du Mont Saint-Michel, où j'aurois répandu plus de pintes de fang que mon pere n'a de cheveux fur la*

Y 2

tête. *Hélas ! que l'amitié que j'ai pour vous me coûte de maux !* La vengeance qui, pour tous les hommes, a tant d'appas, en auroit pour moi d'infinis, fi en me vengeant il ne falloit que commettre un crime, & que je pus le commettre fans vous déshonorer ; mais par malheur en France, les fautes ne font pas perfonnelles ; c'eft pourquoi il faut que je périffe fans me venger, puifque je ne puis le faire fans vous être préjudiciable. Que mille maux *m'accablent ; que la mort m'enleve, rien ne pourra me changer : je mordrai mon frein ; je fouffrirai tout avec courage ; enfin, ma fœur, je fuivrai tout ce que mon cœur m'ordonnera pour vous ;* c'eft pourquoi foyez tranquille, & foyez certaine que jamais rien ne pourra altérer mes fentimens. J'exige auffi que vous me payiez d'un parfait retour, fi vous pouvez le faire fans offenfer vos parens ; car fi pour leur complaire, il faut me haïr, haïffez-moi, & je ne vous en aimerai que mieux. Rendez-vous heureufe, c'eft toute la grace que je vous demande ; & dès que je vous la faurai, je deviendrai moi-même heureux fur ma paille, en mangeant mon pain noir , buvant un cidre plus mauvais que le jus de coloquinte ou d'aloës , fur-tout que ma captivité ne vous irrite pas contre vos parens ; leurs défauts font pour vous des fujets de refpect ; & d'ailleurs la nature doit fe taire, *quand le devoir commande. Je me ferois fauvé trois fois depuis ma premiere évafion , fi mes camarades étoient de braves gens ; au refte, ils peuvent le devenir ; c'eft pourquoi je pourrai me fauver. Si cela arrive , j'irai en Angleterre chercher un pere & une Patrie ; je fuis certain d'y trouver du fervice.* Adieu, chere fœur, portez-vous bien , ménagez votre fanté , ornez-vous l'efprit tant que vous pourrez ; donnez-vous le plus qu'il vous fera poffible à la lecture des bons livres ; car l'efprit cultivé eft d'une grande reffource ; fur-tout demeurez perfuadée que perfonne ne vous aime ni ne vous chérit davantage que celui qui fe dit votre ferviteur & votre frere TAPIN DE CUILLÉ.

Du premier Septembre 1755. Bien des

complimens à tous nos amis, attachez-vous pour toute grace M. & Madame Varnier, que j'eftime infiniment. Il en coûte en argent, hardes ou effets, plus d'un louis d'or chaque fois que l'on écrit ici, parce que tout n'eft qu'impôt.

Lettre du Pere F R E S N E L , Prieur du Mont Saint-Michel.

Monsieur,

» Je fuis obligé de vous donner avis que Monfieur votre fils eft parti cette nuit pour être transféré à la Baftille. Il a trouvé le fecret d'écrire en Cour, qu'il avoit quelque connoiffance fur l'horrible attentat commis fur la perfonne facrée de Sa Majefté ; & c'eft en conféquence que j'ai reçu ordre de le mettre entre les mains des fieurs Caftelnau & Liegut, Lieutenant de Robe-courte. Je ne puis pas maintenant entrer dans un plus grand détail, parce que le Courier

preſſe , je dois ſeulement vous ajouter qu'il
eſt parti avec la plus grande joie , dans l'eſ-
pérance que cette tranſlation lui procurera
ſa liberté».

J'ai l'honneur d'être avec un profond
reſpect,

>Monſieur ,

>>Votre très–humble & très-
>>obéiſſant ſerviteur FR. G.
>>FRESNEL , Prieur.

Du Mont Saint-Michel , le 2 Février 1757.

Lettre du ſieur TAPIN pere.

MONSIEUR, MON CHER AMI,

» Vous trouverez ci-jointe deux lettres de
mon malheureux fils , où il y a autant de
ſcélérateſſe que dans celles que vous avez.
Je vous prie de me ſeconder à pouvoir parvenir à le faire renfermer le reſte de ſa vie.
Le Gouvernement le doit avec juſtice.

Jugez combien la nature a souffert chez moi depuis plusieurs années ; aussi je suis abasourdi quand il me vient dans l'idée. Adieu mon cher ami, je vous embrasse de tout mon cœur, je n'ai pas la force de vous en dire davantage. T A P I N.

22 *Février* 1757.

Je joindrai une quinzaine de lettres de ce malheureux qui sont après, dans le même goût de celle que je vous envoye.

———————

Lettre du sieur T A P I N *fils, datée de la Bastille, & adressée vraisemblablement au Lieutenant de Police.*

M ONSIEUR,

Malgré les malheureuses impressions que mon pere a pu vous donner sur mon compte, par des placets dictés par la fureur de ses passions, que je ne dois point ici vous peindre, me suffisant de vous assurer que je ne

fuis pas coupable, pour ofer enfuite tout efpérer de vos bontés. Vous connoiffez mon
pere, Monfieur, mais vous êtes mon Juge ;
c'eft pourquoi, fans craindre les effets de la
prévention, qui ne peuvent m'être que très-
défavorables, vu fes délations, je vais,
fans rien céler, vous découvrir mes inquié-
tudes & les motifs qui m'ont décidé à agir
dans l'affaire qui eft caufe aujourd'hui que
je fuis détenu au Château de la Baftille, où
j'aurois été flatté que vous euffiez pris la
peine de m'interroger. Le Subdélégué d'A-
vranche, Monfieur, dans l'interrogatoire
qu'il me fit fubir, inféra une expreffion à
l'avant-dernier ou au dernier article de la
deuxieme page, qui depuis ce temps n'a pas
laiffé que de m'inquiéter, *& dont voici la
fubftance.*

Il me demanda fi j'étois lié étroitement
avec le fieur Baron de Vennac ; je lui répondis que la conformité de malheurs, la
néceffité de fe voir, la contrainte même de
fe faire une fociété, m'avoit fort lié avec
le Baron de Vennac, ce qu'il rendit très-

mal dans fon expofé, par le mot de particuliérement, qui fignifie être lié par même
intérêt, intimité de cœur, conformité de
fentimens, de paffions, de goûts, de plaifirs; chofes que je n'ai point prétendu faire
entendre, d'autant que je n'ai connu le fieur
de Vennac que deux mois environ, ce qui
n'eft pas fuffifant pour fe connoître, s'aimer & être unis, comme le donne à penfer
M. Angot, par fon expreffion de particuliérement. D'ailleurs le caractere de M. le
Baron eft tout différent du mien; fes goûts,
fes paffions & fes mœurs n'ont aucunes
fimilitudes avec les miennes. Eh puis! quel
eft l'homme fage & penfant, qui peut fe
lier avec un autre qu'il n'a pas eu le temps
de pénétrer, d'apprécier, d'approfondir
enfin? c'eft pourquoi il faut plus de deux
mois. Ainfi donc l'on cotera ledit article
dudit interrogatoire, & l'on aura la bonté de
mettre au lieu du mot de particulièrement,
comme l'a déjà fait M. de Rochebrune dans
celui du 26 de ce mois, que j'étois fort lié
avec le fieur de Vennac, uniquement par

la conformité d'état, ne nous ayant point vu assez pour nous estimer, à plus forte raison pour nous aimer.

Revenons maintenant, Monsieur, aux deux motifs qui m'ont décidé à écrire à M. le Garde-des-Sceaux le complot dont le sieur de Vennac m'a fait part, que nous distinguerons, s'il vous plaît, l'un par motif d'état, l'autre par motif particulier, ayant rapport au Ministre & à l'Etat.

Lorsqu'au 8 Janvier la renommée nous apprit, par un son lugubre de sa trompette, l'horrible attentat qu'on venoit de commettre sur l'auguste personne du Roi, je fus des plus alarmés ; je frémis d'horreurs, & la douleur subite qui s'empara de mon ame, fut de ces douleurs caractéristiques qui se démontrent & se manifestent par les signes les plus sensibles : le Baron de Vennac, pénétré du coup que son Maître venoit de recevoir, me parut plus ému que surpris ; & lui en ayant témoigné mon étonnement, il m'accorda dès-lors sa confiance, fut à sa table, prit son porte-feuille, tira un cahier

de grand papier , & me lut le commencement d'un complot, qui loin de calmer ma
douleur , ne fit que l'augmenter , puisqu'il
m'annonçoit que des Officiers du plus beau
régiment de France , des gens de condition , vivant , pour la plupart , de la solde
de leur Prince , nourris de ses bienfaits ,
enrichis même , étoient assez scélérats pour
vouloir verser le sang d'un Monarque qui
ne vit que pour le bien de son Peuple &
son bonheur. Je formai *in pecto* le dessein
d'en avertir M. le Garde-des-Sceaux, ayant
l'honneur d'être connu de lui, & non de
M. d'Argenson, pensant que le sieur de
Vennac m'accusoit vrai, & qu'il n'étoit
pas homme , pour son avancement , à prêter un crime aussi énorme à ses camarades.
D'ailleurs Chevalier de Saint-Louis, bien-
fait de son Prince , & qui n'est dû qu'à
l'activité que ce grand Roi a de marquer à ses Sujets combien il fait de cas
de ceux qui le servent, devant animer le
sieur de Vennac à lui être dévoué, ç'à
me persuada que le zèle seul le faisoit parler,

& que le même zèle l'avoit porté à me dé-
clarer ce projet pour que j'en donnaſſe
avis, eu égard qu'il étoit malade. Je le fis
cependant ſans lui communiquer; & comme
j'avois ouï-dire à un de mes camarades,
qui lui avoit ſervi de Secrétaire pendant ſa
goutte, qu'il avoit écrit pour lui à M. le
Comte d'Argenſon au ſujet d'un complot
formé contre Sa Majeſté, ſes Miniſtres &
contre tous les gens bien venus à la Cour,
je mis en conſéquence dans la miſſive de
M. le Garde-des-Sceaux que M. d'Argenſon
en étoit inſtruit, afin que, conjointement
enſemble, ils puſſent prendre les meſures
néceſſaires pour garantir déſormais Sa
Majeſté d'un pareil événement à celui du
5 Janvier dernier. J'écrivis ma lettre le 13 du
même mois, lorſque M. de Lancize confir-
ma l'accident que juſqu'alors je m'étois
efforcé, pour ma ſatisfaction, de regarder
comme incertain : je la fis rendre par le
Portier à l'Abbé de Durfort ; & comme je
le ſuſpectois beaucoup d'intercepter les
lettres qu'on lui confioit, je me flattai qu'il

respecteroit celle-là, ou que du moins s'il ne la respectoit pas, qu'étant interceptée, elle seroit toujours renvoyée à M. le Garde-des-Sceaux ou à M. le Comte d'Argenson ; & que sa fidélité comme sa trahison, me serviroient également, puisqu'elle apprendroit à la Cour un projet qu'il étoit de l'intérêt de l'Etat qu'elle sçût au plutôt. Passons à l'autre motif.

Le 13 Janvier au soir, renfermé dans ma chambre, je me promenai quelques temps ; ensuite m'asseyant vers ma table, je me recueillis, me disposant à écrire à M. le Garde-des-Sceaux, malgré l'ennuyeuse conversation de mon voisin. Que d'idées ne me vinrent point alors ? Je me rappellai que dans le courant de Décembre le sieur de Vennac avoit écrit aux Archevêques d'Alby & de Toulouse, à l'Evêque de Mende dans le Gévaudan, pour prendre la tonsure ; qu'il avoit mandé la même chose à M. de Peyruse, son Colonel, & à M. du Chayla. Quel parti pour un Officier de 35 ans de service, pour le septieme

Factionnaire du Régiment de Normandie,
pour un fujet fidele, qui fait un complot
contre fon Maître, qui, foit difant, en a
averti, & qui au fortir d'un acte de fidélité, veut terminer fa carriere par un acte
de dévotion, qu'on peut regarder comme
un acte du défefpoir le plus décidé ! D'ailleurs quelle apparence que pour n'avoir
pas campé fous le Havre - de - Grace, il
foit envoyé, par ordre du Roi, dans un
cachot du Mont–Saint-Michel ? Il n'eft
pas douteux qu'il n'eft point de petites
fautes dans le fervice du Roi, mais il en
eft qu'on excufe, fur–tout quand elles font
occafionnées par des malheurs comme la
fienne étoit ; puifque fon camarade, qui
s'étoit chargé de fon argent pour lui faire
faire une tente, s'étoit eftropié en route.
De plus, il a confié le complot qu'il a découvert à M. le Comte d'Argenfon. Il faut
que M. le Comte d'Argenfon, après les
informations que fon activité l'aura porté
à faire, n'ait pas trouvé les chofes comme
il les lui avoit annoncées, puifqu'il ne s'eft

point fait aſſurer des complices qu'il déclare lui avoir dénommés , d'autant que la
fidélité de M. le Comte d'Argenſon ne
peut pas être ſuſpecte ; que le Roi ne l'a fait
ſon Miniſtre que parce qu'il l'a connu ſon
ſujet ; & qu'en outre on ne peut pas trouver un Secrétaire d'Etat plus dévoué à ſon
Maître , & qui ait par-devers lui plus de
belles & de grandes manœuvres. Pourquoi,
me diſois-je encore à moi-même , le Baron
de Vennac , qui veut ſe faire tonſurer,
écrit-il à Gand à Madame la Comteſſe de
Lanoi, qu'il a découvert un complot formé
contre la perſonne du Roi & contre la
Famille Royale ; qu'il lui en envoyoit un
détail, pour communiquer à Sa Majeſté le
Roi Staniſlas , en l'engageant de porter ce
Prince à obtenir du Roi ſon gendre une
audience particuliere pour lui , afin qu'il
puiſſe lui découvrir verbalement ce complot & lui rendre un compte exact de ſa
conduite, au lieu de s'adreſſer pour toutes
ces choſes à M. le Comte d'Argenſon ,
ſujet dévoué aux intérêts de ſon Maître ,

　　　　　　　　　　　　　　Miniſtre

Miniſtre d'Etat, & infatigable quand il faut ſervir l'un à l'autre. Quoi ! ce complot feroit-il un enfant de l'impoſture & de l'ambition ? Le Baron l'a-t-il formé pour perdre M. le Comte d'Argenſon, ou eſt-il vrai ? Comment inſtruire ce Miniſtre ? Ne me connoiſſant point, me croira-t-il ? Cependant, que ne dois-je pas à ſa famille ? Monſieur ſon pere a enrichi le mien : Comment faire ? Pour éviter la perte d'un ſujet fidele, d'un Miniſtre néceſſaire à ſon Maître & à l'Etat, il faut, me diſois-je alors, inſtruire de tout M. le Garde-des-Sceaux ; il avertira M. le Comte d'Argenſon ; on approfondira l'affaire ; on écoutera les délations du Baron ; l'on fera exhibition de ſes papiers ; l'on diſtinguera les coupables d'avec les innocens. Si le fait eſt vrai, les conjurés feront punis féverement : ſi au contraire il eſt faux, le délateur le fera, & par ce moyen j'aurai la double ſatisfaction d'avoir, ou dérobé mon Maître aux coups cruels d'aſſaſſins furieux, ou préſervé un Miniſtre, à la famille duquel je dois une

Tome II. Z

partie de mon bien-être, d'être foupçonné
& accufé d'infidélité, & aurai, pour fur-
croît de bonheur, fait écheoir tous mauvais
deffeins contre mon Roi, & garder à l'Etat
un grand Secrétaire d'Etat pour la partie
de la guerre. Cela bien contrebalancé, je
jugeai qu'il n'y avoit point de temps à
perdre, & que je n'aurois rien de plus preffé
que de donner à M. de Machaut, dont j'ai
l'honneur d'être connu, avis de toutes ces
chofes, & lui écrivis pour cet effet fur le
champ : & peu de jours après, comme je
préfumois que M. le Garde-des-Sceaux
pouvoit mander mon pere pour ce fujet,
j'en touchai quelques chofes dans un poft-
fcript d'une lettre du nouvel an que j'écri-
vois à une Dame, pour qu'en intime amie
elle fît voir cette lettre à mon pere, qui
pour lors auroit été en état de répondre;
c'eft pourquoi je ne me ferois pas adreffé
à ladite Dame, nommée Vernier, fi le
Prieur de la prifon où j'étois, ne m'eût pas
fait dire, le 29 Décembre, que mon pere
ne vouloit plus entendre parler de moi;

résolution que j'attribuai au mensonge dont ce Prieur berçoit mon pere, pour le tromper plus sûrement & m'éterniser dans son colombier.

Je vous supplie, Monsieur, d'instruire M. le Comte d'Argenson des motifs qui m'ont déterminé à agir; de m'honorer auprès de lui de votre protection, afin Monsieur, que de plus qu'à vos prédécesseurs, je vous doive de la reconnoissance, non-seulement pour le bien que vous avez fait à mon pere, mais pour celui que j'aurai reçu de vous, pouvant être certain que si je puis respirer encore en liberté, je ne le ferai que pour m'attacher à vous, & vous prouver, par mon respect & mon sincere attachement, combien je suis dévoué au vrai mérite. J'espere tout de votre protection. J'aurois desiré & desirerois que vous eussiez pu m'entendre au Château de la Bastille; mais en attendant cette faveur que je souhaite, sans oser l'exiger, je vous supplie, Monsieur, de consentir qu'on me donne des livres, d'ordonner à mon pere qu'il ait à m'habiller, tout me manquant, excepté la vie animale, qu'on me laiſſe prendre, de même qu'aux quadrupedes, volatiles & rampans; néanmoins j'ai beſoin d'un peu plus. Pardonnez ſi j'ai été un peu prolixe, j'aurois encore beaucoup de cho-ſes à vous dire, mais il faut que je termine; c'eſt pourquoi je conclus par ce qui me flatte davantage, qui eſt d'être avec ſou-miſſion & un attachement des plus reſ-pectueux,

Monſieur,

Votre très – humble, très-obéiſſant ſerviteur,
TAPIN DE CUILLÉ.

Du Château de la Baſtille, ce 28 Février 1757.

Précis hiſtorique de la détention du Comte
DE LORGES *à la Baſtille pendant trente-*
deux ans ; enfermé en 1757 , du temps de
Damiens , & mis en liberté le 14 Juillet
1789 (1).

AVIS DE L'EDITEUR.

PARMI les Priſonniers que la Baſtille ren-
fermoit dans ſes murs , & qui furent mis
en liberté le 14 Juillet dernier, on remarqua avec ſurpriſe un vieillard, dont la
barbe deſcendoit juſqu'à la ceinture, reſpectable par les maux qu'il a ſoufferts, &
par la longueur de ſa captivité. Cet infortuné étoit le Comte DE LORGES ; il fut
conduit à l'Hôtel-de-Ville après la priſe de
la Baſtille. C'eſt là que je le vis pour la

(1) Ce Précis a paru imprimé quelques jours après
la priſe de la Baſtille. Nous avons cru devoir le conſi-
gner en entier dans ce Recueil, comme une piece eſ-
ſentielle.

Z 3

premiere fois, & j'eus la fatisfaction de l'accompagner jufqu'à l'Hôtel, où on le dépofa. Ses difcours fe reffentoient du trouble où la révolution l'avoit jetté ; il maudiffoit de Sartines, prétendoit qu'il étoit fils d'un Valet-de-chambre, & que c'étoit lui qui, pour de l'argent, l'avoit précipité dans cet abîme de maux d'où on venoit de le tirer. Il difoit auffi que le Château de Vincennes étoit le lieu où il avoit été détenu pendant fi long-temps, & fon étonnement fut extrême, lorfqu'on lui eût appris que c'étoit de la Baftille qu'il venoit de fortir, & nous eûmes de la peine à l'en perfuader ; ce qui nous fit foupçonner qu'il exiftoit un fouterrain qui communiquoit de Vincennes à la Baftille, & qu'on auroit fort bien pu le transférer d'un Château dans un autre.

J'obtins la permiffion d'aller le revoir, j'en profitai : il me raconta l'hiftoire de fa détention, & me promit de me détailler les autres circonftances de fa vie. Des affaires m'appellerent à la campagne : de retour, je n'eus rien de plus pressé que d'aller voir le Comte de Lorges ; j'appris avec douleur que las de vivre avec une génération qui lui étoit inconnue, il avoit demandé à la Nation une retraite où il pût finir paisiblement sa carriere , & que sa demande lui avoit été accordée ; & voilà pourquoi je ne donne au Public que l'histoire de sa détention.

Le Prisonnier à la Bastille pendant trente-deux ans.

NATION sensible & généreuse, qui avez fait luire pour moi l'aurore de la liberté, vous saurez les maux que j'ai soufferts, vous saurez comment, pour avoir eu le malheur d'offenser une courtisane fameuse, maîtresse du plus despote des Rois, j'ai été jetté dans un noir cachot, comme le plus grand scélérat. Vous avez brisé les chaînes du despotisme ; vous êtes libres , & jamais Peuple ne fut plus digne de l'être.

Pompadour régnoit en France ; elle seule

Z 4

faifoit les Miniftres, nommoit les Généraux
& difpofoit généralement de toutes les
places du Royaume. Un pofte venoit-il à
vaquer, les Courtifans l'obtenoient à force
de baffeffes & d'humiliations. L'honnête
homme aimoit mieux languir dans l'obfcu-
rité, que de venir au milieu d'une Cour
corrompue, faire lâchement fa cour & men-
dier une grace à une proftituée. Bernis,
pour un Quatrain infipide, eft parvenu aux
dignités les plus éminentes de l'Eglife. Un
abus auffi criant me révolta, mon ame s'en
indigna, & j'ofai confier au papier les fentimens qui m'animoient.

La vérité, cette fille augufte du ciel,
bleffa des yeux qui n'étoient point accou-
tumés à la voir: mon écrit déplut; j'avois
dévoilé les manœuvres infidieufes de la
Favorite, j'avois démafqué fes indignes
partifans: tel fut mon crime, & dès-lors
ma perte fut affurée.

Sartines, de glorieufe mémoire, fut
chargé d'exécuter des ordres miniftériels;
il fut enchanté de la commiffion, parce que

ma plume ne l'avoit pas ménagé : auſſi lâcha-t-il contre moi une meute de Sbires infernaux, qui vinrent ſe ſaiſir de ma perſonne.

Je ſortois d'entre les bras du ſommeil ; des ſonges affreux en avoient altéré la douceur, & ne m'avoient laiſſé jouir d'aucun repos ; j'avois vu l'Ange de la mort planer ſur ma tête, & me menacer de ſon glaive étincelant ; il étoit même prêt à me frapper, lorſque je fus réveillé en ſurſaut par les coups redoublés que j'entendis à ma porte. Un brigand, à la tête de ſa troupe, s'élance, & au nom du Deſpote, il oſe porter ſur moi une main ſacrilége. Je frémis ! mon premier mouvement fut de réſiſter, mais foible & ſans armes, je vis qu'il étoit inutile de m'oppoſer à la force. On m'entraîne & on me force d'entrer dans une voiture qui me conduit à la fatale priſon.

Quel étoit mon crime ? L'élan d'une ame Républicaine, qui ſouffre de voir le vice triompher, & la vertu en bute aux traits de la perſécution.

J'arrive à ce monument élevé par le defpotifme, j'y entre, le pont-levis s'abaiffe,
& je me vois enterré tout vivant dans une
prifon. J'étois recommandé au Gouverneur;
il avoit ordre de ne me laiffer parler à perfonne & de me renfermer dans le cachot le
plus noir.

Deux jours fe paffent fans voir aucun
être vivant, fi ce n'eft le Guichetier qui
m'apportoit du pain & de l'eau. Le troi-
fiéme jour, j'entends l'énorme porte de
mon cachot rouler fur fes gonds. Un friffon
involontaire s'empare de tous mes fens.
Ayant entendu parler des horreurs qui fe
çommettoient fecrettement dans ce fort
infernal, je crus que mes ennemis alloient
terminer ma trifte carriere.

On me conduit devant un Tribunal de
fang; Sartines fiégeoit fur les lys & m'interrogeoit. Jamais le menfonge n'a fouillé
mes lèvres, & la vérité fortit toute pure de
ma bouche. Sa premiere queftion fut de
me demander fi véritablement je m'appel-
lois le Comte de Lorges? Je lui répondis
que oui.

La feconde, fi j'étois l'Auteur d'un livre qu'il me repréfenta, où l'on fe permettoif, difoit-il, les invectives les plus fanglantes contre la Cour & ceux qui la compofoient?

Je lui répondis que oui ; ajoutant qu'on ne devoit point appeller invectives des faits connus de tout le monde.

La troifieme, quel étoit le nom de l'im-primeur dudit livre ?

Je lui répondis, que connoiffant l'Auteur, il lui étoit inutile de connoître l'Imprimeur ; d'ailleurs qu'ayant promis de ne jamais le nommer, aucune puiffance humaine ne me forceroit de le faire.

La quatrieme, pourquoi & dans quelle intention j'avois compofé ledit livre ?

Réponfe. Que je n'avois de compte à rendre de mes intentions qu'à l'Etre-Su-prême.

Mon Juge termina fon interrogatoire en me difant, Monfieur, vous ne vous plain-diez point, puifque vous-même vous ve-nez de vous accufer coupable. Je ne daignai

point répondre à ce qu'il venoit de me dire.
Pendant qu'on rédigeoit le procès-verbal,
je levai les yeux machinalement fur le pla-
fond de la falle, j'y apperçus une trappe....

. Bien des perfonnes m'ont connu avant
ma détention, quelques-unes exiftent encore ; aucune, fans doute, n'a jamais foupçonné mon courage, & ne m'a cru capable
de lâcheté : la Nature a donc horreur de
la deftruction, puifque j'avouerai que je ne
fus pas maître d'un tremblement univerfel
à la vue de la trappe fatale ; mon fang fe
glaça dans mes veines, & mes cheveux fe
dreflerent fur ma tête. Le Magiftrat ne fit
pas femblant de s'appercevoir de mon trouble, & me fit conduire dans mon cachot.

Pendant deux mois j'attendis de jour en
jour l'heure de ma délivrance, mais en
vain : je croyois, dans la fimplicité de mon
ame, que le féjour que j'avois fait dans ce
Fort redoutable, devoit plus qu'expier la
faute d'avoir fait parler la vérité. Infortuné
que j'étois, je ne favois pas que la moindre
offenfe, faite au pouvoir arbitraire, eft tou-

jours fuivie de la plus terrible vengeance.

Trois ans s'étoient déjà écoulés, & mes fers, loin de s'alléger, pefoient encore davantage fur mon individu ; le défefpoir dans le cœur, je tentai de les brifer : plus l'entreprife étoit périlleufe & difficile, plus je m'obftinai à vouloir la mettre à exécution. Toute communication au-dehors m'étoit fermée par une triple grille de fer, & une double porte, également de fer, me défendoit toute iffue pour le dedans. Ces difficultés, prefqu'invincibles, ne me rebuterent point, & je ne défefpérai point de parvenir à me pratiquer une fortie à travers les redoutables barreaux.

Des chevilles de fer tournées en vis, foutenoient le bois de mon lit, je les apperçus, & j'en fis ufage de la maniere fuivante. Ces vis ayant des afpérités raboteufes, préfentent la forme d'une lime ; je m'en fervis donc pour corroder les barreaux. Mes premieres tentatives n'eurent pas beaucoup de fuccès, & l'ouvrage n'avançoit que trèsfoiblement : cependant avec de la patience

on vient à bout de tout, & j'avois déjà la
fatisfaction de voir deux grilles percées,
lorfque je fus fupris dans mon ouvrage par
un Porte-clef, qui me dénonça au Gouverneur, & l'on me transféra dans un autre
cachot, où l'on m'ôta toute efpèce de reffource pour brifer mes fers.

Quel étoit donc votre deffein, me dira-t-on, fi vous étiez parvenu à vous pratiquer une iffue à travers les grilles?

J'aurois fait une corde avec mes draps,
ma couverture & mes vêtemens; je l'aurois
attachée à un barreau, & je me ferois laiffé
couler le long de la corde; enfuite m'abandonnant à la providence, je ferois tombé
dans les foffés; peut-être ma chûte n'ayant
point été dangereufe, j'aurois pu m'évader
à la faveur de la nuit. Peut-être auffi la
mort auroit été la fuite de mon imprudence, mais alors mes fers étoient brifés &
mes maux finis pour jamais.

Les années s'écouloient & n'apportoient
aucun changement à mon fort; trifte &
abattu, je coulois mes jours dans l'amer-

tume & le chagrin , maudiffant le defpotifme & fes cruels Miniftres.

Après une captivité auffi longue & auffi
rigoureufe , l'Etre-Suprême a pris en pitié
ma deftinée malheureufe, & n'a pas permis
que je finiffe ma carriere au fond d'un cachot : des décrets éternels avoient décidé
que la Nation Françoife , après un fommeil
létargique de plus de quatre fiecles , fe ré-
veilleroit , & qu'au bruit des chaînes que
briferoit la liberté , les Miniftres du defpotifme fuiroient , frappés de la profcription
des Peuples , & couverts d'une infamie
éternelle.

Rappellez — vous ce jour à jamais mémorable dans les faftes de la France ; la
douzieme heure fonnoit, foudain un bruit
fourd fe fait entendre & retentit jufques au
fond de mon cachot. Les tubes d'airain
tonnent & vomiffent la mort. Je treffaillis ;
le Grand Condé avoit affiégé autrefois cette
Fortereffe ; des idées confufes agitent mon
efprit , & l'efpérance renaît dans mon cœur.
Le bruit ceffe , & bientôt des chants de

triomphe & d'allégreſſe viennent frapper mes oreilles. Les Soldats de la Liberté
montent en foule, les portes de mon cachot
s'ébranlent & tombent ſous les coups redoublés des aſſaillans. Ils entrent: ô vous !
leur dis-je , qui que vous ſoyez , délivrez
un vieillard infortuné, qui gémit dans les
fers depuis plus de trente ans. Le ſaiſiſſe-
ment que j'éprouvai ne me permit pas de
rien dire davantage. On me fait ſortir de
mon cachot ; on m'apprend la révolution
qui vient de s'opérer, & comment les François ſont devenus libres.

Un honnête Agent-de-Change ſe charge
de moi ; il me fait monter dans une voiture,
& m'accompagne juſqu'à l'Hôtel-de-Ville.
Une foule immenſe rempliſſoit la place de
Greve, & demandoit à grands cris le traître
Gouverneur. Il arrive, des cris de joie ſe font
entendre , tout le monde veut le voir, & il
n'eſt déjà plus ; il a reçu la juſte punition
de tous ſes crimes. Bientôt Fleſſelle paie de
ſa tête ſa lâche complaiſance : il entretient
une correſpondance avec nos ennemis, &

de

de concert avec eux, il veut amufer les Citoyens jufqu'au moment terrible, où l'armée combinée devoit mettre en feu la Capitale. L'Ange tutélaire de la France n'a pas voulu que la Nation la plus floriffante du monde entier reftât en proie aux horreurs d'une guerre civile, n'a pas voulu que le pere s'armât contre le fils, & que les projets infernaux d'un Prince maudit à jamais & d'une femme fans pudeur euffent un fuccès auffi barbare & auffi funefte.

L'exemple terrible de deux têtes coupables les ont fait trembler ; ils ont fui, & la France a béni le jour où fon fein n'a plus été fouillé de leur finiftre préfence.

Pardon, généreux François, pardon, fi je vous rappelle des jours de fang & de malheurs ; pour moi, le fouvenir m'en eft bien cher, puifque c'eft à cette époque à jamais mémorable, que ma liberté m'a été rendue. Je veux la célébrer à jamais : oui, je veux que le quatorzieme jour de Juillet foit un jour de fête, & que les débris de ma fortune fervent à rendre tous les ans

Tome II. A a

libres cinq Prifonniers , qu'un engagement
précipité auroit mis dans les fers.

· En relifant cet abrégé des maux que j'ai
foufferts , je vois que j'ai omis une circonf-
tance dans l'interrogatoire que l'on me fit
fubir lors de mon entrée à la Baftille.

De Sartine , avant de m'interroger ,
commença par me dire qu'il étoit bien
malheureux pour moi de me voir privé de
ma liberté à la fleur de mon âge ; que fans
doute j'avois des ennemis fecrets qui avoient
fi bien épié ma conduite , que rien de ce
que j'avois fait & de ce que j'avois dit ne
leur étoit échappé , & qu'ainfi il me con—
feilloit de ne cacher dans mes réponfes aucune de mes actions ; qu'on ne m'avoit fait
arrêter que pour avoir mon aveu, & que ,
auffi-tôt que je l'aurois donné , on ne tarde-
roit pas à me remettre en liberté.

· Le perfide interrogateur n'eut pas plutôt
fait briller à mes yeux un rayon d'efpérance,
que j'avouai tout ce qui me concernoit. Cet
aveu ne fut point fuffifant , il voulut con—
noître ceux qu'il appelloit mes complices ,

fauteurs & adhérens. Voyant que les pro-
meffes qu'il me faifoit d'une liberté pro-
chaine, ne produifoient fur moi aucun
effet, il me menaça de me jetter dans un
cachot ténébreux, où je n'aurois pour nourriture que du pain & de l'eau, & de m'y
faire refter pendant cent ans s'il le falloit,
fi je perfiftois dans mon obftination. J'op-
pofai à toutes les rufes & feintes de mon
interrogateur, la fermeté d'un roc ; rien ne
put m'engager à manquer à ma parole &
à violer les loix de l'honneur.

Confus & défefpéré de n'avoir pu découvrir ce qu'il defiroit favoir, Sartine
conféra un inftant avec le Gouverneur,
enfuite me fit reconduire dans mon cachot.

Huit jours fe pafferent fans que j'enten-
diffe parler de rien ; le neuvieme je reçus
la vifite du Gouverneur, qui, avec une
apparence de douceur & de bienveillance,
me dit qu'enfin, graces à fes foins & fes
follicitations, il étoit parvenu à me faire
rendre ma liberté ; & voilà, ajoutoit-il, la
lettre–de–cachet qui eft levée, & la figna-

ture du Miniftre qui en fait foi. Je crus,
fort innocemment, que le Gouverneur
s'étoit véritablement employé pour moi
auprès des Supérieurs. Mon erreur étoit
bien grande; j'ignorois que ce tour infâme
d'agens miniftériels ne faifoient aucun fcrupule de fe fervir de toutes fortes de moyens
pour tromper leurs malheureufes victimes,
& les faire tomber dans leurs piéges.

Je m'épuifois donc en remerciemens
pour les bontés de mon hôte charitable.
Ceffez, me dit-il, de me remercier, j'ai fait
ce que j'ai dû, & vous ne devez m'en avoir
aucune obligation. Le Miniftre a parlé au
Roi en votre faveur; le Roi eft jufte & clément, il n'a pas balancé à me rendre la liberté, à condition toutefois que vous nom-
merez vos complices. Je vis alors la rufe,
& ne pouvant retenir mon indignation, je
lui dis: fors, malheureux, retourne vers
tes femblables, annonces-leur que je fouffrirai mille morts avant d'être affez lâche
pour devenir un vil dénonciateur.

Ma réponfe déconcerta le Gouverneur;

qui, en fortant, me lança un regard fou-
droyant, & me dit: malheureux, il te fied
bien d'infulter & de braver tes Maîtres;
va, tu auras le temps de te repentir de
ton obftination & de ton infolence. Je ne
fis pas grande attention à ces paroles;
mais un féjour de trente-deux ans dans un
cachot, m'a fait voir malheureufement que
la prédiction n'avoit été que trop accom-
plie.

Nation généreufe, vous avez voulu connoître mes malheurs, ils vous intérefferont,
j'en fuis fûr, votre cœur m'en eft garant.
Mes maux font finis, j'en rends graces à
l'Eternel; ma captivité me paroît un fonge,
& autant j'en reffentis jadis la rigueur, autant aujourd'hui j'éprouve de douceur à
vivre à l'ombre des loix & fous le regne de
la juftice & de la liberté.

1661, 22 Février.

Claude - Joseph TERRIER DE CLAIRON *,*
Préſident de la Chambre des Comptes de
Dôle, arrêté & mis à la Baſtille pour
avoir fait imprimer & diſtribuer, dans
Paris, un Ouvrage en vers & en proſe,
intitulé : Hiſtoire Allégorique de ce qui
s'eſt paſſé de plus remarquable à Beſançon, depuis l'année 1756.

CETTE Hiſtoire contient une ſatyre
contre la plus grande partie des Membres
du Parlement de Franche-comté, & en
particulier, contre M. de Boyne, Intendant ; & M. le Duc de Randan,
Commandant de cette Province.

On a ſoupçonné le ſieur de Clairon,
d'avoir fait imprimer ladite Hiſtoire allégorique, pour ſe venger de M. de Boyne,
qui l'avoit fait exiler à Limoges, en 1757,
lors du retour à Beſançon des trente Ma-
giſtrats du Parlement qui avoient été exilés

pour s'être opposés à l'enregiftrement de la Déclaration du Roi du 7 Juillet 1756, qui ordonnoit la levée d'un fecond Ving-tième. Le Préfident de Clairon avoit été faire fon compliment aux exilés, lors de leur retour, & on craignoit qu'il ne continuât d'échauffer les efprits & qu'il cabalât avec les mal-intentionnés.

Ce Préfident étoit fort pauvre ; il logeoit à Paris, depuis deux ans & demi, dans un cabaret en chambre garnie avec une fervante.

Pour vivre, il vendoit de l'orviétan & débitoit une poudre & une racine, pour la fievre & les hémorrhoïdes.

Il a été exilé à Dôle, lors de fa fortie de la Baftille, qui arriva le 29 Mars 1761.

Le nommé Michelin avoit imprimé le libelle de Befançon, & le nommé Kolman le diftribuoit.

1761 , 22 Février.

Françoise ALANO dite LANCEAU , native de Vannes , âgée de soixante-dix ans , fille de Boutique de la veuve Anclou , Libraire au Palais , mise à la Bastille le 22 Février 1761.

CETTE fille avoit remis le manuscrit d'un ouvrage impie & blasphématoire intitulé : *l'Oracle des anciens fideles* , au nommé Prudent de Roncours , Colporteur , pour le faire imprimer.

On arrêta cette fille pour tâcher de connoître l'auteur de ce mauvais ouvrage ; mais ayant constamment soutenu qu'elle ne le connoissoit pas , le manuscrit lui ayant été apporté par un homme à elle inconnu , on lui rendit sa liberté le 19 Avril 1761.

Il fut prouvé depuis que c'étoit Michelin dont il est parlé dans l'affaire du Président de Clairon , qui avoit imprimé cet ouvrage.

1761 , 26 Février.

Jean VALADE DE LAVALLETTE , Avocat
au Parlement, demeurant à Paris, fut mis
à la Baftille le 26 Février 1761.

AYANT appris en 1756 qu'on avoit proposé à M. le Comte de Saint - Florentin
la réunion de l'Ordre du Saint-Esprit de
Montpellier à celui de Saint - Lazare , il
s'ingéra de dresser des Mémoires sur cet
objet ; & à la faveur de M. le Maréchal de
Belle-Isle, il parvint à faire présenter au
Roi , par M. de Champcenets , deux Mémoires , tendans à effectuer cette réunion ,
& à régir les biens desdits ordres.

Par ces Mémoires, le sieur de Lavallette
exposoit que , soit que l'Ordre du Saint-
Esprit de Montpellier fût réuni ou non à
celui de Saint-Lazare, le Roi retireroit plusieurs millions , provenant de la réception
des Chevaliers , des charges qui seroient
vendues dans l'Ordre , & dont un des fils
de France seroit Grand-Maître.

Sans attendre une décifion fur fa demande, il forma une Compagnie, dreffa un plan de fociété, donna des intérêts dans fon entreprife projettée, & parvînt à tirer de fes affociés plus de cinquante mille livres.

Pour appuyer la prétendue réuffite de ce projet, il communiqua à fes affociés un billet écrit de la propre main du Roi, qu'il relata même dans l'acte de fociété, & qui fut la bafe de la confiance que fes affociés prirent en lui.

Dans le fecond Mémoire préfenté au Roi, le fieur de Lavallette demandoit la permiffion de communiquer fes idées à M. le Dauphin; c'eft ce qui donna lieu au billet dont il eft queftion. Voici la copie de ce billet.

Il y a long-tems que j'ai choifi intérieurement celui que je nommerai Grand—Maître de Saint-Lazare ; quand je l'aurai déclaré, le fieur Valade de Lavallette pourra lui communiquer ces projets, ou à celui qui s'en mêlera pour lui. Mon fils n'a que faire à cela ; ainfi

il ne faut pas qu'il lui en parle. Du reſte, je
loue fort les ſoins & recherches qui ont été
faites.

Il paroît que le ſieur de Lavallette avoit
voulu ſouſtraire ſon entrepriſe au département de M. le Comte de Saint-Florentin,
que le Roi nomma par la ſuite Vice Gérend
des Ordres Hoſpitaliers & Militaires du
Saint-Eſprit de Montpellier & de celui de
Saint - Lazare, pour gouverner ces Ordres
juſqu'à ce que M. le Duc de Berry, qui en
étoit le Grand-Maître, eût atteint l'âge de
majorité, afin d'en revêtir M. le Maréchal
de Belle-Iſle, qui prétendoit que l'Ordre
du Saint-Eſprit de Montpellier étant Militaire, ne pouvoit regarder qu'un Militaire,
& non M. de Saint-Florentin, qui n'en
avoit que l'adminiſtration pure & ſimple.

Le projet du ſieur de Lavallette ayant
échoué, & ſes aſſociés ayant appris ſon
empriſonnement à la Baſtille, pluſieurs
abandonnerent leur miſe, & d'autres re-
mirent des pieces à leurs Procureurs pour
faire aſſigner Lavallette en reſtitution des
ſommes qu'il avoit touchées.

Pour arrêter toute action & empêcher qu'une affaire de cette espece qui ne regardoit que le Roi, ne fût plaidée dans les Tribunaux, il y eut un Arrêt d'attribution au Lieutenant Général de Police, pour connoître de toutes les contestations qui pourroient survenir entre Lavallette & ses prétendus associés, & pour être par lui jugées.

Les associés promirent de ne point redemander leur argent, & en donnerent même leur désistement.

Lors de sa sortie de la Bastille, le sieur de Lavallette fut exilé à Mazamel en Languedoc, son Pays; depuis relégué à Laval dans le Bas Maine, où il est mort le 24 Juin 1763.

Le Subdélégué de M. l'Escalopier, Intendant de Tours, qui avoit été chargé d'éclairer la conduite & les liaisons du sieur de Lavallette, fit apposer les scellés sur ses papiers & effets après son décès, pour retirer tous ceux qui pourroient intéresser le service du Roi & l'Ordre du Saint-Esprit de Montpellier.

Dès l'année 1757, le fieur de Lavallette avoit été exilé à 50 lieues de Paris. Son exil ne dura que jufqu'au 10 Décembre fuivant, ayant été rappellé par la protection de M. le Maréchal de Belle-Ifle, qui l'appuyoit pour plufieurs projets, & entr'autres pour celui du rétabliffement de l'Ordre du Saint-Efprit de Montpellier.

Il avoit obtenu, en qualité de Confeil dudit Ordre, la permiffion d'en porter la croix; & à l'aide de cette décoration, il s'occupoit à faire des dupes dans Paris.

Ce fut là le motif de l'ordre d'exil.

Lors de fa fortie de la Baftille, il fut averti que fi on le trouvoit encore portant cette croix, il feroit mis en prifon.

1761 , 6 Juin.

La dame de B... premiere Femme-de-chambre de Madame la Dauphine , fut arrêtée à Versailles , & amenée à la Baſtille le 3 Juin 1761 , en vertu d'un ordre contreſigné Phelyppeaux ; elle en eſt ſortie le 21 deſdits mois & an , en vertu d'un ordre du Roi contreſigné par le même Miniſtre.

ELLE avoit vendu des diamans & des bijoux de prix , appartenans à Madame la Dauphine.

Elle a fait elle-même ſa déclaration par écrit le 5 Juin 1761.

La voici.

Je déclare que c'eſt moi qui ai vendu la pendeloque & les diamans qui entouroient le Saint-Jean Nepomucene pour onze mille francs ou environ , ſans beſoin d'argent , aux Juifs & à Guidamour , Jouaillier. Je m'en accuſe avec le repentir & la douleur la plus amere. J'avois trouvé la pendeloque entre la commode

& *la toilette ; & le Saint-Jean aux pieds du fauteuil où on met les habits. Il étoit caché en partie par le rideau.*

Je protefte n'être coupable que de ces deux crimes qui font fuffifans pour que je me faffe horreur, & de n'avoir jamais pris aucuns deniers, ni n'en ai eu la tentation.

Je demande pardon à Dieu & à mes Maîtres. Chaque inftant qui me refte à vivre fera employé à expier une action fi abominable.

Lors de fa fortie de la Baftille, la dame de B......... a été transférée à Guingamp en Bretagne, au Couvent des Dames de Montbareil, d'où elle s'évada le 21 Novembre 1761, & revint à Paris, enfuite à Verfailles, où elle fut arrêtée & amenée à Sainte-Pélagie. Elle y étoit encore en 1768.

La dame de B....... étoit fœur de lait de M. le Dauphin. Il eft queftion dans une note fur fon affaire, d'un prétendu prêt de cent cinquante mille livres fait à Madame la Dauphine, par l'entremife d'une dame Aubert & de la dame de

B......., & d'un fieur Horutener , Négociant de Rouen.

Ce particulier étoit un des plus forts affociés du fieur de Lavallette : ce dernier
avoit probablement déterminé Horutener
à prêter cette fomme , qu'on lui difoit être
pour Madame la Dauphine , dans l'efpérance que cette Princeffe , dont la dame
Aubert lui avoit offert la protection par le
canal de la dame de B........, s'intéref-
feroit à la réuffite de deux affaires qu'il avoit
projettées.

La premiere affaire étoit devant M. de
Silhouette pour un plan général de finance.

La feconde affaire devant M. de Saint-
Florentin pour la réunion des deux Ordres
de Saint-Lazare & du Saint-Efprit de Montpellier.

(Voyez l'article de Lavallette 26 Février 1761).

1761, 5 Juin.

Henri COPINEAU, *âgé de vingt-sept ans,*
natif de Paris, ci-devant Secrétaire de M.
le Duc de Fronsac, mis à la Bastille le 5
Juin 1761, & sorti le 30 Août de la même
année.

M. de Sartine ayant reçu des plaintes
contre le sieur Copineau, chargea un Officier de Police de les vérifier & de s'assurer
de sa conduite.

Il résulta des informations qui furent faites
que Copineau étoit un intriguant très-dangereux ; de sorte qu'il fut arrêté & conduit
à la Bastille.

Non-seulement il se permettoit les propos les plus indécens contre les Ministres &
la foiblesse de la Nation , critiquant sans
retenue les opérations du Gouvernement ;
mais encore il se disposoit, ainsi qu'il en est
convenu, à passer chez l'Etranger.

Il disoit avoir le secret de prétendues

Tome II. B b

citadelles flottantes, dont M. Berryer avoit rejetté le projet inventé & préfenté par le fieur Bazin pere, Ingénieur & Machinifte, au moyen defquels on deviendroit, felon lui, les maîtres de la mer. Son intention étoit de paffer en Hollande pour tâcher de tirer parti de ce projet, ayant déjà eu à ce fujet une correfpondance avec le fieur Af-lær, Bourguemeftre d'Amfterdam.

Ce fut le fieur Bazin fils qui porta des plaintes contre Copineau & qui fut caufe que l'on s'affura de fa perfonne. Ils avoient été liés enfemble, mais ils s'étoient brouillés, parce que Copineau fe vantoit d'être l'auteur du projet en queftion, & qu'il cherchoit à en faire fon profit. Comme il promettoit d'abandonner totalement ce projet & de ne plus donner aucun fujet de plaintes contre lui, on lui accorda fa liberté.

D'ailleurs, fon frere, Précepteur des enfans de M. le Duc de Fleury, offrit de veiller fur fa conduite & d'en répondre.

———————

1761 , 15 Juin.

Marie-Elisabeth–Charlotte VALERIE DE
BRULS *, veuve* WASSER *, dite*
DUTILLEUL, *foi–difant Milady Mantz,
mife à la Bastille le 15 Juin 1761.*

CETTE femme étoit une aventuriere célèbre & la plus grande menteufe qu'il y
ait jamais eu.

Elle fut arrêtée & conduite à la Bastille
pour avoir écrit à M. le Duc de Choifeul
une lettre fignée du faux nom de *Likinda*,
par laquelle elle difoit avoir connoiffance
d'un prétendu complot contre la perfonne
du Roi, dans lequel complot fe trouvoient
des gens du premier rang qui devoient exécuter eux-mêmes un attentat contre la vie
de Sa Majefté, & que fi la chofe n'étoit
pas encore faite, c'eft que l'on vouloit en-
velopper dans la conjuration toute la Famille Royale.

Etant enfermée à la Bastille, elle a fait

B b 2

des écritures à l'infini pour l'hiftoire de fa
vie , Roman plein de fauffetés , fe difant
tantôt Lorraine , tantôt de Vienne en Au-
triche , bâtarde de grands Seigneurs , puis
légitime , prenant toutes fortes de noms.

Cette aventuriere, dans une procuration
que lui avoit donnée Madame la Marquife
de Treftondon , pour faire un emprunt d'argent pour elle , fe qualifie de *très-noble &*
très-puiffante dame Comteffe de Lobkowitz ,
née Comteffe de Brulz des deux Monts , Dame
Haute-Jufticiere du Comté de d'Hetéhonde ,
née Chevaliere de Malthe , par privilege ac-
cordé par le Pape Honorius Ier , à la très-
illuftre famille de Jean de Brienne , premier
Prince de Tyr & enfuite Empereur de Conf-
tantinople , de laquelle eft iffue ladite dame de
Lobkowitz , veuve de feu Meffire Joachim
Waffer , Comte d'Herchoud , Capitaine Ma-
jor dans le Régiment Suiffe de Vigier depuis
Caftellas.

Elle portoit la croix & le cordon de Malthe ; mais elle difoit qu'on lui avoit volé
à Paris , en 1753 , fes titres , en vertu def-

quels elle avoit droit , par ſa naiſſance , de les porter ; qu'on lui avoit volé en même-tems ſes titres qui lui donnent droit de porter la croix & le cordon de l'Ordre de Saint-André , & qu'elle avoit perdu auſſi tous les titres & papiers de ſa famille.

Il n'y a point d'idées extravagantes , de fables & de fauſſes hiſtoires que ſon imagination ne lui ait ſuggérées.

Elle eſt ſortie de la Baſtille le 10 Mai 1762 , ayant fait ſa ſoumiſſion de quitter le Royaume & de n'y jamais rentrer que par permiſſion du Roi.

Elle fut conduite à la Diligence de Bruxelles , & on ne la quitta point qu'elle ne fût partie.

Quoique ſon exil n'ait point été révoqué , elle a oſé revenir à Paris , en prenant la qualité de Milady Mantz , & ſous ce faux titre , elle a eſcroqué des diamans & différentes marchandiſes.

En conſéquence , elle a été arrêtée une ſeconde fois & conduite à la Baſtille le 18 Mars 1765 , d'où elle eſt ſortie le 14 Juillet

B b 3

fuivant, en lui faifant renouveller la foumiffion qu'elle avoit déja faite de fortir du
Royaume, conformément à la lettre d'exil
du mois de Mai 1762.

Madame la Marquife de Treftondam,
dont il eft parlé plus haut, avoit connu à
Nancy la prétendue Milady Mantz, qui
lui avoit efcroqué de l'argent, & à qui elle
avoit confié des papiers de famille fort importans, qui fe font trouvés dans ceux qu'on
a faifis à ladite dame Milady Mantz, & qui
ont été rendus à Madame de Treftondam,
fur la réclamation qu'elle en a faite.

La Bruls avoit trente-cinq ans ou environ
lorfqu'elle a été mife à la Baftille pour la
premiere fois.

1761 , 29 Juillet.

Louis Comte d'H.... Chambellan de l'Impé-
ratrice Reine de Hongrie , âgé de vingt-
quatre ans , natif de Prague en Bohême ,
mis à la Baftille , en vertu d'un ordre du
Roi contrefigné Phelyppeaux , en date du
29 Juillet 1761 , forti le 2 Août fuivant ,
fur un ordre du Roi expédié par le même
Miniftre.

IL avoit été accufé d'avoir voulu empoifonner le fieur G...., Banquier, de la femme
duquel il étoit amoureux , & qu'il vouloit
emmener avec lui à Vienne.

Il s'étoit adreffé pour cela au nommé
Pock , fon Valet-de-chambre, qui en fit fa
déclaration.

La dame de G..... par des confidérations
particulieres , ne fut pas arrêtée.

Dans une lettre écrite à M. de Sartine ,
M. de Saint-Florentin s'exprime ainfi :

Si vous pouvez éviter de faire arrêter la

femme du Banquier , vous ferez bien , vous
favez qu'il y a ici des gens qui s'y intéref-
fent.

Les lettres de la dame G..... au Comte
d'H..... ne font point mention de poifon ;
il n'y eft queftion que de regrets fur le départ du Comte pour Vienne , où il devoit
fe rendre par ordre de l'Impératrice, pour
le tems du mariage de l'Archiduc Jofeph ,
qui étoit fixé aux premiers jours du mois
d'Octobre 1761.

En fortant de la Baftille , le Comte d'H...
a été remis au fieur Buhot , Infpecteur de
Police , qui l'a conduit jufques fur la fron-
tiere pour fortir du Royaume.

M. le Comte de Staremberg , Ambaffadeur de l'Impératrice, qui s'étoit rendu garant de la liquidation & du paiement des
dettes qu'avoit contractées ici le Comte
d'H.... , fit vendre , après fon départ , par
un Huiffier-Prifeur , les chevaux & équipages qu'il avoit laiffés pour fûreté de
paiement d'une partie defdites dettes.

Nota. C'étoit un nommé Doucet qui devoit fournir le poifon avec lequel on devoit faire empoifonner le fieur de G.....

On fit des recherches pour faire arrêter ce particulier, mais inutilement ; il y avoit plus de deux mois qu'il avoit difparu de Vaugirard, où il demeuroit chez le nommé Duval.

1761.

Détails fur l'affaire du Canada, trouvés à la Baftille.

IL étoit queftion de malverfations, abus, fauffetés & infidélités, dans la partie des finances, tant pour l'approvifionnement des Magafins du Roi, en marchandifes, que pour la fourniture des vivres faite dans les Villes, forts & poftes de la Colonie. On fit arrêter ceux qui les avoient commis ; & on inftruifit leur procès, en vertu d'une Commiffion du Confeil de Police du Châtelet de Paris, ladite Commiffion établie par Lettres-Patentes du mois de Novembre 1761.

Le fieur François Bigot , Intendant en
Canada , principal accufé , fut arrêté &
conduit à la Baftille , le 17 Novembre
1761 , en vertu d'ordre du Roi du 13
dudit mois.

Il étoit convaincu d'avoir , pendant le
temps de fon adminiftration dans la Colonie , favorifé les abus & commis lui-
même des infidélités dans la partie des
finances , l'une des plus importantes de
celles dont il étoit chargé ; fur - tout ,
quant à l'approvifionnement des magafins
du Roi en marchandifes.

Primo. D'avoir préparé les voies auxdits abus , en infinuant au Miniftre , par
fes lettres , & notamment par celle du
8 Octobre 1749 : « qu'il y avoit l'avan-
» tage pour le Roi , d'acheter à Quebec
» les marchandifes pour fon fervice ;
» la colonie en étoit pourvue pour trois
» ans (1) , & qu'elles ne reviendroient

---

(1) Faifons ici une obfervation , c'eft que tous les
malverfateurs , chargés des approvifionnemens d'une ville
ou d'une province , commencent tous par dire qu'ils ont

» peut-être pas fi cher qu'à les prendre
» en France, en payant la Commiffion
» & le frêt : » & par celle du 30 Septembre
1750 : » que ce qu'il avoit acheté à Quebec
» ne revenoit pas auffi cher que ce qu'on
» avoit envoyé de Rochefort ; tout y
» étant à peu de chofe près, au prix de
» France ; » & d'être ainfi parvenu à in-
nover à la maniere ancienne d'approvifionner les magafins du Roi, & à en
fubftituer jufqu'en 1756, une nouvelle,
qui a été très - préjudiciable aux intérêts
de Sa Majefté.

Secundo. D'avoir fait recevoir, dans les
magafins du Roi à Quebec, dès 1749,
les marchandifes qui lui ont été envoyées
fur le Navire *la Renommée ;* en conféquence d'une police de fociété qu'il avoit
formée, avant fon départ de France, en
1748, avec une maifon de commerce de

des approvifionnemens pour long-temps ; & après avoir
endormi ainfi le peuple, ils font naître tout d'un coup
la difette & la cherté, afin de fe procurer de gros bé,
néfices.

Bordeaux, dans laquelle société il avoit cinq dixiemes, dont à son arrivée dans la Colonie, il a cédé deux dixiemes au sieur Breard, Contrôleur de la Marine à Quebec, suivant la nouvelle police de ladite Société, faite pour six années, & signée dans ladite Colonie, à la date du 10 Juillet 1748; & d'avoir à la faveur de ladite innovation, continué l'approvisionnement desdits magasins avec les marchandises qui lui étoient envoyées chaque année, sur les états de demande qu'il adressoit à ladite Maison.

Tertio. D'avoir favorisé la maison de commerce du nommé Claverie à Quebec, connu dans la Colonie, sous le nom la Friponne, en y faisant prendre par préférence les marchandises nécessaires au service. Dans laquelle maison, construite en 1750, par permission dudit sieur Bigot, sur un terrein appartenant au Roi, & contigu à ses magasins, & qui a subsisté depuis 1751, jusqu'en 1753; ledit Breard & le sieur Estebe, Garde - magasin &

enſuite Négociant en Canada, étoient
aſſociés, & le ſieur Bigot étoit ſuſpecté
de l'avoir été.

Quarto. D'avoir approviſionné leſdits
magaſins du Roi, tant avec les pacotilles
que ledit Breard faiſoit venir chaque année
de France, pour ſon compte perſonnel,
qu'avec la majeure partie des cargaiſons
du Navire *le Saint-Mandé*, dans lequel
leſdits ſieurs Bigot, Breard, Eſtebe &
Pean, Aide-major des Troupes de la Marine
en Canada, étoient intéreſſés; & de l'Angélique, dans lequel ledit ſieur Bigot étoit
ſuſpect de l'avoir été avec les mêmes;
& néanmoins d'avoir aſſuré le Miniſtre
par ſa lettre du 12 Février 1756 : » que
» les intérêts qu'il pouvoit avoir eus,
» n'avoient regardé en rien le ſervice du
» Roi, ni ne l'avoient détourné un inſtant
» du zele qu'il devoit avoir pour ceux de
» Sa Majeſté; » & d'avoir dénié au procès
toutes les ſociétés ci-deſſus prouvées à ſon
égard; n'étant même connu de la plupart

d'icelles que fur la repréfentation des pieces de lui fignées.

Quinto. D'avoir fait entrer pareillement dans lefdits magafins du Roi, la plus confidérable partie des pacotilles qui lui étoient arrivées en 1757 & 1758, ainfi que d'autres marchandifes achetées par des particuliers dans la Colonie.

Sexto. D'avoir auffi fait entrer dans les magafins du Roi, les marchandifes provenant defdites fociétés & pacotilles, & des particuliers de la Colonie, à des prix fupérieurs à ceux que les marchandifes de même efpece étoient vendues par les Négocians de ladite Colonie; laquelle furvente, faite au préjudice de Sa Majefté, a eu lieu de différentes manieres : foit en donnant ou tolérant par ledit Bigot des prix & bénéfices au-deffus du cours du commerce ; foit parce que du nombre des marchés, fignés par ledit Bigot, il s'en trouve qui font datés d'un temps antérieur ou poftérieur aux fournitures, & rapprochés par ce moyen des époques, auxquelles

les prix du commerce étoient plus forts;
soit enfin, parce que les marchandises,
achetées de l'ordre dudit Bigot, dans la
Colonie, ne sont entrées dans lesdits magasins que de la seconde main; ce qui
est notamment arrivé en 1755 & 1756;
que des marchandises achetées de l'ordre
dudit Bigot, chez des Négocians de Quebec, au bénéfice par lui réglé, sont entrées dans les magasins du Roi, sous
d'autres noms que ceux des Négocians qui
les avoient vendues, & ont été payées en
partie à des prix beaucoup plus forts,
suivant aucuns des marchés, signés par
ledit Bigot.

Septimo. D'avoir tellement toléré l'usage
des prête-noms (dont il s'est servi lui-
même) dans la passation des marchés, que
presqu'aucune des ventes qui se font faites
aux magasins du Roi, ne paroît sous les
noms des véritables vendeurs; ce qui
avoit pour but d'empêcher qu'il ne fussent connus.

Octavo. D'avoir à la faveur des fausses

déclarations qu'il a fait faire pendant plusieurs années au Bureau du Domaine, par les Gardes-magasins de Quebec, portant, « que les marchandises desdits na- » vires, *la Renommée*, *le Saint-Mandé*, » *l'Angélique*, & autres, étoient pour le » compte du Roi » ; exempté lesdites marchandises des droits dus au Domaine, & d'avoir profité de cette exemption par rapport à aucunes desdites marchandises ; exemption dont il a passé la reprise dans les comptes que le Receveur des Domaines lui rendoit.

Nono. D'avoir, depuis l'établissement du tirage des lettres de change à trois termes, d'année en année, interverti l'ordre qu'il avoit proposé lui-même, & que le Ministre avoit approuvé, en se faisant délivrer à lui-même, ou en accordant à sa société ou à ceux qu'il vouloit favoriser, une plus grande quantité de lettres de change du premier terme qu'il ne le devoit, quoiqu'il eût promis au Ministre, par sa lettre du 22 Juillet 1753, « d'avoir attention

» tention à traiter tout le monde également
» ment & fans aucune préférence ».

Decimo. D'avoir, fans obferver les formalités des publications & encheres preferites pour les adjudications des Pelleteries du Roi, vendu de gré à gré, lefdites pelleteries audit Eftebe, avec lequel il étoit intéreffé, ainfi que ledit Breard, quoique par les procès-verbaux fignés dudit Bigot, & dont aucuns font fous des noms empruntés, il paroiffe que lefdites formalités ont été remplies.

Undecimo. D'avoir, contre la teneur de fes inftructions qui lui prefcrivoient d'approvifionner les magafins du Roi à Montréal & ceux des forts, avec des marchandifes tirées des magafins de Quebec, ou achetées chez des Négocians de la même ville, autorifé le fieur Varin, Commiffaire-Ordonnateur de la Marine à Montréal, à acheter, à Montréal, les marchandifes néceffaires au fervice, à compter de 1756 ; temps auquel la fociété avec ladite maifon de commerce de Bordeaux étoit

Tome II. C c

expiré ; & d'avoir pareillement autorifé le fieur Cadet, Munitionnaire pour le Roi en Canada, à faire paffer, tant à l'Acadie que dans les pays d'en haut, des marchandifes, pour les vendre au Roi dans lefdits endroits ; ce qui a caufé un préjudice confidérable aux intérêts de Sa Majefté.

Duodecimo. D'avoir figné inconfidérément des états de marchandifes fournies aux poftes de la Chine & de Niagara, au bénéfice de deux cents pour cent, qu'il n'avoit accordé que comme les ayant deftinées aux poftes les plus éloignés, & d'avoir arrêté d'autres états de marchandifes fournies au pofte de Miramichy, qui avoient été refaits de fon ordre, & dans lefquels les quantités de marchandifes étant augmentées de moitié, & les prix diminués dans la même proportion, les totaux fe trouvoient être les mêmes que ceux portés dans les premiers états.

Quant à la fourniture des vivres faite par ledit Cadet, Munitionnaire général, à compter de 1757, dans les villes, forts

& postes , (duquel Munitionnaire l'établis-
fement n'avoit été confenti par le Miniftre
que dans la vue d'arrêter le progrès des
dépenfes exceffives de la régie qui étoient
précédemment en ufage dans la colonie);
ledit Bigot duement atteint & convaincu
d'avoir favorifé ledit Munitionnaire général , qui étoit en fociété avec lefdits Pean
& Maurin , Caiffier du Munitionnaire à
Montreal ; Corperon, Caiffier du Munitionnaire à Quebec, & Penniffault, Commis du Munitionnaire , & d'avoir toléré
les abus qui fe font pratiqués relativement
à la fourniture defdits vivres , par la plus
grande négligence dans cette partie de fon
adminiftration.

Primo. En ce qu'il a accordé , avec trop
de facilité , audit Cadet, des indemnités ,
fans en fixer le montant , & qu'il lui a
laiffé la liberté de les faire convertir en
diftributions de rations & vivres, dans les
états de confommation qu'il fignoit lorfqu'ils lui étoient préfentés, & d'après lefquels il délivroit fes ordonnances en forme,

pour en procurer le paiement audit Cadet.

Secundo. En ce que faute par ledit Bigot d'avoir donné connoiffance fuffifante du marché dudit Munitionnaire, par les extraits envoyés aux différentes perfonnes chargées de concourir à fon exécution, il en eft réfulté, premierement, que les bateaux du Roi, dont ledit Cadet avoit, fuivant fon marché, la liberté de fe fervir pour le tranfport de fes vivres, à la charge de les entretenir, ont été néanmoins entretenus aux dépens de Sa Majefté; fecondement, que les rations diftribuées aux troupes en quartier d'hiver dans les campagnes, ont été employées dans les états de fournitures des forts où la ration étoit payée prefque le double; troifiémement, que les billets de vivres à fournir, tant à Montréal qu'à la Chine, aux troupes, aux Miliciens & aux Sauvages, étoient, pour la plus grande partie, tirés fur le pofte de la Chine par les Officiers, & employés par les Gardes-magafins fur les états dudit pofte, quoique les prix de la Chine fuffent

de vingt-trois fols en temps de paix, &
de vingt-fept fols en temps de guerre, pendant que ceux de Montréal n'étoient que
de neuf fols en temps de paix, & de
dix fols & demi en temps de guerre; de
tous lefquels abus font réfultés les gains
énormes dudit Cadet & de fa fociété.

Quant aux tranfports des effets du Roi,
le fieur Bigot a été convaincu d'avoir pré-
judicié aux intérêts de Sa Majefté, relativement aux prix qu'il a accordés pour le
fret aux bâtimens qui ont tranfporté lefdits
effets, dans partie defquels bâtimens il
étoit intéreffé, ainfi que lefdits Pean,
Breard & Eftebe, tous lefquels abus, malverfations, prévarications & infidélités ont
caufé un préjudice confidérable aux intérêts
du Roi, & procuré des gains illégitimes,
de partie defquels le fieur Bigot a profité (1).

_____

(1) L'hiftoire du fieur Bigot & de fes adhérans eft
l'hiftoire de tous les fripons & monopoleurs de leur
efpece. Voilà les véritables moyens dont ils fe fervent
tous pour faire d'énormes fortunes La feule différence

Pour réparation de quoi, par Jugement du 10 Décembre 1763, le fieur Bigot a été banni à perpétuité hors du Royaume ; fes biens acquis & confifqués au Roi ; fur fes biens préalablement pris la fomme de mille livres d'amende envers le Roi, & quinze cent mille livres par forme de reftitution au profit de Sa Majefté.

Le Roi donnoit 20 liv. par jour au Gouverneur de la Baftille, pour la nourriture du fieur Bigot.

Jacques-Michel BREARD *, Contrôleur de la Marine à Quebec, mis à la Baftille pour même affaire.*

Il étoit convaincu d'avoir, pendant le temps qu'il faifoit les fonctions de Contrôleur de la Marine à Quebec, favorifé les abus & commis lui-même des infidélités, tant pour les marchandifes que pour les vivres & denrées fournis aux magafins du Roi à Montréal.

---

entr'eux eft dans l'art de cacher plus ou moins leurs manœuvres fous les beaux noms de probité & d'humanité qu'ils font fans ceffe répéter par des prôneurs.

Condamné, par Jugement du 10 Décembre 1763, au banniffement pour neuf ans, de la ville de Paris; en outre condamné en 500 livres d'amende envers le Roi, & par forme de reftitution au profit du Roi, en trois cent mille livres.

Il fut arrêté à la Rochelle, le 24 Avril 1762, en vertu d'un ordre du Roi du 17 dudit. De la Rochelle il fut conduit à la Baftille.

Le Roi payoit fix francs par jour au Gouverneur pour la nourriture de ce prifonnier.

Jean-Victor VARIN, Commiffaire Ordonnateur de la Marine à Montréal en Canada, arrêté & conduit à la Baftille le 16 Novembre 1761, en vertu d'un ordre du Roi du 13 dudit.

Convaincu d'avoir auffi toléré les abus, & commis lui-même des infidélités, tant dans l'approvifionnement des magafins du Roi en marchandifes, que dans l'approvifionnement des vivres, & d'avoir été également infidele dans fon adminiftration, re-

Cc 4

lativement aux tranfports des effets du Roi,
de Montréal dans les Forts ; en augmentant le prix defdits tranfports au préjudice
du Roi, & en partageant avec les fieurs
Pean, Martel & d'Auterive, les profits illégitimes réfultans de ladite augmentation.

Par jugement du 10 Décembre 1763, il
fut banni à perpétuité hors du Royaume :
tous fes biens confifqués ; mille livres d'a-
mende envers le Roi, & par forme de reftitution, 1,500,000 livres au profit de Sa
Majefté.

Le Roi donnoit 10 liv. par jour pour la
nourriture de ce prifonnier à la Baftille.

Jean-Baptifte MARTEL DE ST.-ANTOINE*,
ci-devant Garde des Magafins du Roi à
Montréal, arrêté & conduit à la Baftille
le 2 Novembre 1761, en vertu d'ordre du
Roi du 13 dudit, 3 livres par jour pour fa
nourriture.*

Par jugement du 10 Décembre 1763,
mandé à la Chambre pour y être admonêté,
en préfence des Juges, 6 livres d'aumône,

& en outre cent mille liv. par forme de reftitution envers le Roi, & jufqu'au paiement des reftitutions prononcées , garder prifon au Château de la Baftille.

Jofeph CADET , *Munitionnaire général des vivres en Canada , arrêté & conduit à la Baftille le 25 Janvier 1761 , en vertu d'ordre du Roi du 21 dudit.*

Cet homme a exercé l'adminiftration la plus infidele & la plus préjudiciable aux intérêts du Roi.

Par jugement du 10 Décembre 1763 , il a été banni pour neuf ans de la Prévôté & Vicomté de Paris , condamné à 500 livres d'amende envers le Roi , & par forme de reftitution , au profit de S. M. , en fix millions.

Il a été déchargé de la peine du banniffement. Le Roi donnoit fix francs par jour pour fa nourriture à la Baftille.

Louis-André—Antoine JOACHIM PENNIS-
SEAULT , *Commis du Munitionnaire en
Canada ; il a été arrêté & conduit à la Baftille le 15 Novembre 1761, en vertu d'ordre
du Roi , du 13 dudit , 3 livres pour sa
nourriture.*

François MAURIN , *Caissier du Munitionnaire à Montréal , arrêté le 25 Novembre
1761, sur un ordre du Roi du 13 dudit ,
& conduit à la Bastille , 3 livres pour sa
nourriture.*

Jean CORPRON , *Caissier du Munitionnaire
à Quebec , arrêté le 23 Novembre 1761 ,
sur un ordre du Roi du 13 dudit , & conduit à la Bastille , 3 livres pour sa nourriture.*

Penniffeault, Maurin & Corpron , ont
coopéré aux abus qui se pratiquoient, relativement aux fournitures de marchandises
faites dans les Villes, Forts & Postes de la
Colonie , & ont participé aux gains illégitimes, résultans des prix trop haut accordés
auxdites fournitures , ainsi qu'à ceux prove-

nans de l'entreprise générale des vivres faite par le sieur Cadet, avec lequel ils étoient associés, à raison d'un treizieme.

Toutes lesquelles malversations, encore qu'une partie ait été réparée, tant par la suppression d'aucuns des états qui les contenoient, que par des restitutions, ont, quant à la seule partie des vivres, de l'aveu des sieurs Cadet, Pennisseault, Morin & Corpron, porté jusqu'à douze millions le gain qu'ils ont fait en 1757 & 1758, sur une fourniture, montant, suivant la déclaration de Cadet, à onze millions seulement de prix d'achat (1).

Par jugement du 10 Décembre 1763, Pennisseault fut banni pour neuf ans de la Ville & Vicomté de Paris ; condamné à 500 liv. d'amende, & en six cens mille livres, par forme de restitution, au profit du Roi.

_____

(1) Quel appétit que l'appétit des frippons ! De simples commis, ils deviennent bientôt des millionnaires, & si par hasard, ils échappent à la perspicacité des observateurs, ils passent bientôt pour des gens d'une haute probité & d'un grand génie.

Maurin, par le même jugement, fut aussi banni pour neuf ans; condamné à 500 liv. d'amende & six cens mille livres par forme de restitution, envers le Roi.

Corpron mandé en la Chambre pour y être admonêté en présence des Juges, condamné en six livres d'aumône & en six cens mille livres au profit du Roi.

Pierre-Jacques PAYEN DE NOYAN *, Chevalier de l'Ordre Royal & Militaire de Saint-Louis, Lieutenant de Roi de la Ville des Trois-Rivieres, & commandant au Fort-Frontenac en Canada, arrêté à Corbeil le 5 Avril 1762, en vertu d'ordre du Roi du 21 Mars.*

Convaincu d'avoir visé inconsidérément & sans examen, l'inventaire des vivres du Fort-Frontenac, cédés au Sr Cadet, lequel inventaire avoit été refait & diminué de moitié au préjudice des intérêts de Sa Majesté; comme aussi d'avoir, étant alors aux Trois-Rivieres, pareillement visé sans examen l'inventaire des vivres pris audit

Fort l'année précédente ; lequel, de l'aveu du fieur Cadet, avoit été refait & confidérablement augmenté, & d'avoir gardé une fomme d'argent en ordonnances, que ledit Cadet avoit laiffée chez ledit de Noyan.

Par jugement du 10 Décembre 1763, mandé en la Chambre, pour y être admonêté en préfence des Juges, condamné en fix livres d'aumône.

Le Roi donnoit au Gouverneur de la Baftille fix livres par jour pour la nourriture de ce prifonnier.

Jean-François VASSAN *, commandant le fecond Bataillon de la Marine au Fort de Niagara en Canada, arrêté & conduit à la Baftille le 7 Avril 1762, fur un ordre du Roi du 5 dudit, 6 liv. pour fa nourriture.*

Daniel JONCAIRE CHABERT *, Lieutenant des Troupes de la Marine, & ci - devant commandant au Portage de Niagara en Canada, arrêté & conduit à la Baftille le 27 Janvier 1762, en vertu d'ordre du Roi du 13 Novembre 1761, 3 livres pour fa nourriture.*

François-Paul DUVERGÉ DE ST-BLIN ,
Lieutenant servant dans les Troupes de la
Marine en Canada , ci-devant comman-
dant au Fort de la Riviere au Bœuf, arrêté
& conduit à la Bastille le 16 Novembre
1761, en vertu d'ordre du Roi du 13 dudit,
3 livres pour sa nourriture.

Convaincu d'avoir visé inconsidérément
& sans examen les inventaires des vivres
qui se trouvoient dans les Forts où ils com-
mandoient, & cédés au sieur Cadet en conséquence de son marché ; (lesquels inventaires avoient été refaits & réduits à moitié)
& avoir pareillement visé sans examen les
états de consommation des vivres & rations
fournies auxdits Forts , (lesquels états
avoient été refaits & augmentés au-dessus
de la fourniture réelle) ; défenses à eux de
récidiver sous telles peines qu'il appartien-
dra (*par jugement du 10 Décembre 1763*).

Jean-Pierre LABARTHE *, Garde des Maga-*
sins du Roi à Montréal , arrêté & conduit
à la Bastille le 16 Novembre 1761 , en
vertu d'ordre du Roi du 13 dudit.

Mis hors de Cour fur les plaintes & accufations intentées contre lui. (*Jugement du*
10 Décembre 1763) *3 livres pour fa nour-*
riture.

Pierre RIGAUD *, Marquis* DE VAUDREUIL,
Gouverneur & Lieutenant Général pour le
Roi en Canada , arrêté & conduit à la Baf-
tille le 30 Mars 1762 , en vertu d'ordre du
Roi du 21 dudit.

Mis en liberté le 18 Mai 1762, fur un
jugement de la commiffion du 17 ; en état
d'ajournement perfonnel , & en vertu d'un
ordre du Roi dudit jour 17.

Déchargé de l'accufation par jugement
du 10 Décembre 1763.

Le Roi donnoit 20 liv. par jour au Gouverneur de la Baftille pour la nourriture de
ce prifonnier.

Charles DESCHAMPS DE BOISHEBERT ,
ci–devant Commandant pour le Roi à Miramichy en Canada , arrêté & conduit à la
Baftille le 20 Novembre 1761 , en vertu
d'ordre du Roi du 13 dudit.

Mis en liberté le 18 Mai 1762 , fur un
jugement de la Commiffion du 17, en état
d'ajournement perfonnel , & en vertu d'un
ordre du Roi dudit jour 17.

Déchargé de l'accufation , par jugement
du 10 Décembre 1763.

Le Roi donnoit 15 livres par jour pour la
nourriture de ce prifonnier.

François LE MERCIER , ci–devant Commandant de l'Artillerie en Canada , arrêté &
mis à la Baftille le 27 Novembre , en vertu
d'ordre du Roi du 13 dudit.

Déchargé de l'accufation , par jugement
du 10 Décembre 1763. ▭ 15 liv. par jour
pour fa nourriture.

Nicolas

Nicolas DESMELOIZES , *ci-devant Aide-*
Major des Troupes du Canada , arrêté le
6 Avril 1762 , en vertu d'ordre du Roi
du 5.

Mis en liberté le 18 Mai, fur un jugement
de la Commiffion du 17 , en état d'ajournement perfonnel , & en vertu d'un ordre
du Roi dudit jour.

Déchargé de l'accufation, par jugement
du 10 Décembre 1763.——6 livres par jour
pour fa nourriture.

Paul PERRAULT *, ci-devant Major Général*
des Milices en Canada , arrêté & mis à la
Baftille fur un ordre du Roi du 5 Avril
1762.

Déchargé de l'accufation , par jugement
du 10 Décembre 1763.

Le Roi donnoit 6 francs par jour pour la
nourriture de ce prifonnier.

Claude-Nicolas FAYOLLE , ci-devant Ecri-
vain de la Marine en Canada , arrêté &
mis à la Baftille , fur un ordre du Roi du 2
Décembre 1761.

Déchargé de l'accufation, par jugement
du 10 Décembre 1763.— 3 livres par jour
pour fa nourriture.

Michel-Jean HUGUES PEAN , ci - devant
Aide-Major des Troupes de la Marine en
Canada , arrêté le 17 Novembre 1761 , en
vertu d'ordre du Roi du 13 dudit.

Par jugement du 10 Décembre 1763,
plus amplement informé de fix mois , pendant lequel tems gardera prifon , les preuves
demeurantes en leur entier.

Par jugement du 25 Juin 1764 , hors de
Cour , & fix cens mille livres de reftitution
envers le Roi.

Le Roi donnoit au Gouverneur de la
Baftille 15 livres par jour pour la nourriture du fieur Pean.

Guillaume E S T E B E S , ci-devant Garde Magafins du Roi à Quebec , arrété à Bordeaux , & conduit à la Baftille , fur un ordre du Roi du 17 Mai 1762.

Il avoit figné, de l'ordre du fieur Bigot, des déclarations faites au Bureau du Domaine de Quebec, portant « que les mar—
» chandifes , chargées fur des Navires ,
» dans aucuns defquels ledit Eftebe étoit
» intéreffé, étoient arrivés pour le compte
» du Roi », lefquelles déclarations ont procuré auxdites marchandifes l'exemption des droits du Domaine , dont ledit Eftebe a profité en partie, & d'avoir pareillement profité des gains illégitimes réfultans des furventes des marchandifes fournies aux magafins du Roi par les fociétés , dans lefquelles il étoit intéreffé.

Condamné par jugement du 10 Décembre 1763 , à être mandé en la Chambre, pour y être admonêté en préfence des Juges ; condamné en 6 livres d'aumône , & en outre par forme de reftitution , au profit de

D d 2

Sa Majefté , en trente mille livres.—3 liv.
pour fa nourriture.

Le fieur DE VILLERS , ci–devant Contrôleur
de la Marine en Canada , & conduit à la
Baftille , fur un ordre du Roi du 2 Dé–
cembre 1761.

Mis en liberté pure & fimple le 15 Mai
1762 , en vertu d'ordre du Roi du 28 Avril.
—3 liv. pour fa nourriture.

Le fieur BARBEL , ci–devant Ecrivain de la
Marine en Canada, arrêté en vertu d'ordre,
de même date que celui ci–deffus.

Mis en liberté pure & fimple, le 16 Mai
1762, en vertu d'ordre du Roi du 28 Avril.
— 3 liv. pour fa nourriture.

Vingt-trois perfonnes ont été mifes à la
Baftille pour cette affaire.

Il en coûtoit au Roi pour leur nourriture
164 liv. par jour.

Nota. M. de Sartine , pour fon travail
dans l'affaire du Canada, a eu une penfion,
fa vie durant, de 6000 livres, à compter
du premier Juin 1764, par Brevet du Roi

du 4 Mars 1764, contreſigné Duc de Choi-
ſeul, payable ladite penſion ſur les Tréſo-
riers Généraux des Colonies. (1)

Tous les Conſeillers & Officiers de Juſtice qui ont eu part à l'inſtruction & au ju
gement, ont eu auſſi des penſions ou gratifications.

Le Major & l'Aide-Major de la Baſtille
ont obtenu auſſi des gratifications à l'occaſion de leur ſervice particulier dans ladite
affaire.

1762, 12 Janvier.

DÉCLARATION du ſieur Paul-René
DU TRUCHE DE LA CHAUX,
détenu, de l'ordre du Roi, au château
de la Baſtille.

L'AN mil ſept cent ſoixante-deux, le
douze Janvier, dix heures du matin, nous

---

(1) Cette penſion n'eſt point compriſe dans l'etat nomi-
natif des penſions à l'article SARTINE, parce qu'il ne s'agit,
dans cet état, que des penſions ſur le Tréſor-Royal. Ainſi,
pour connoître toutes les penſions que les Vampires françois ſe ſont adjugées, il ne faut pas s'en tenir à l'état du
Tréſor-Royal, il faut examiner tous les autres Départe-
mens, & c'eſt-là où l'on fera de belles découvertes.

Agnan-Philippe Miché de Rochebrune, Avocat au Parlement, Conseiller du Roi, Commissaire au Châtelet de Paris.

En exécution des ordres qui nous ont été adressés hier par M. le Lieutenant-Général de Police, à l'effet de nous transporter au Château de la Bastille, pour y recevoir la déclaration du sieur de la Chaux, Garde du Roi, & qui y est détenu en vertu des ordres de Sa Majesté, & dresser procès-verbal de ce qui lui est arrivé à Versailles le six du présent mois.

Sommes transportés au Château de la Bastille, dans la salle du Conseil, où étant nous y avons fait venir de sa chambre ledit Sr de la Chaux, & après lui avoir fait entendre le sujet de notre transport au sujet de l'événement du six du présent mois, nous avons reçu sa déclaration, ainsi qu'il suit:

Dudit jour Mardi douze desdits mois & an, dix heures un quart du matin.

Paul-René du Truche de la Chaux, âgé de vingt-neuf ans, de la Paroisse de Saint-Vincent, Diocese de Bazas, Ecuyer,

Garde du Roi, de la Compagnie de Luxembourg, amené de Versailles audit Château de la Bastille le Dimanche dix du présent mois.

Déclare, après serment de dire vérité, que venant d'acheter du tabac rue des Récollets à Versailles, le six du présent mois, vers les neuf heures du soir, il est passé dans la rue du Grand-Commun, & étant arrivé devant le bâtiment des Affaires étrangeres, à côté du Bureau de la Guerre, il a apperçu deux particuliers, l'un haut de cinq pieds quatre pouces, vêtu d'un méchant habit noir, & portant un collet d'ecclésiastique, & l'autre vêtu d'un juste-au-corps verd bordé d'un galon d'or de la largeur d'un travers de doigt, ayant des bottes à ses jambes, & haut de cinq pieds de cinq à six pouces; que ces deux particuliers, en saluant & accostant le déclarant vêtu du grand uniforme de Garde du Roi, lui ont dit : « Vous êtes Garde » du Roi, & comme on nous a dit qu'il y » avoit grand couvert, voudriez-vous

» bien avoir la complaifance de nous y
faire entrer » ? Que le déclarant, en s'a-
dreffant à l'Eccléfiaftique, lui a dit : « Je
» ne puis vous rendre ce fervice ; il fau-
» droit que vous fuffiez produit par quel-
» qu'un, & avoir un billet du Capitaine de
» quartier. Au furplus, vous vous prenez
» trop tard pour obtenir un pareil billet.
» A l'égard de Monfieur, parlant du par-
» ticulier vêtu du jufte-au-corps vert, il
» ne pourroit pas entrer au grand cou-
» vert dans la décoration où il fe trouve ».
Que ces deux particuliers, en infiftant,
lui ont répondu : « Mais malgré ces cir-
» conftances, ne pourrions-nous pas y
» entrer par votre moyen » ? Et en enten-
dant le déclarant leur répliquer : « Je ne
» ne puis point vous obliger en cela », ils
lui ont répondu : « Mais Monfieur, vous
» qui êtes fi poli, pouvez-vous nous re-
» fufer cette fatisfaction ? Nous fommes
» des étrangers arrivés aujourd'hui à Ver-
» failles, nous devons en partir demain,
» & s'il nous eft abfolument impoffible

» d'entrer au grand couvert, fuivant que
» vous nous le dites, au moins nous vous
» prions de nous mettre à portée de voir le
» Roi & d'en approcher »; « Et où, s'eft
écrié le déclarant ? « Dans le lieu, ont-ils
» dit, où doit paffer le Roi, foit pour
» entrer au grand couvert, foit pour en
» fortir ». Que ces particuliers auxquels le
déclarant a repréfenté que ce qu'ils lui de-
mandoient étoit fort extraordinaire, lui ont
répondu : « Nous n'avons aucune mauvaife
» intention ; nous n'agiffons que pour
» donner à une religion déjà anéantie
» toute la force qu'il convient, & à un
» peuple opprimé fa liberté. Si vous nous
» faites ce plaifir, nous vous offrons pour
» récompenfe notre reconnoiffance & tout
» ce que vous pouvez defirer »; tous lefquels propos ont été tenus, partie en marchant, partie en s'arrêtant : que le déclarant a été frappé d'étonnement fur une
pareille ouverture, & ils fe font apperçus
de la confternation où étoit le déclarant,
qui, pour les tranquillifer, leur a dit : « Il

» n'y a rien de plus jufte que ce que vous
» dites : fuivez-moi , Meffieurs , vos motifs
» font équitables ». Que l'ayant fuivi encore quelques pas , ils fe font arrêtés en
paroiffant fe confulter enfemble pendant
que le déclarant montoit la premiere
marche de l'efcalier qui conduit au corridor où logent M. l'Evêque d'Orléans &
d'autres perfonnes : que le déclarant , qui
s'eft retourné , leur a dit : « Eh bien , Mef-
» fieurs , vous ne me fuivez point » ! Et s'é-
tant approchés auffi-tôt du déclarant , ils
fe font écriés d'une voix ferme : « Quels
» font vos deffeins » ? Que le déclarant ,
qui eft monté quelques marches & eft parvenu fur le premier carré , a fait réponfe :
« Coquin , de t'arrêter » , & en criant , *au*
fecours , *à moi la Maifon* , il a mis l'épée
à la main , & a faifi au collet le particulier
vêtu de verd , qui , s'étant dégagé des
mains du déclarant , a tiré fon couteau de
chaffe ; qu'alors le déclarant lui a porté
au corps un coup de fon épée , laquelle
s'eft caffée d'abord , parce qu'il étoit cou-

vert; que ce particulier s'appercevant que
le déclarant étoit sans défense, il a pour-
suivi le déclarant, qui lui a porté au visage
un coup du tronçon de son épée, & dans
le moment, le déclarant s'est senti frappé
à la tête, d'un coup qui lui a été porté par derriere, par l'Ecclésiastique, que le déclarant
a saisi de la main gauche : qu'alors le particulier vêtu de verd a porté avec son couteau de chasse, un coup à la mamelle droite
du déclarant qui a été renversé par l'Ecclésiastique qui l'a pris aux cheveux : que
le déclarant qui a crié de toutes ses forces,
& avec la voix la plus ferme, *au secours,*
au secours, à l'assassin, a été assailli par ces
deux particuliers, qui, le voyant par terre,
lui ont mis un mouchoir dans la bouche,
pour l'empêcher de crier, & l'ont acca-
blé de coups : que le déclarant, qui a perdu
connoissance, a entendu dire, sans savoir
par lequel des deux, « Bougre de mouche,
tu fais des projets; mais tu n'en rendras
point compte : que le déclarant, qui est
resté près d'une demi-heure sans connois-

fance, eft revenu enfin à lui, & ayant eu la force de fe relever, il a fait quelques pas, & eft tombé par terre, où il a été relevé par des Gardes du Roi qui font venus à paffer, & qui ont entendu les cris du déclarant qui demandoit du fecours, mais d'une voix baffe & plaintive à caufe de la foibleffe où il fe trouvoit : que le déclarant a été conduit d'abord dans l'appartement de Madame de Saint-Sauveur, & enfuite tranfporté à l'infirmerie des Sœurs de la charité de Verfailles, où il a été mis dans la falle deftinée aux Gardes du Roi, qui eft tout ce qu'il a dit favoir.

Lecture à lui faite de fa déclaration, a dit qu'elle contient vérité; de ce interpellé, a perfifté, & a figné avec nous Commiffaire. *Signés* LA CHAUX & MICHÉ DE ROCHEBRUNE.

Fin du Tome II.

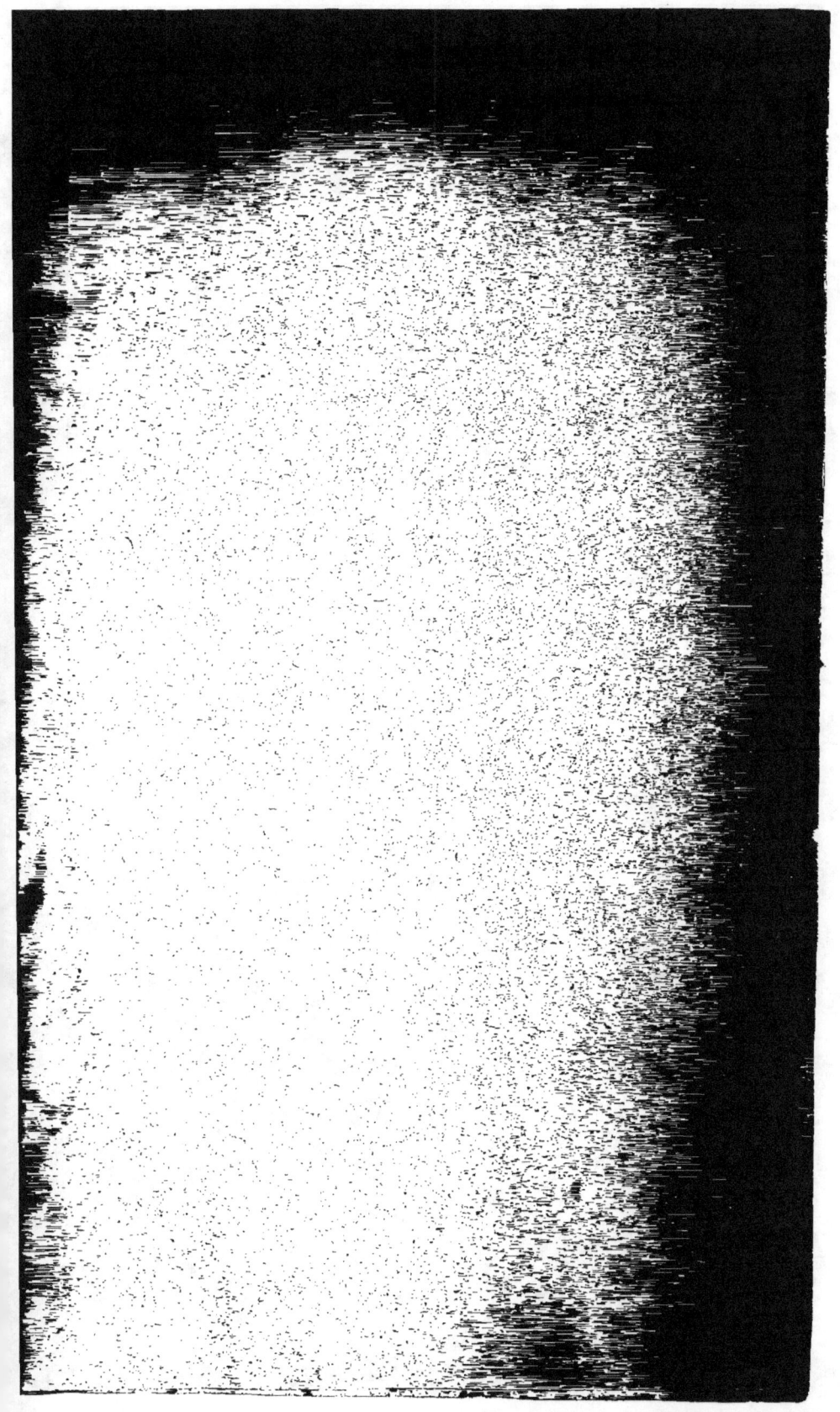

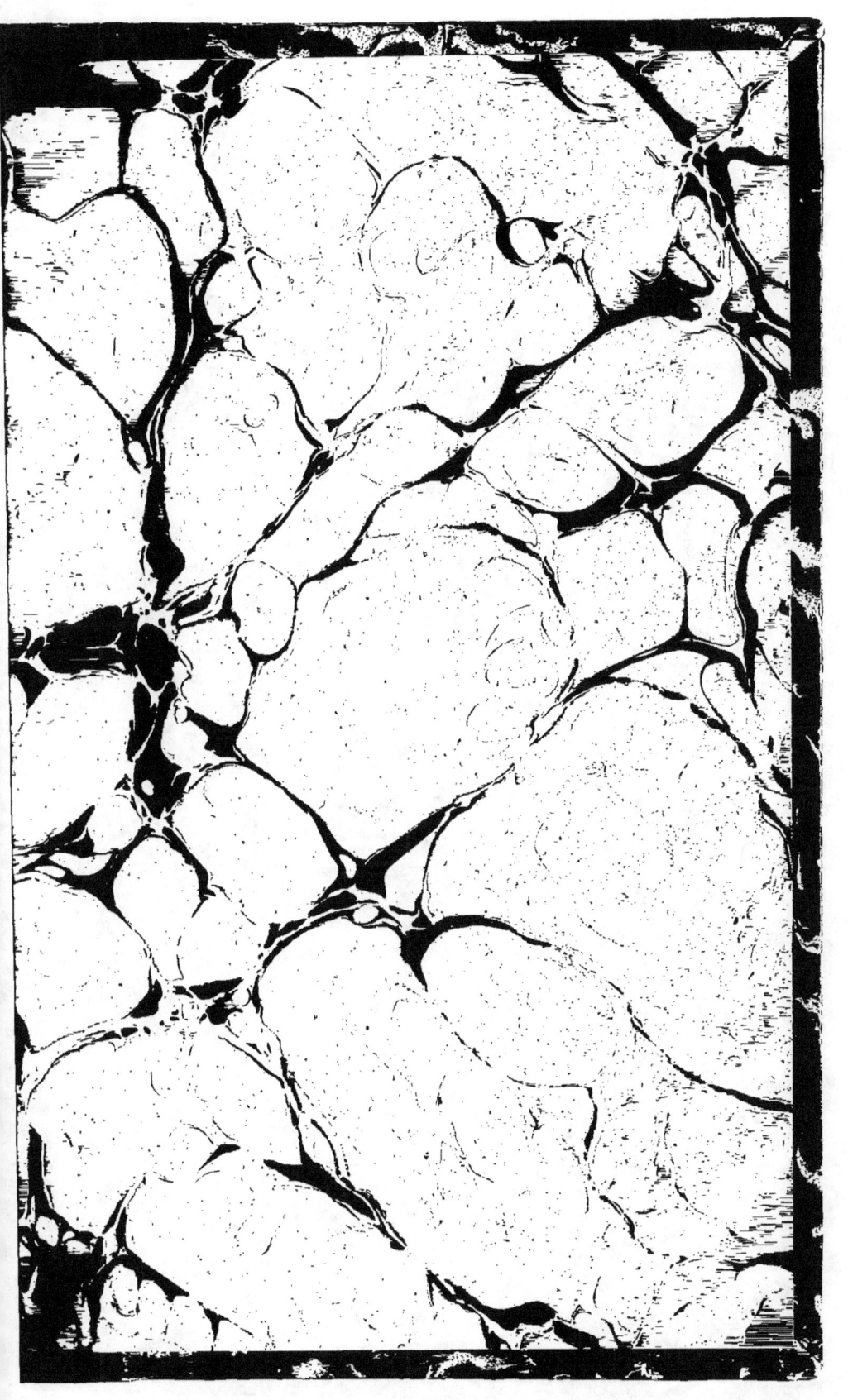

www.ingramcontent.com/pod-product-compliance
Lightning Source LLC
Chambersburg PA
CBHW070544030726
47505CB00001B/157